D1856552

DIANA

Das Buch

Kairo zur Kolonialzeit: Aus den ägyptischen Museen verschwinden die wertvollsten Schätze des Altertums. Miss Skinner, eine Kunstexpertin aus England, zeigt ein außergewöhnliches Interesse für die Ausfuhrbestimmungen. Als die exzentrische junge Dame glaubt, vorsätzlich vor die Straßenbahn gestoßen worden zu sein, wird der Mamur Zapt Gareth Owen mit ihrem persönlichen Schutz beauftragt; schließlich könnte Miss Skinners Onkel der nächste amerikanische Präsident werden. Dann ereignen sich an der berühmten Ausgrabungsstätte Der el Bahari einige rätselhafte Todesfälle, die den Mamur Zapt misstrauisch werden lassen. Die Hinweise auf groß angelegte Grabplünderungen, Fälschung und Schmuggel von Kunstwerken mehren sich. Und auch Miss Skinner schwebt weiterhin in Gefahr…

Der Autor

Michael Pearce wuchs im damals von England und Ägypten besetzten Sudan auf. Die politischen Spannungen hat er hautnah miterlebt und in seinen *Mamur Zapt*-Romanen verarbeitet. Nach Jahren im Ausland kehrte er im Rahmen seiner akademischen Laufbahn als Lehrer dorthin zurück. Michael Pearce lebt in London. Im Diana Taschenbuch erscheint auch: *Verschwörung am Nil* (62/0109).

Michael Pearce
Die Schätze des Pharao

Roman

Aus dem Englischen von
Peter Pfaffinger

DIANA VERLAG
München Zürich

Diana Taschenbuch Nr. 62/0127

Der Originaltitel
»The Mamur Zapt and the spoils of Egypt«
erschien bei HarperCollins Publishers Ltd.

Deutsche Erstausgabe 07/2000
Copyright © 1992 by Michael Pearce
Michael Pearce asserts the moral right to be identified
as the author of this work
Copyright © der deutschsprachigen Ausgabe 2000
by Diana Verlag, München
Der Diana Verlag ist ein Unternehmen der
Heyne Verlagsgruppe München
Printed in Germany 2000

Umschlaggestaltung: Nele Schütz Design, München,
auf der Grundlage der Gesamtkonzeption von
Werbeagentur Hauptmann und Kampa, CH-Zug
Satz: Schaber Satz- und Datentechnik, Wels
Druck und Bindung: Elsnerdruck, Berlin
Gedruckt auf chlor- und säurefreiem Papier

ISBN 3-453-17140-3

http://www.heyne.de

1

Eine hochgewachsene, magere, etwas steif wirkende Frau trat aus dem Hotel.

Bevor sie wusste, wie ihr geschah, schob sich eine Hand vor ihr Gesicht. Die Hand hielt ein graues, bröseliges Etwas von gummiartiger Konsistenz, das einem alten Fisch ähnelte und einen seltsamen Geruch verströmte.

Die Frau schnüffelte misstrauisch. »Was ist das?«

»Mumie, ganz echt!« verkündete die Stimme hinter der Hand.

»Fleisch von richtiger Mumie! Nur zehn Piaster!«

»Nein, danke«, sagte die Frau entschieden.

Doch ihr anfängliches Zögern hatte verheerende Folgen. Schlagartig wurde sie von allen Seiten bestürmt. Andere Hände fuchtelten vor ihren Augen mit Gaze herum (»Leinen von Mumie!«), Holzstücken (»Sarg von Mumie!«), hellblauen Tellerchen aus den Gräbern (na ja, ganz aus der Nähe), echten alten Skarabäuskäfern (einige davon waren auch echt), kleinen Holzfigürchen von Göttern, kleinen Tonfigürchen von Schreibern (das ist nun mal unser Schicksal), Täfelchen aus ungebranntem Lehm mit religiösen Bildnissen und kleinen bemalten Totenschiffen aus Holz.

Die Frau versuchte sich vorbeizuzwängen, nur um im nächsten Moment erschrocken zurückzuweichen. Ein Ding wurde ihr entgegengestreckt, das ihr den Weg versperrte. Es war ein mumifizierter Arm, an dem sich noch alle Finger befanden.

»Für Sie, Madame, für Sie«, ertönte eine Stimme.

»Bestimmt nicht!«

»Ganz besonders ausgesucht für Sie«, beharrte der Mann.

»Danke, nein.«

Hinter ihr kam ein mit europäischem weißen Anzug und Fez bekleideter junger Mann durch die Tür. Ohne zu zögern überschüttete er die Gestalten hinter den Händen mit einem derart beeindruckenden Schwall arabischer Ausdrücke, dass es selbst den hartgesottensten unter ihnen die Sprache verschlug.

Die Gepäckträger, die bis dahin untätig im Eingangsbereich herumgestanden hatten, stürzten aufgeschreckt herbei und scheuchten die Händler von der Terrasse.

»Oh, danke, Mr. Trevelyan!« rief die Dame mit ihrer unterkühlten amerikanischen Stimme. »Sie haben mich wieder mal gerettet.«

Der junge Mann verneigte sich. »Es war mir ein Vergnügen, Miss Skinner.« Als er den Kopf hob, entdeckte er einen Herrn, der auf der Terrasse saß. »Gareth! Das ist aber ein Glück!«

Gareth Owen hatte gerade daran gedacht, wie nett es doch war, so viele von den alten Schwindlern gleich nach ihrer Rückkehr aus Oberägypten wiederzusehen, wo sie den ganzen Winter über den Touristen auf Cooks Nildampfbooten geraubte oder selbstgefertigte antike Kunstschätze verkauft hatten. Es waren auch einige seiner ältesten Stammkunden dabei. Der dort drüben zum Beispiel, das war doch …

Und dann war Paul Trevelyan durch die Tür getreten.

»Gareth! Ich möchte Ihnen jemanden vorstellen.« Paul

lotste die Frau zu Owens Tisch. »Captain Owen«, stellte er vor, »der Mamur Zapt.«

Owen erhob sich. »Miss Skinner …?«

»Ich bin sehr erfreut, Ihre Bekanntschaft zu machen, Captain Owen.« Sie reichte ihm die Hand und nahm auf einem der Stühle Platz. »Wer oder was ist der Mamur Zapt eigentlich?«

»Das ist die traditionelle arabische Bezeichnung für das Amt, das ich innehabe.«

»Und was für ein Amt ist das?«

»Ich erfülle gewisse polizeiliche Aufgaben.«

»Sind Sie Polizeibeamter?«

»Ja«, antwortete Owen, »ja, das kann man so sagen.«

Die Frau zog die Stirn ein wenig kraus. Sie war um die dreißig und hatte ein schmales, spitzes Gesicht. Und lebhaft funkelnde Augen. »Das scheint es aber nicht ganz zu treffen, sehe ich das richtig?«

»Captain Owen kümmert sich um die politischen Aspekte«, sprang ihm Trevelyan bei.

»Ursprünglich lautete die Bezeichnung für meine Stelle: Leiter der Geheimpolizei des Khedive.«

»Ah!«

»Aber natürlich haben sich mittlerweile die Dinge etwas geändert.«

Mit Sicherheit hatten sie das; denn inzwischen schrieb man das Jahr 1908. Zwar führte der Khedive noch immer den Titel ›Herrscher über Ägypten‹ und Ägypten war weiterhin dem Namen nach eine autonome Provinz des ottomanischen Reichs, doch die Macht wurde nicht mehr von den Ottomanen ausgeübt.

Von den Ägyptern allerdings ebenso wenig. Die neuen Herrscher waren die Briten. Sie waren dreißig

Jahre zuvor ins Land gekommen, um dem Khedive zu helfen, seine chaotischen finanziellen und wirtschaftlichen Verhältnisse zu ordnen – und waren geblieben.

»Die Briten scheinen ja überall zu sein«, stellte Miss Skinner fest.

»Ach, das würde ich nicht sagen. Wir dienen lediglich als Berater, verstehen Sie.«

»Wirklich?«

»O ja.«

»Und Sie selbst?« fragte Miss Skinner unverblümt. »Sind Sie auch ein Berater?«

»Ja.«

»Wen beraten Sie denn?«

»Ach, viele Leute. Den Khedive ...«

Das war nun mal der offizielle Sprachgebrauch.

»Den Polizeipräsidenten ...«

Der zufällig Brite war.

»Mr. Trevelyans Vorgesetzter?« wollte Miss Skinner wissen.

Das war der Generalkonsul. Der britische Generalkonsul, wohlgemerkt. Der Mann, der Ägypten wirklich regierte.

»Das kann man so sagen«, meinte Owen lächelnd.

Miss Skinner nickte. »So langsam mache ich mir ein Bild von den Verhältnissen.«

»Miss Skinners Interessen sind archäologischer Natur«, erklärte Paul mit Nachdruck, um die Aufmerksamkeit der Amerikanerin in eine andere Richtung zu lenken.

»Und statistischer Natur«, verbesserte sie ihn. »Ich will hier eine ganze Reihe von Dingen überprüfen, wenn ich schon mal da bin.«

Paul, der hinter ihr stand, verdrehte die Augen.

»Unsere Finanzabteilung wird Ihnen sicher gerne zur Verfügung stehen«, versprach Owen eilig, der einen Groll gegen eben diese Behörde hegte.

Miss Skinner schürzte die Lippen. »Es sind allerdings mehr das Fleisch und das Blut hinter den Statistiken, die mich interessieren. Ich weiß nicht, ob die Finanzabteilung auch über die nötige Kompetenz dafür verfügt.«

Paul Trevelyan ließ sich nicht beirren. »Ich möchte Miss Skinner einige Ausgrabungsstätten zeigen.«

»Großartig!« rief Owen.

Inzwischen hatten sich die Verkäufer unter der Terrasse neu formiert und waren dazu übergegangen, ihre Altertümer flehentlich zwischen den Geländerstangen hindurch nach oben zu strecken.

»Schund«, urteilte Miss Skinner mit einem abschätzigen Blick nach unten.

»Aber hübsch, finden Sie nicht auch?« wandte Owen vorsichtig ein, der insbesondere die kleinen blauen Skarabäuskäfer mochte und die für die Herstellung der kleinen Barken nötige Kunstfertigkeit durchaus bewunderte.

»Mich interessiert nur eins«, antwortete Miss Skinner. »Die Wahrheit.«

Schweigen drohte sich auszubreiten.

»Und hatten Sie vor, ganz bestimmte Stätten zu besichtigen?« fragte Owen, um einen Plauderton bemüht, als er die Anzeichen von Verzweiflung in Pauls Miene bemerkte.

»Deir el Bahari in erster Linie.«

»O ja, dort gibt es viel zu entdecken. Sie werden es hochinteressant finden«, versicherte ihr Owen.

»Zur Zeit arbeitet dort eine amerikanische Forschergruppe«, ergänzte Paul. »Ich könnte mir vorstellen, dass sie schon einige vielversprechende Funde gemacht haben.«

Miss Skinner nickte. »Ich kenne Parker, den Leiter. Aber leider halte ich nicht viel von seiner Methode.«

»Nun«, meinte Owen, »es wird Ihnen bestimmt gelingen, ihm zu neuen Erkenntnissen zu verhelfen.«

Er spürte etwas an seinem Fuß und sah hinunter. Ein besonders raffinierter Verkäufer hatte Uschebtifigürchen auf einem Sargbrett arrangiert und dieses bis unter ihren Tisch geschoben.

Miss Skinner nahm eine der Figuren in die Hand und drehte sie verblüfft hin und her. »Das sieht tatsächlich echt aus«, murmelte sie, »aber ...«

»Wahrscheinlich *ist* es echt.«

»Halten Sie das für möglich?«

Owen zuckte die Schultern. »Womöglich stammt die Figur sogar aus Deir el Bahari. Von dort kommen viele von diesen Männern.«

Miss Skinners Augen weiteten sich. »Sie meinen, diese Gegenstände sind *gestohlen?*«

»Sagen wir – sie haben sich angesammelt. Vielleicht im Laufe von Jahrhunderten. Die Vorfahren dieser Männer, Miss Skinner, haben die Tempel und Grabstätten im Tal der Könige gebaut. Und seitdem üben sie an denen, die sie wie Sklaven behandelten, Vergeltung.«

»Aber dann sind sie Grabräuber!« rief die Amerikanerin entsetzt. »Da muss man doch etwas tun!«

Wenig später, als sich Miss Skinner von Paul die Treppe hinunterführen ließ, schloss sich sofort wieder der Pulk von Verkäufern um sie. Der Mann mit dem mumifizierten Arm wühlte sich durch die Menge und schwenkte ihn erneut vor ihrem Gesicht. »Für Sie, Madame! Für Sie persönlich!«

»Nein«, wehrte Miss Skinner ab. »Nein, danke.«

»Für Sie persönlich«, beharrte der Mann.

»Grabräuber!« wetterte Monsieur Peripoulin. »Das sind sie!«

»Ich bitte Sie ...«

»Und ob sie das sind!« bekräftigte der Franzose. Der Schweiß lief ihm in Strömen über das Gesicht, was allerdings nicht weiter verwunderte, denn er trug über einem Hemd mit gesteiftem weißen Kragen einen schwarzen Anzug, offenbar seine obligatorische Kleidung im Museum.

»Das sind doch nur Touristen«, meinte Owen.

»Nicht die, von denen ich spreche!« erklärte Monsieur Peripoulin. »Touristen besuchen die Basare und erwerben dort ein paar Souvenirs. Diese Männer dagegen gehen schnurstracks zu den Ausgrabungsstätten und kaufen dort ein.«

»Das können sie doch gar nicht«, wandte Paul ein. »Die Ausgrabungen werden jetzt sehr streng überwacht; sämtliche Funde müssen genau erfasst und der Altertümerverwaltung gemeldet werden.«

»Streng überwacht!« schnaubte Monsieur Peripoulin. »Wenn Sie *das* glauben, lassen Sie sich jeden Bären aufbinden!«

Paul seufzte. Diese Besprechung dauerte nun schon zweieinhalb Stunden und es war bereits Nachmittag. Dabei hatte er sich so sehr darauf verlassen, dass die Franzosen zur Mittagszeit alles stehen und liegen lassen und essen gehen würden, doch dieser etwas ältere Herr schien sich durch nichts in seiner Entschlossenheit beirren zu lassen. »Was genau schlagen Sie denn nun vor, Monsieur Peripoulin?« fragte er müde.

»Ein Lizenzsystem«, antwortete der andere wie aus der Pistole geschossen. »Das und nichts anderes brauchen wir. Wer Altertümer exportieren will, sollte verpflichtet werden, eine Lizenz dafür zu erwerben.«

»Haben wir das nicht bereits?« fragte Carmichael vom Zollamt. »Oder zumindest die zweitbeste Lösung: Wer Altertümer exportieren möchte, muss sie zuallererst im Museum vorzeigen.«

»Sicher, aber das dient doch nur der Festsetzung der Zollgebühren«, entgegnete Peripoulin. »Wir bestimmen einen Wert – und, lassen Sie es sich gesagt sein, das ist gar nicht so leicht: Wie hoch soll man beispielsweise die Sphinx einschätzen? –, versiegeln die Kiste und setzen den *Mudir* in Kenntnis.«

»Und was ist daran so schlecht?« fragte der Zollbeamte.

»Das alles geht automatisch seinen Gang. Niemand trifft eine bewusste Entscheidung.«

»Wir treffen doch eine Entscheidung«, brummte Carmichael. »Wir bestimmen, welcher Zolltarif zu gelten hat.«

»Gut, aber Sie fragen sich nie, ob dieser Gegenstand überhaupt außer Landes geschafft werden dürfte. Um diese Art von Entscheidung geht es mir.«

»Moment mal«, bat Paul, der die Sitzung in Vertretung des Generalkonsuls leitete. »Schlagen Sie etwa vor, wir sollen uns in den freien Handelsverkehr einmischen?«

»Solche Dinge können doch nicht ausschließlich unter

finanziellen Aspekten betrachtet werden!« ereiferte sich Monsieur Peripoulin. »Die Artefakte sind Teil von Ägyptens unschätzbarem Erbe.«

»Darin stimme ich Ihnen durchaus zu«, ließ sich der Mann von der Finanzbehörde, ein Ägypter, vernehmen. Sein Name lautete Abu Bakir; er war Unterstaatssekretär – ein Zeichen dafür, dass irgendwo jemand saß, der diese Besprechung ernst nahm.

Paul runzelte die Stirn. »Kunstwerke haben natürlich einen Wert an sich«, bestätigte er höflich. »Aber sind sie erst einmal im Handel, bestimmt der Marktwert den Preis.«

»Die Frage ist nur: Wie gelangen sie auf den Markt?« entgegnete Abu Bakir.

»Aber mir geht es gar nicht so sehr um ihren Wert«, hakte Monsieur Peripoulin nach, »sondern um ihren Aufbewahrungsort.«

»Den bestimmen die Kräfte des Marktes doch genauso.«

Der Franzose ließ nicht locker. »Aber sollte das wirklich so sein? Genau darum geht es mir doch. Das ist eine Frage des Prinzips.«

»Richtig«, meinte Paul. »Aber welchen Prinzips? So wie sich Ägyptens Entwicklung mir darbietet, hätte ich gedacht, dass sich das Land in einer Phase befindet, in der die wirtschaftliche Gesundung absoluten Vorrang hat. Und das lässt sich am besten durch bedingungsloses Festhalten an den Prinzipien des freien Handels erreichen.«

»Diesem Argument«, räumte der Ägypter ein, der schließlich dem Finanzministerium angehörte, »muss ich leider zustimmen.«

»Was?« rief Monsieur Peripoulin und warf frustriert die Arme hoch. »Sie wollen also tatenlos zusehen, wie Ägyptens Schätze aus dem Land verschwinden?«

»Das habe ich nicht gesagt«, verteidigte sich Abu Bakir. »Das habe ich nicht gesagt.« Er wandte sich an Paul. »Könnten wir für einen Moment zu einem Punkt zurückkehren, den Monsieur Peripoulin etwas früher angesprochen hat?«

Paul sah auf die Uhr. »Welchen Punkt meinen Sie?«

»Die Unterscheidung zwischen gewöhnlichen Touristen und einem Experten, der genau weiß, was er kaufen will. In Bezug auf den gewöhnlichen Touristen stimme ich wohl mit Ihnen überein: Wir sollten uns nicht in die Handelsabläufe einmischen. Was jedoch den Erwerb außergewöhnlicher Funde durch Spezialisten betrifft, stimme ich Monsieur Peripoulins Vorschlag zu, eine Lizensierung einzuführen.«

»Ich glaube nicht, dass wir schon heute eine Entscheidung von einer derartigen Tragweite treffen können.«

»Das vielleicht nicht, aber ich glaube genauso wenig, dass wir diese Angelegenheit auf sich beruhen lassen sollten. Wäre es nicht möglich, das Zollamt zu bitten, eine Untersuchung anzustellen und uns Bericht zu erstatten?«

Paul nickte. »Das ließe sich machen.«

Da die Mittagszeit längst überschritten war, zeigten sich alle mit dieser Lösung einverstanden und die Sitzung wurde aufgehoben.

Owen strebte schon zur Tür, als Monsieur Peripoulin ihm seine schweißnasse Hand auf den Arm legte. »All das trifft aber nicht den Kern der Sache. Lizenz hin oder her – darum geht es im Grunde überhaupt nicht. Was geschieht, wenn uns die Leute die Altertümer erst gar nicht bringen?«

»Das müssen sie aber doch.«

»Aber was ist, wenn es nicht geschieht?«

»Ach«, sagte Abu Bakir über Owens Schulter hinweg, »an dieser Stelle kommt der Mamur Zapt ins Spiel.«

»Nicht der Mamur Zapt«, widersprach ihm Owen, »sondern die Polizei.«

»Die Polizei!« rief Monsieur Peripoulin mit einer wegwerfenden Handbewegung.

»Hierin muss ich Ihnen wohl zustimmen«, meinte Carmichael vom Zollamt. »Die Polizei kann in dieser Angelegenheit wenig ausrichten. Wegen der Kapitulationsbestimmungen sind ihr doch größtenteils die Hände gebunden.«

»Darum habe ich ja gesagt, der Mamur Zapt«, erklärte Abu Bakir.

»Ich möchte nichts damit zu tun haben«, sagte Owen.

Paul nickte. »Sehr vernünftig.«

»Wenn diese Angelegenheit unter den Kapitulationsvertrag fällt, sind uns die Hände gebunden.«

Beim Kapitulationsvertrag handelte es sich um eine ganze Reihe rechtlicher und wirtschaftlicher Privilegien, die sich die europäischen Besatzungsmächte von den ottomanischen Herrschern als Gegenleistung für die Organisation des internationalen Handels hatten zusichern lassen.

»Wie wahr«, brummte Paul.

»In diesem Fall ist das Außenministerium zuständig, nicht ich.«

»Wieso habe ich überhaupt an der Besprechung teilgenommen? Wer hat sie einberufen?«

»Ich.«

»Sie?« rief Owen überrascht.

Die beiden waren an diesem Abend zu einem Empfang in einem Gebäude eingeladen, das von den Veteranen der indischen Kolonialverwaltung als Residenz und von den jungen, frisch aus England entsandten Beamten als Generalkonsulat bezeichnet wurde. Nun, jedenfalls hatte die Bauweise der englischen Häuser in Indien als Vorbild gedient, die in erster Linie den Schutz vor Hitze und nicht so sehr vor Kälte berücksichtigte. Der Boden war gekachelt, das Dach gewölbt, die Fenster hatten Jalousien und statt Türen gab es Rundbögen. Durch einen dieser Bögen konnte Owen Miss Skinner mit Abu Bakir sprechen sehen.

»Ja, ich«, bestätigte Paul. »Dieses Thema steigt in der politischen Tagesordnung langsam nach oben.«

»Der Export von Altertümern?«

»Die Leute interessieren sich immer mehr dafür.«

»Was für Leute? Peripoulin lässt nicht locker, das weiß ich, aber sonst ...?«

»Andere Leute eben. Leute außerhalb von Ägypten.«

»Das sind doch die, die das Zeug kaufen!«

»Gewiss. Aber auch andere stellen Fragen.«

»Hinsichtlich unseres Exports von Altertümern?«

»Nicht nur. Auch über damit zusammenhängende Dinge, zum Beispiel unsere Verwaltung der ägyptischen Kunstschätze.«

»Wir achten doch recht sorgfältig darauf, oder etwa nicht? Der gute Peripoulin ...«

»Wir verhökern sie. Zumindest sehen es bestimmte Leute so.«

»*Wir* verhökern sie doch nicht. Das tun Privatleute. Wir haben nicht das Geringste damit zu tun.«

»Wirklich nicht? Manche Leute sind sehr wohl dieser Meinung. Einige glauben, es sollte einen rechtlichen Rahmen geben.«

»Ich verstehe. Darum ging es also bei der Besprechung.«

»Es ist von höchster Bedeutung, dass bestimmte Leute den richtigen Eindruck bekommen«, sagte Paul.

»Das mag sein. Trotzdem ist mir nicht klar, wozu ich gebraucht wurde.«

Paul lächelte nur.

Am anderen Ende des Zimmers sprach Miss Skinner gerade mit Peripoulin und noch einem anderen Franzosen, Monsieur L'Espinasse, dem Direktor der Altertümerverwaltung.

»Da ist schon wieder diese schreckliche Frau. Warum verbringen Sie soviel Zeit mit ihr, Paul?«

»Ihr Onkel könnte der nächste Präsident der Vereinigten Staaten von Amerika werden.«

»Wirklich?«

»Wenn er die Wahlen nächstes Jahr gewinnt. Er hat seine Nichte zum Sondieren der Lage hierher geschickt.«

»Dann sollten Sie besser dafür sorgen, dass sie die richtige Lage vorfindet.«

»Ich klebe an ihr wie eine Klette«, bestätigte Paul.

In diesem Moment trat Miss Skinner zu ihnen. »Könnten die Herrschaften mir vielleicht erklären, wie es kommt, dass die Altertümerverwaltung ausschließlich aus Franzosen besteht? Nein, sagen Sie es mir nicht! Kann es sein, daß die Engländer sich auf das Finanzielle konzentrieren und die Kultur den Franzosen überlassen?«

»Mitnichten, Miss Skinner, mitnichten! Es gibt auch herausragende englische Archäologen.«

»Und sind im Finanzministerium auch Franzosen tätig?«

»Bei uns im Amt wird auch viel französisch gesprochen«, antwortete Paul wahrheitsgemäß, wenn auch ausweichend. »Die Verbindung Ägyptens mit Frankreich geht bis auf die Zeit Napoleons zurück.«

»Dieser Schwerverbrecher!« rief Miss Skinner und wandte sich abrupt ab. Im Gehen winkte sie noch einmal Owen zu. »Ich freue mich schon sehr auf morgen!«

»Was soll das heißen?« fragte Owen seinen Landsmann.

Paul wirkte auf einmal etwas betreten. »Ich hatte angedeutet, dass sie auf einen Drink vorbeikommen würden.«

»Gern.«

»Und auch Zeinab mitbringen würden.«

»Einverstanden. Aber warum soll Zeinab unbedingt dabei sein?«

»Miss Skinner möchte sie kennenlernen.«

»Sie weiß von Zeinab doch überhaupt nichts. Es sei denn, Sie haben ihr von ihr erzählt.«

»Sie möchte sich mit einer Ägypterin unterhalten. Einer *normalen* Ägypterin.«

»Also, normal ist Zeinab ja nicht unbedingt ...«

»Von denen, die ich kenne, kommt sie dieser Vorstellung noch am nächsten. Sie haben keine Ahnung, wie schwer es in Ägypten ist, mit einer ganz normalen Frau ins Gespräch zu kommen.«

»Ich werde sie fragen, ob sie Zeit hat«, versprach Owen.

»Wissen Sie, ich versuche, Miss Skinner von den Altertümern abzulenken. Die Frauenfrage ist insofern meine große Hoffnung.«

»Einen Moment bitte. Sie sagten Altertümer ... Zu Miss Skinners Steckenpferden gehört nicht zufälligerweise auch der Export ägyptischer Kunstschätze?«

»Eigentlich doch, wenn mein Gefühl mich nicht täuscht«, antwortete Paul.

Im Vorübergehen klopfte Monsieur Peripoulin Paul väterlich auf die Schulter. »Eine nützliche Besprechung!« lobte er. »Wenigstens kommt jetzt endlich Bewegung in die Sache.«

»Apropos Besprechung«, sinnierte Owen. »Sie steht doch nicht mit Miss Skinners Anwesenheit in Zusammenhang, oder? Ich meine, weil Sie sie gerade jetzt einberufen haben.«

»Nein, nein, das stand schon länger im Raum«, antwortete Paul.

Am späteren Abend lief Owen Miss Skinner noch einmal über den Weg. Sie stand in einer der Nischen und war in ein ernstes Gespräch mit Abu Bakir vertieft.

Mit leicht gerötetem Gesicht sah sie zu dem Briten auf. »Ich habe Mr. Bakir gerade erklärt, dass meine Freunde und ich voller Sorge beobachten, wie so viele der einmaligen Kunstschätze Ägyptens aus diesem Land verschwinden.«

»Und ich habe Miss Skinner bestätigt, dass viele von

uns hier in Ägypten diese Sorge teilen«, fügte Bakir lächelnd hinzu.

»Richtig«, murmelte Owen, »sehr richtig.«

»Mr. Bakir hat mir den Standpunkt der Nationalisten erläutert.«

»Nicht nur den Standpunkt der Nationalisten«, ergänzte Bakir hastig; sein Lächeln erstarb schlagartig. »Vielmehr stimmen die Nationalisten meiner Meinung nach in diesem Punkt mit der Regierung überein.«

»Wobei allerdings, wie Sie vorhin ausgeführt haben, die finanzielle Gewinnbeteiligung der Großgrundbesitzer eine Gesetzesänderung ungemein erschwert«, fügte Miss Skinner an.

»Ich habe Miss Skinner den politischen Hintergrund veranschaulicht«, erklärte Bakir.

Das glaube ich dir aufs Wort, dachte Owen. Laut sagte er: »Politische Probleme lassen sich in der Tat nicht leugnen, doch ich denke, dass wir uns denen jetzt allmählich stellen.«

»Ich verstehe«, erwiderte Miss Skinner. »Monsieur Peripoulin hat mir von einer Besprechung erzählt, die Sie erst vor kurzem abgehalten haben.«

Owen nickte. »O ja. Eine sehr wichtige Besprechung.«

»Konferenzen sind ja schön und gut«, entgegnete Miss Skinner stirnrunzelnd, »aber letztendlich kommt es doch auf die Taten an, die daraus folgen. So ist es meines Erachtens beim Export von Altertümern immer noch gang und gäbe, die bestehenden Kontrollen zu umgehen. Was wird in dieser Hinsicht unternommen?«

»Ah ja!« rief Abu Bakir. »Gerade auf diesem Gebiet werden wir jetzt aktiv. Und der Mamur Zapt – Captain Owen beabsichtigt, resolut durchzugreifen.«

»Ach, wirklich?« fragte Miss Skinner strahlend. »Nun, ich werde Ihre Maßnahmen mit dem größten Interesse verfolgen.«

Owen saß in einem Café am Ataba-el-Khadra-Platz und ließ seinen Blick schweifen. Das konnte er umso besser, da hier die Muski-Straße endete, die die von Einheimischen bewohnte Altstadt mit den neuen europäischen Vierteln verband. Darüber hinaus war dieser Platz die Endhaltestelle fast aller Straßenbahnen.

Bis tief in die Nacht hinein herrschte am Ataba zu jeder Stunde geschäftiges Treiben: Straßenbahnen, Arabeahs – die charakteristischen, von einem oder zwei Pferden gezogenen Kairoer Droschken –, wuchtige, unter der Last von Steinen schwankende Karren, nicht minder unter Futterballen für die Esel und Pferde der Stadt schwankende Kamele; die Kairoer Variante der Omnibusse, die keine Seitenwände hatte und von Eseln gezogen wurde; Automobile (allerdings nicht viele, und die funktionierten häufig nicht) und schließlich Schafe drängten durcheinander.

Warum es am Ataba derart von Schafen wimmelte, war ein Rätsel. Gewiss, die Araber liebten ihre heimische Rasse mit dem kräftigen Schwanz und die Geschäftsinhaber pflockten gern ein Schaf vor ihrem Laden an, weil sie angeblich jeden Müll auffraßen –, aber die Frage, warum so viele unbeaufsichtigt auf einem so gefährlichen Platz herumstreunten, ließ sich nicht so ohne weiteres beantworten.

Es passierte immer wieder, dass man einen Stubs am Knie spürte. Sah man dann hinunter, hatte man unweigerlich ein mit blauen Streifen bemaltes Schaf vor sich, um dessen Hals oft auch ein Kinderschuh an einem billigen silbernen Band hing. Fremde standen da in der Tat vor einem Rätsel.

Die Lösung lag vielleicht in der schlichten Tatsache begründet, dass der Ataba trotz der Straßenbahnen und seiner Nähe zu den europäischen Vierteln hartnäckig an seiner Zugehörigkeit zum ursprünglichen Kairo festhielt. Und die Leute, die man hier sah, gehörten dem Durchschnitt der Bevölkerung an: Tagelöhner in ihren blauen Umhängen, schwarz gekleidete verschleierte Frauen, Büroangestellte in Anzug und mit Tarbusch, der einem Topf nicht unähnlichen roten Kopfbedeckung der gebildeten Ägypter und Geschäftsinhaber mit gestreiftem Umhang und ebenfalls einem Tarbusch, um den sie allerdings einen Turban gewickelt hatten.

Auch die Straßenhändler, von denen es hier viele gab, warben eher um einheimische Kunden als um Touristen. Anders als vor den großen Hotels wurden hier keine Souvenirs oder Schmuddelpostkarten feilgeboten, vielmehr stieß man auf Verkäufer von Kämmen, Bürsten, Stiefelknöpfern, Gebäck und Limonade und auf Wasserschlepper.

Der Platz war die Grenze zwischen zwei verschiedenen Welten und trotz des unaufhörlichen Kreischens der Straßenbahnen und der Schreie der Straßenverkäufer zog Owen diese Atmosphäre im Großen und Ganzen derjenigen der Hotels bei weitem vor.

Er hatte das Feuerwehrhaus am Ataba inspiziert und danach mit dem Kommandanten, wie nach jedem Geschäftsabschluss üblich, ein Kaffeehaus aufgesucht. Gemeinsam saßen sie nun am Tisch und beobachteten gemütlich das Gewimmel auf dem Platz.

»Was«, fragte Owen, »würden Sie tun, wenn Sie zu einem Einsatz müssten und die Straße wäre blockiert?«

»Ich würde mit meiner Glocke bimmeln und laut rufen.«

»Aber fast alle auf dem Platz rufen und bimmeln.«

»Ich würde sie streng ermahnen.«

Und wenn du endlich durchgekommen wärst, läge die halbe Stadt längst bis auf die Grundmauern in Schutt und Asche, dachte Owen. »Sagen Sie, gibt es keinen Umgehungsweg bei Notfällen?«

Der Kommandant schob seinen Tarbusch zurück und kratzte sich am Kopf. »Na ja ...«

Er suchte noch nach Worten, als gegenüber plötzlich Bremsen kreischten und eine Straßenbahnglocke wütend zu lärmen begann. Fast gleichzeitig scherte eine Arabeah aus und aufgeregte Schreie drangen über den Platz.

Vor der Straßenbahn bildete sich schnell eine Menschentraube. Offenbar hatte es einen Unfall gegeben.

Irgendwo schrillte die Pfeife eines Polizisten und Owen sah, wie sich der Mann einen Weg durch die Menge bahnte. Überraschenderweise wichen die Leute auseinander, so dass Owen eine neben der Straßenbahn liegende Gestalt entdecken konnte.

Es schien eine Frau zu sein, der Kleidung nach eine Europäerin.

Owen erhob sich. Der Feuerwehrkommandant, zu dessen Pflichtbereich auch Unfälle gehörten, folgte ihm. Gemeinsam drängten sie sich durch die Menge, doch die war in der kurzen Zeit enorm angeschwollen. Der Verkehr rundherum war völlig zum Erliegen gekommen.

Die Glocken anderer Straßenbahnen klingelten um

die Wette, die Leute riefen aufgeregt durcheinander, Schafe blökten und nun begann auch noch ein Esel zu brüllen. Es war das reinste Chaos.

An ein Durchkommen auf dem mittlerweile total verstopften Platz war nicht mehr zu denken. Owen warf dem Feuerwehrkommandanten einen fragenden Blick zu, doch dieser antwortete nur mit einem resignierten Achselzucken.

Nicht weit von ihnen stand ein Omnibus, dessen Fahrer es aufgegeben hatte, seine Esel anzutreiben. Die Peitsche lag quer über deren Rücken und er wartete schicksalsergeben. Seine Passagiere waren da schon weniger gelassen. Aufgeregt durcheinanderschwatzend – die Kairoer liebten spektakuläre Unfälle – verfolgten sie das Geschehen.

Der Hauptmann legte Owen die Hand auf den Arm und deutete mit dem Kinn zum Bus. Der Brite nickte und sie begannen sich dorthin durchzuwühlen.

Der Bus war von traditioneller Bauweise; im Prinzip handelte es sich einfach um eine Plattform auf Rädern. Lediglich an den Ecken waren Pfosten angebracht, die eine Art Dach stützten. So etwas wie eine Brüstung gab es nicht; die Passagiere saßen gegen die Fahrtrichtung auf Holzbänken.

Der Hauptmann setzte den Fuß aufs Trittbrett und sprang hinauf, um sofort einen der Pfosten zu ergreifen und sich aufs Dach zu schwingen.

Owen folgte, wenn auch nicht ganz so flink. Einen Moment lang zappelten seine Füße in der Luft, bis ihn jemand packte und kräftig anschob. Da der Hauptmann ihn am Arm zu fassen bekam und seinerseits zog, konnte sich schließlich auch Owen über den Rand stemmen.

Von hier oben ließ sich der Platz gut überblicken. Neben der Trambahn sah Owen eine schmale freie Stelle, die einige Arabeah-Kutscher und der Straßenbahnschaffner mühsam gegen die Menge verteidigten. Der Fahrer war in sich zusammengesunken, den Kopf in den Händen vergraben.

Plötzlich wichen die Leute auseinander. Offenbar hatte ein Pferd mit einem wütenden Aufbäumen gegen die Enge protestiert. Wie auch immer, Owen bot sich ein kurzer Blick auf die Frau.

Etwas an ihr kam ihm vertraut vor.

Im nächsten Moment war er vom Dach hinuntergeglitten und kämpfte sich energisch durch die Menge.

»Aus dem Weg! Aus dem Weg!«

Jemand sah zu ihm auf und nahm wohl an, er müsse Arzt sein. Sogleich schrie er nach Leibeskräften: »Macht Platz für den *Hakim!* Macht Platz!«

Andere taten es ihm gleich. »Der *Hakim!* Macht Platz!«

Tatsächlich öffneten ihm die Leute eine Schneise, ja, hilfsbereite Hände zogen ihn sogar weiter. Zerzaust und außer Atem erreichte Owen die Straßenbahn. Zu seinen Füßen lag, so dicht neben der Karosserie, dass sie fast unters Trittbrett geraten wäre – Miss Skinner.

»Ich hab' sie nicht gesehen!« beteuerte der Fahrer mit tränenerstickter Stimme. »Ich hab' sie nicht gesehen!«

Jemand hatte ihren Kopf auf eine Jacke gebettet und ein Wasserträger spritzte ihr liebevoll – wenn auch ohne jeden Nutzen – Wasser über das Gesicht.

Es war kein Blut zu sehen.

»Holt eine Ambulanz!« befahl Owen.

Der Ruf ging durch die Menge, bis ein ganz hinten

Stehender ins Café lief. Doch solange sich so viele Menschen auf dem Ataba drängten, würde eine Ambulanz nie bis hierher durchdringen.

Auf einmal wurde über die Köpfe der Umstehenden hinweg etwas nach vorne durchgereicht. Dem Gegenstand folgte, behende wie ein Affe über Köpfe und Schultern kletternd, der Feuerwehrkommandant.

Eine Trage kam am Unfallort an und wurde neben dem Opfer auf den Boden gelegt. Gleich darauf war auch der Kommandant zur Stelle.

Er ließ sich neben Miss Skinner auf die Knie nieder. »Gott sei's gelobt!«

»Gott sei's gelobt?« fragte Owen erbost.

»Sie lebt!«

Der Kommandant nahm dem Wasserträger einen Wasserschlauch ab und spritzte einen kräftigen Schuss des Inhalts über Miss Skinners Gesicht.

Ihre Augen öffneten sich. Einen Moment lang sahen sie ins Leere, dann kehrte der lebhafte Ausdruck zurück. »Was ist denn los?« fragte sie.

»Ein Unfall«, erklärte Owen. »Sie hatten einen Unfall. Bleiben Sie noch ein bisschen liegen. Ihnen ist nichts passiert.«

Miss Skinners Augen schlossen sich wieder. Geschickt schob der Feuerwehrkommandant die Trage unter ihren Körper, hilfsbereite Arme stemmten sie hoch, so dass andere sie greifen und über die Menge hinweg weiterreichen konnten.

Als die Trage in die Höhe schwebte, öffneten sich Miss Skinners Augen wieder. »Ein Unfall?« rief sie. »Das war kein Unfall! Man hat mich gestoßen!«

2

Hören Sie mal«, sagte Miss Skinner, »ich werde es doch wohl spüren, wenn ich gestoßen werde.«

Sie saß auf einem Stuhl in der Lounge ihres Hotels. Owen hatte ihr geraten, sich noch eine Weile hinzulegen, doch Miss Skinners Auffassung nach war es für eine Dame unschicklich, einen Herrn im Bett zu empfangen. So hatte sie sich mit Owen für sechs Uhr verabredet und sich vorher nur eine etwas längere Siesta gegönnt. Jetzt saß sie auf einem Stuhl. Ganz wiederhergestellt war sie zwar noch nicht – auf ihrem Gesicht prangte ein schlimmer Bluterguss –, aber sie hatte nicht die geringste Absicht, sich deswegen aufs Krankenlager zu begeben.

»Sie standen mitten in einem Gedränge«, murmelte Owen. »Da kann man sich leicht täu …«

Miss Skinner unterbrach ihn mit einer ungeduldigen Geste. »Ein Stoß ist ein Stoß«, erklärte sie entschieden.

»Da gab's eine Menge Leute, die alles mögliche transportiert haben könnten«, fuhr Owen fort. »Ein Gepäckträger vielleicht, der mit einem sperrigen Paket unterwegs war.«

»Es war eine Hand«, beharrte Miss Skinner. »Jemand hat mich absichtlich gestoßen.«

Owen schwieg. Er hatte den Ataba vor Augen: die vielen Menschen, ein ständiges Gewühl und Gedränge, Leute, die ihrer Straßenbahn nachrannten. Rempeleien,

Zusammenstöße waren da nur logisch. Aber ein vorsätzlicher Stoß?

»Beschreiben Sie mir die Szene, Miss Skinner. Wo genau standen Sie? Nun, natürlich in der Nähe der Stelle, an der ich Sie gesehen habe. Aber wo genau befanden Sie sich unmittelbar vor Ihrem Sturz?«

»Ich hatte gerade eins der Haltestellenschilder gelesen ...«

»Ah, Sie standen also mit dem Rücken zum Verkehr?«

»... aber es war nicht das richtige. Jetzt fällt es mir wieder ein: diese Linie wäre zur Zitadelle gefahren, aber ich brauchte die zum Tierpark. Genau! Das wird es Ihnen erleichtern, sich ein Bild vom Tatort zu machen.«

»Danke, das war sehr präzise. Sie hatten sich also umgedreht und dann ...?«

»... dann wollte ich gerade zum nächsten Schild gehen, als es passierte.«

»Wieder eine sehr präzise Angabe, Miss Skinner. Sie *wollten* gerade zum nächsten Schild gehen. Heißt das, dass Sie noch nicht weitergegangen waren?«

»Einen Schritt vielleicht.«

»Oder zwei. Aber Sie waren immer noch in der Nähe des Haltestellenschildes. Und mitten auf der Straße.«

»Wie alle anderen auch«, warf Miss Skinner misstrauisch ein.

»Selbstverständlich. Das sollte kein Widerspruch sein. Sie befanden sich aber mitten auf der Straße und hätten leicht überfahren werden können.«

»Ich denke, ich hätte es gemerkt, wenn mich eine Arabeah überfahren hätte«, sagte Miss Skinner spitz. »Das heißt natürlich, bevor ich unter die Straßenbahn geraten wäre.«

»Ich dachte eher an eine Person, Miss Skinner. Vielleicht rannte jemand zu einer Straßenbahn.«

Miss Skinner seufzte. »Ein Zusammenprall ist nicht dasselbe wie ein Stoß. Das war ein Stoß. Ganz eindeutig.«

»Vielleicht lief aber jemand in Sie hinein und streckte unwillkürlich die Hand …«

»Nein!« unterbrach ihn Miss Skinner mit anschwellender Stimme. »Niemand ist mit mir zusammengeprallt oder in mich hineingerannt. Ich sage Ihnen, was passiert ist: Jemand hat die Hand ausgestreckt und mir vorsätzlich einen Stoß gegeben, als die Straßenbahn kam.«

»Aber, Miss Skinner, aus welchem Grund sollte ein Fremder so etwas tun?«

»Das können vielleicht *Sie* mir verraten. Sie sind doch der Polizist hier … Wenn Sie überhaupt ein Polizist sind.«

Owen leuchtete das immer noch nicht ein. Ein versehentlicher Zusammenprall, das jederzeit. Jemand konnte gestolpert oder ausgerutscht sein. Aber doch nicht ein Stoß. Und schon gar nicht ein vorsätzlicher!

»War es vielleicht ein Schaf?« mutmaßte er.

»Ein Schaf?« rief Miss Skinner ungläubig.

»Die schubsen einen ganz gern.«

»Hören Sie, Captain Owen«, sagte Miss Skinner mit mühsam bezähmtem Zorn. »Das war kein Schubser, kein Rempler und erst recht kein Zusammenprall. Es war ein *Stoß!* Eine Hand stieß mich. Mitten ins Kreuz und genau in dem Moment, als die Straßenbahn kam. Das war ein Anschlag – ein Anschlag auf mein Leben!

Ich verlange, dass sie Ermittlungen anstellen und dafür sorgen, dass der Schuldige gestellt und bestraft wird. Und zwar sofort!«

Während die Arabeah-Kutscher auf Fahrgäste warteten, bildeten sie gerne in unmittelbarer Nähe ihrer Droschken auf dem Straßenpflaster einen Kreis und aßen gemeinsam. Das war ihre Art von Restaurant. Es musste dabei die Form eines Kreises gewahrt bleiben, weil ihre Speisen stets auf einem großen runden Tablett ausgebreitet wurden. An den Rändern ragten kleine Haken empor, auf denen diejenigen, die mitessen wollten, ihr Brot aufspießten. In der Mitte standen allerlei blauweiße Porzellanschälchen, gefüllt mit den verschiedensten Soßen und eingelegtem Gemüse, sowie einige große Teller, auf denen nicht sehr appetitanregend aussehende Fleischstücke lagen.

Die Kundschaft, die nicht ausschließlich aus Kutschern bestand, hockte rund um das Tablett im Staub. Das Arabeah-Restaurant diente als gesellschaftlicher Mittelpunkt dieses Teils des Ataba und den ganzen Tag über herrschte ein ständiges Kommen und Gehen. Angezogen vom Geruch gebratener Zwiebeln und dem Bedürfnis der Araber nach Geselligkeit setzte man sich einfach für eine Weile dazu und aß mit.

Es war selbstverständlich, dass Owen sich vornahm, seine Nachforschungen bei den Arabeah-Kutschern zu beginnen und die Schritte in ihre Richtung lenkte. Bald hockte er mit ihnen im Kreis, tunkte wie alle anderen sein Brot in die Soßenschälchen und sorgte mit seinen Fragen für Gesprächsstoff.

»Warum wollte sie überhaupt eine Straßenbahn erwischen?« fragte einer der Kutscher. »Sie hätte eine Arabeah nehmen sollen.«

»Genau. Dann wäre es unnötig gewesen, endlos herumzulaufen. Sie hätte uns nur herbeizuwinken brauchen, um in guten Händen zu sein.«

»Zumal sie auch noch beladen war. Da ist es doch viel vernünftiger, sich in eine Arabeah zu setzen.«

»Hatte sie denn etwas dabei?« erkundigte sich Owen.

»Keine Ahnung. Aber wenn sie etwas dabeigehabt hätte ...«

»Ich glaube, sie trug was«, meldete sich ein anderer zu Wort. »Einen oder zwei kleinere Gegenstände. Vielleicht war sie einkaufen gewesen.«

»Hast du das gesehen?«

»Ich habe die Sachen fallen sehen. Sie hatte ganz bestimmt was in der Hand.«

»Was geschah vor ihrem Sturz?« forschte Owen nach. »Bummelte sie etwa über den Platz, ohne auf die Straßenbahn in ihrem Rücken zu achten, oder wie war das?«

»Nein, nein, sie stand an der Seite, daneben.«

»Was hat sie denn dann gemacht?« fragte ein Kollege. »Ist sie blind reingelaufen?«

»Muss wohl so gewesen sein.«

»Dann sollte sie besser aufpassen, wohin sie tritt.«

Darauf brach die Runde in Gelächter aus.

»Vielleicht stand sie nur zu nahe bei der Straßenbahn und bekam nicht mit, wie sie heranfuhr«, schlug Owen vor. »Da wurde sie eben erwischt.«

»So schnell kann es gehen«, kommentierte einer.

Owen wandte sich zu dem Kutscher um, der Miss Skinner etwas hatte tragen sehen. »Hast du nicht gesagt, du hättest mitbekommen, was geschehen ist? Spielte es sich so ab?«

»Nein, nein, ich habe es nicht genau beobachtet. Ich habe nur gesehen, wie die Frau hinfiel. Ich war vor der Straßenbahn auf den Platz abgebogen und hatte noch viel Platz, mindestens zwei Meter. Natürlich schaute ich nach links und da bekam ich mit, wie die Frau stürzte. Es muss genau in diesem Moment passiert sein.«

»Fiel sie vor die Straßenbahn oder in die entgegengesetzte Richtung?«

»Das weiß ich nicht. Es ging ja so schnell. Aber sie ist eindeutig gestürzt. Das habe ich genau gesehen, weil ich sofort angehalten habe und rübergelaufen bin.«

»War sie überall mit Blut bespritzt?« fragte einer sensationsgierig.

»Nein, sie …«

Der Kutscher erging sich voller Genuss in einer dramatischen Darstellung des Ereignisses, doch es fehlten die Details, die Owen interessiert hätten. Nach einer Weile stand er auf und entfernte sich. Morgen und an den darauffolgenden Tagen würde er ohnehin zurückkommen. Sollte sich bis dahin etwas Neues ergeben, würde man es ihm mit Sicherheit ausführlich schildern.

Als nächstes suchte er den Straßenbahnfahrer auf, der mit seinen Kollegen Tee trank.

»Es war nicht seine Schuld!« riefen sie ihm Chor. »Er konnte überhaupt nichts mehr machen. Sie lief einfach in die Straßenbahn rein.«

»Du hast sie nicht kommen sehen?«

»Wie denn? Sie lag ja an der Seite.«

»Du bist doch gefahren. Dann muss sie vor dir gewesen sein.«

»Ja, aber …«

»Vor ihm waren tausend Leute. Da kann man nicht auf jeden einzelnen achten!«

»Waren es wirklich so viele Leute? Herrschte ein derartiges Gedränge?«

»Am Ataba herrscht immer ein Gedränge.«

»Sicher, aber war diese Frau Teil der Menge oder stand sie allein da?«

»Das habe ich nicht gesehen. Ich habe sie erst bemerkt, als es diesen dumpfen Schlag gab. Da weiß man sofort, was los ist. Ich trat auf die Bremse, schaute nach links – und da lag sie!«

»Hast du sie in diesem Moment zum ersten Mal gesehen?«

»Natürlich! Ich schwöre Ihnen bei der heiligen Schrift …«

Aber das hätte er in jedem Fall getan.

Der Schaffner eilte ihm zur Hilfe. »Es wimmelte von Menschen. Das ist ja immer so. Und dann auch noch diese dummen Arabeah-Kutscher!«

»Genau! Diese dummen Arabeah-Kutscher!«

»Es ist ein Wunder, dass so etwas nicht öfter passiert.«

Auch hier gab es also nicht viel zu ernten. Owen klapperte die nahegelegenen Stände ab, befragte den Teeverkäufer, den Süßigkeitenhändler, die Betreiber der Buden für arabisches Zuckerwerk und eingelegte Gurken: obwohl sie sich deutlich an den Vorfall erinnerten – er war ja *das* Tagesgespräch – und alles hautnah mitbekommen haben wollten, stellte sich nach und nach heraus, dass kein einziger etwas mit eigenen Augen gesehen hatte.

Als nächstes versuchte es Owen mit den Straßenhändlern. Viele von ihnen hatten einen Stammplatz und weil sie beweglicher waren als die Budenbesitzer, konnten sie sich im allgemeinen ganz vorne am Fahrbahnrand aufstellen, wo am meisten los war. Sie alle waren jedoch erst nach dem Vorfall aufmerksam geworden, was sie auf das Lebhafteste bedauerten.

Aber irgendetwas hatten sie zumindest gesehen und daraus suchte Owen Nutzen zu ziehen. Könnten sie ihm denn die Danebenstehenden beschreiben, die sich am Rand der Menge aufgehalten und somit den Unfall – oder was immer das gewesen sein mochte – unmittelbar mitbekommen hatten?

Und ob sie das konnten – leider zu detailliert, als dass es möglich gewesen wäre, ihnen zu glauben.

Aber sie hatten doch sicher jemanden erkannt?

»Kann es sein, dass ich Hamidullah gesehen habe?« fragte sich der Limonadeverkäufer.

»Hamidullah?«

»Den Wasserträger.«

»Ich habe von einem Wasserträger gehört«, bestätigte Owen.

»Das könnte er gewesen sein.«

»Wo ist er jetzt?«

»Oh ...«

Dem Anschein nach unternahm der Wasserträger lange Wanderungen durch die Stadt, die ihn dreimal täglich zum Ataba führten und zwar morgens, mittags und abends. Als Owen das hörte, versuchte er, die genauen Uhrzeiten zu ermitteln.

Da der Limonadeverkäufer keine Uhr hatte, war es ihm nicht möglich, die gewünschte Auskunft zu geben. Also bat ihn Owen, den zeitlichen Abstand zu den

Rufen des Muezzin zu schätzen, ehe es ihm wie Schuppen von den Augen fiel, dass er ja eine Uhrzeit exakt kannte: die von Miss Skinners Sturz. Im Hinblick darauf würde er sich jedoch bis morgen begnügen müssen.

In dem Gefühl, immerhin etwas ermittelt zu haben und ansonsten dieser öden Fragerei reichlich überdrüssig, ließ er es fürs Erste gut sein und ging mit dem Feuerwehrkommandanten Kaffee trinken.

»Gott sei gepriesen!« rief der Beamte. »Endlich kommen Sie wieder zu mir.«

Owen erklärte ihm, was er den ganzen Tag lang unternommen hatte. Der Hauptmann gab sich überrascht, obwohl er ihn bei seiner Arbeit gesehen haben musste.

»Aber natürlich, Sie sind ja verpflichtet, die Sache zu untersuchen, wo es sich doch um eine Europäerin handelt.«

Die meisten Einheimischen setzten Amerikaner mit Europäern gleich.

»Das ist nicht bei allen aus dem Westen der Fall«, knurrte Owen. »Nur bei dieser da.«

»Werden Sie den Straßenbahnfahrer bestrafen?«

»Nein, warum auch? Er konnte ja nichts dafür.«

»Trotzdem …«

Für den Feuerwehrhauptmann galt noch die jahrhundertealte Kairoer Vorstellung, dass Strafen unabhängig von der Schuld der Täter in erster Linie der Genugtuung der Amtsgewalt zu dienen hätten.

»Soweit ich das beurteilen kann, trifft niemanden die Schuld«, brummte Owen. »Es war nichts als ein Unfall.«

»Was sonst?« fragte der Hauptmann.

In der Tat: Was sonst? Selbst wenn es sich um einen Stoß gehandelt hatte, war er doch mit an Sicherheit grenzender Wahrscheinlichkeit unabsichtlich gewesen. Vielleicht war Miss Skinner beim Rückwärtsgehen jemandem in den Weg gelaufen, der dann in einem Reflex die Hände hochgerissen hatte. Und als sie stürzte, war der Betreffende wohl in Panik geraten und hatte eilig das Weite gesucht. Owen wünschte, er könnte jemanden auftreiben, der den Hergang mitverfolgt hatte. Und wenn sich auch dann nichts Neues ergab, brauchten sie sich nicht weiter darum zu kümmern.

Es musste so etwas wie ein Unfall gewesen sein, ein versehentlicher Rempler, jemand, der sich in diesem Gedränge abrupt umgedreht hatte. Was denn sonst?

Ein vorsätzlicher Stoß? Lächerlich! Wer würde so etwas schon tun? Miss Skinner war in Kairo völlig unbekannt. Na gut, in der kurzen Zeit ihres Aufenthalts hatte sie sich bei manchen Leuten nicht gerade beliebt gemacht, doch das ging wohl kaum so weit, dass jemand sie deswegen unter eine Straßenbahn stieß!

Zugegeben, sie galt als Europäerin und Europäer waren nicht unbedingt beliebt. Aber wie oft gab es denn schon Angriffe auf Ausländer? Einmal im Jahr! Die Leute redeten sich nur ein, sowas käme öfter vor, als es tatsächlich der Fall war.

Genau, so musste es sein. Miss Skinner bildete sich das Ganze bestimmt nur ein. Zwar erweckte sie nicht den Eindruck, eine blühende Phantasie zu haben, aber was wusste man schon?

Was hätte es denn sonst sein können?

»Ich habe etwas für Sie«, verkündete der Feuerwehrhauptmann. Er kramte in einem Schrank herum und förderte einen Sonnenschirm und zwei kleine Päckchen zutage. »Jemand hat mir das gebracht. Er hat es unter der Straßenbahn gefunden, dort, wo die Frau gelegen hat.«

Eins der Päckchen war aufgerissen, so konnte Owen auf Anhieb sehen, was es enthielt: eine etwa dreißig Zentimeter große *Uschebti*-Figur von Osiris aus glasiertem Ton. Sie war handwerklich vorzüglich gefertigt und das überraschte Owen. Er nahm sie ganz heraus und drehte sie nachdenklich hin und her.

»Sie war einkaufen«, meinte der Hauptmann.

»Ja«, murmelte Owen.

Aber warum hatte sie dieses Ding erworben? So gut es auch gemacht war, es war und blieb eine Fälschung.

Die Begegnung mit Zeinab war gut verlaufen; so gut, dass Miss Skinner den Wunsch nach einer Wiederholung äußerte. Und wenn möglich, dann bei Zeinab zu Hause.

Das erwies sich allerdings als problematisch, denn Zeinab war davon ausgegangen, dass sie sich an einem Ort wie der Terrasse das Shepheard's treffen würden, wo man seine Rendezvous eben üblicherweise absolvierte. Und sie hatte nicht die geringste Absicht, jemand anderen als Owen in ihr *Appartement* zu lassen.

»Was soll das denn?« beschwerte sie sich in einem Gespräch mit Owen und Paul.

»Ich glaube, sie will dich in deiner natürlichen Umgebung sehen«, meinte Owen.

»Das Shepheard's ist meine natürliche Umgebung.«

»Sicher, aber sie geht davon aus, dass du auch ein eigenes Zuhause hast.«

Zeinab überlegte. »Wir könnten uns vielleicht bei meinem Vater treffen«, schlug sie vor.

Zeinabs Vater war ein Pascha und besaß ein Stadthaus, eine prächtige alte Villa, die von den Mamelucken gebaut worden war.

»Ich glaube … ihr schwebt eher etwas Normales vor.«

»Das *ist* ein normales Haus«, entgegnete Zeinab in einem Ton, der keinen Widerspruch zuließ.

»Es eignet sich bestimmt vorzüglich«, versicherte ihr Paul hastig.

Als dann aber Owen zu der vereinbarten Zeit in der Villa ihres Vaters eintraf, war Zeinab nicht da.

»Ich weiß nicht, wo sie ist«, beteuerte Nuri Pascha, der es schon längst aufgegeben hatte, die Unternehmungen seiner Tochter im Auge zu behalten. Er bewunderte sie aus tiefstem Herzen – erinnerte sie ihn doch an ihre Mutter, seine Lieblingskurtisane –, aber verstanden hatte er sie noch nie.

Owen sah auf die Uhr. »Miss Skinner kann jeden Moment eintreffen.«

»Cette américaine?« fragte Nuri eine Spur beunruhigt, weil er befürchtete, jetzt läge es an ihm, allein für die Unterhaltung der Besucherin zu sorgen. *»Est-elle jolie?«*

Owen hatte sich vor diesem Treffen nicht viel gedacht. Das holte er nun nach. Miss Skinners gerade Nase tauchte vor seinem inneren Auge auf, aber auch ihr spitzes Gesicht.

»Une jolie laide«, antwortete er schließlich. Auf der einen Seite wollte er Nuri nicht abschrecken, andererseits fühlte er sich der Wahrheit verpflichtet. Hässlich-hübsch.

»Ah! C'est piquant, ça!« rief Nuri neugierig. Wie alle Ägypter, die der Oberschicht angehörten, sprach er in der Regel französisch.

»Elle est formidable«, warnte ihn Owen.

Nuri ließ sich davon nicht abschrecken. Solange ihm an einer Frau alles andere gefiel, konnte sie für seinen Geschmack gar nicht *formidable* genug sein. Er liebte Herausforderungen.

Owen war nun doch etwas beunruhigt. Nuris Interessen waren ziemlich einseitig auf Politik und Sex ausgerichtet und er neigte dazu, Frauen grundsätzlich ausschließlich mit letzterem zu assoziieren. Owen hatte das Gefühl, Nuri die Situation genauer erklären zu müssen.

Dazu kam es aber nicht mehr, denn in diesem Moment kündigte der Diener Miss Skinners Ankunft an.

»Chère Madame!« Nuri erhob sich und küsste ihr die Hand.

»Mr. Pascha!« Miss Skinner war überrascht, aber nicht peinlich berührt.

»Nennen Sie mich Nuri.« Ohne ihre Hand loszulassen, führte Zeinabs Vater sie zum Diwan.

Owen war erleichtert, dass Paul mitgekommen war, denn er hatte eine dunkle Vorahnung, dass die Begegnung heute nachmittag schlecht ausgehen könnte.

Zum Glück traf in diesem Moment Zeinab ein. Wie es bei Besuchen üblich war, trug sie ein dezentes schwarzes Kleid, das allerdings mehr dem Stil der Modehäuser als dem der islamischen Tradition verpflichtet war.

»Tut mir leid wegen der Verspätung«, entschuldigte sie sich. »Ich war bei Samira. Ihre Lieblingsnichte ist beschnitten worden und das hat eine schiere Ewigkeit gedauert …«

»Beschnitten?« Miss Skinners Stimme schwoll zu einem Kreischen an. »Mädchen werden *beschnitten?*«

»Barbarisch«, kommentierte Nuri. »Schränkt das Vergnügen gewaltig ein.«

»Miss Nuri, ich hätte ein, zwei Fragen an Sie und mich würde brennend interessieren, was Sie dazu meinen ...«

Irgendwie gelang es Paul, Miss Skinner von dem Pascha zu trennen und zu Zeinab zu führen, deren Auftritt, wie Owen sich sagte, durchaus etwas Inszeniertes an sich hatte.

Gleich darauf kehrte Paul zu den Männern zurück und setzte sich neben den doch etwas enttäuschten Nuri.

»Was für ein Glück ich doch habe!« rief er. »Endlich treffe ich den Mann, von dem ich alle Geheimnisse des Khedive erfahren kann!«

»Ach, mein Freund«, seufzte Nuri betrübt, »leider gehöre ich nicht mehr dem Kreis seiner engsten Vertrauten an.«

»Sagen Sie das nicht! Erst letzte Woche habe ich mich mit Idris Bey unterhalten und er hat mir gesagt ...«

»Ist das wahr?« rief Nuri aufgeregt. »Hat er jetzt etwa ...?«

Am anderen Ende des Zimmers unterhielt sich Miss Skinner angeregt mit Zeinab. Owen schauderte es bei der Vorstellung dessen, was sie jetzt wohl alles zu hören bekam. Zeinab hatte nur ein äußerst ungefähres Wissen vom Leben der ›normalen Ägypterinnen‹, dafür war ihre Phantasie umso lebhafter.

Mittlerweile hatte Paul einen eleganten Bogen zur Tagespolitik geschlagen und erläuterte Nuri sehr zu Owens Erleichterung den Hintergrund von Miss Skinners Besuch.

»Altertümer? Ich habe bestimmt auch ein paar. Oder ich kann zumindest an welche herankommen, wenn Miss Skinner etwas kaufen ...«

»Nein, nein, es sind vielmehr die Ausgrabungen, die sie interessieren. Aber auch der Export ägyptischer Kunstschätze.«

»Eine hervorragende Idee. Wem nützen sie denn schon hier? Irgendeinem Bauerntölpel etwa, der sie nur zerstört? Da ist es doch besser, sie zu verkaufen.« Und mit einem Anflug von Wehmut fügte Nuri hinzu: »Ach, wenn doch nur die eine oder andere ungeöffnete Pyramide auf meinen Ländereien stünde!«

»Miss Skinner vertritt meiner Auffassung nach einen etwas anderen Standpunkt. Sie möchte den Export von Altertümern aus Ägypten unterbinden.«

»Unterbinden?« rief Nuri entgeistert. »Aber was verspricht sie sich davon?«

»Sie wünscht sich wohl, dass das einzigartige Erbe dieses Landes erhalten und gepflegt wird.«

»O ja, ganz richtig«, gab Nuri zu. »Unbedingt.« Dennoch wirkte er einigermaßen enttäuscht. Nach kurzem Schweigen unternahm er einen neuerlichen Anlauf, mehr über die Amerikanerin zu erfahren: »Aber, sagen Sie, mein Freund, was ist ihr eigentliches Anliegen? Schließlich gehören diese Kunstschätze *uns.*«

»Wie ich das verstehe, *mon cher* Pascha, hat sie das Gefühl, sie gehörten der ganzen Welt.«

Nuri war wie vor den Kopf geschlagen. »Der ganzen Welt?«

»Insofern als sie Teil eines gemeinsamen Erbes sind.«

»Na ja, gut«, räumte Nuri ein. »In diesem Sinne schon. Trotzdem ist mir noch nicht klar ...«

Kurzes Schweigen trat ein. Miss Skinner und Zeinab plauderten indes am anderen Ende des Raumes fröhlich weiter.

Nuri genehmigte sich eine Prise Schnupftabak. »Wie auch immer«, brummte er dann. »Erbe! Puuh! Das ist doch alles Vergangenheit. Wir müssen nach vorne schauen, in die Zukunft. Das habe ich erst neulich dem Khedive gesagt. Wie es der Zufall so will, unterhielten wir uns gerade über den Verkauf eines Tempels mit Statuen und …«

»Genau das dürfte zu den Dingen gehören, die sie so beschäftigen«, unterbrach ihn Paul

»Als Käufer war natürlich das British Museum vorgesehen.«

»Ein schwieriger Interessenausgleich«, sagte Paul und schüttelte mit einem milden Lächeln den Kopf. »Schwierig für uns alle.«

Nuri ergriff ihn am Arm. »Und gerade darum muss man ihn mit äußerster Vorsicht betreiben, mein Freund. Darauf werden Sie doch drängen, nicht wahr? Sonst könnten daraus derart gewaltige Probleme für uns entstehen, dass …«

»Wegen ein paar Altertümern?«

»So wenige sind das gar nicht. Und gerade in diesen Tagen! Wo die Preise für Baumwolle doch so gesunken sind. Einige meiner Kollegen betreiben dieses Geschäft neuerdings in großem Stil. Raquat Pascha hat mir neulich erzählt, dass er einen europäischen Agenten angestellt hat. Und Sidki Narwas Pascha hat einen Dauervertrag mit einem deutschen Museum geschlossen. Zwei oder drei von uns wollen geschäftlich eng zusammenarbeiten. Selbst der Khedive …«

Owen hörte mit zunehmender Betroffenheit zu. Da steckten ja wirklich alle unter einer Decke – die großen Paschas, der Khedive, die Museen. Der Handel mit Altertümern hatte sich landesweit zu einem blühenden Wirtschaftszweig ausgewachsen!

»Wir hängen davon ab«, erklärte Nuri mit Nachdruck. »Unsere ganze Existenz hängt davon ab. Sie müssen etwas tun, mein Freund.«

Gegenüber brachten Zeinab und Miss Skinner ihr Gespräch zu einem Ende.

»Sie wissen doch sicher einen Weg, *mon cher*«, wandte sich Nuri beschwörend an Paul. »Können Sie ihr vielleicht andere Interessen nahelegen?«

»Nun, da wäre zum Beispiel die Frauenfrage ...«

»Hm, ja«, sagte Nuri nachdenklich.

»Aber noch vordringlicher ist ihr Interesse an der Archäologie«, meinte Paul. »Ich nehme sie Ende dieser Woche nach Deir el Bahari mit.«

»Ja? Haben Sie das tatsächlich vor?«

Die Frauen erhoben sich nun.

»Mein verehrter Pascha«, raunte Paul Nuri zu, »leuchtet Ihnen nun die Bedeutung dieser politischen Fragen ein?«

»Gewiss«, erwiderte der andere. »Ganz gewiss.«

»Es wäre doch wirklich betrüblich, wenn Miss Skinner die falschen Eindrücke bekäme.«

»Machen Sie sich keine Sorgen«, versprach Nuri Pascha. »Ich weiß genau, wie ich Miss Skinner zu behandeln habe.«

Owen steckte den Kopf durch die Tür zur Bar. »Ist Trevelyan hier irgendwo?«

»Nein«, bekam er zu hören. »Er ist heute morgen weggefahren. Ist jetzt auf dem Weg nach Deir el Bahari.«

»Und unseren Segen hat er«, brummte jemand anderes.

»Außerdem ist eine Menge Geld für ihn drin«, fügte Carmichael vom Zollamt hinzu.

»Warum das?« fragte Owen und trat ganz ein.

»Es ist diese verdammte Frau«, knurrte Jopling von der Finanzabteilung. »Wir haben ihm versprochen, dass wir ihm einen Monat lang seine Drinks spendieren, wenn er sie uns für zwei Wochen vom Leib hält.«

»Je länger, desto mehr.«

»Es ist Jahresende«, ergänzte ein anderer. »Das heißt, die Jahresabrechnung steht an. Wir wissen vor lauter Arbeit schon gar nicht mehr, wo uns der Kopf steht und dann kommt diese Frau daher und steckt überall die Nase rein.«

»Von mir aus kann sie ja gerne rumschnüffeln«, meinte Jopling, »aber es passt mir nicht, dass sie uns mit ihren dämlichen Fragen die Zeit stiehlt.«

»Keiner würde was sagen, wenn sie die Abrechnungen einfach studieren würde«, schimpfte ein anderer, vermutlich ebenfalls ein Mitarbeiter der Finanzabteilung. »Aber sie verlangt über jede Kleinigkeit Aufklärung und fragt ständig, welche Zahl was bedeutet.«

»Als ob die Zahlen eine Bedeutung hätten – außer eben die, dass ohne den ganzen Abrechnungskram keiner am Jahresende glücklich ist.«

»Darum haben wir Trevelyan versprochen, ihn einen Monat lang jeden Abend freizuhalten, wenn er sie nur von uns ablenkt.«

»Das ist es uns wert.«

»Ganz bestimmt«, bestätigte Owen. »Hätte ich davon gewusst, hätte ich mich auch daran beteiligt. *Wahid Whisky-Soda, min fadlak.*« Er wartete, bis der Mann hinter dem Tresen sein Glas mit Whisky und Soda gefüllt hatte, dann setzte er sich zu Jopling und Carmichael in die Ecke.

»Hat sie sich denn auch mit Ihnen angelegt?« wollte Carmichael wissen.

»Mein Gott, Owen!« rief Jopling. »Stellen Sie sich vor, Sie pfuscht Ihnen in Ihre Geldangelegenheiten rein.«

»Danke, so weit ist es noch nicht. Sie hat es vor allem auf die Weiße-Kragen-Täter abgesehen und nicht auf die Handlanger.« Owen wandte sich an Carmichael. »Es geht um den Export von Altertümern.«

»Ach, das? Die Sache mit den Exportlizenzen?«

»Das kann sie vergessen«, meinte Jopling. »Die Finanzfritzen daheim sind ohnehin alle Anhänger des freien Handels. Und weil jetzt wieder die Liberalen an der Macht sind, wollen sie erst recht nichts von einer Lizensierung wissen.«

»Ich weiß nicht einmal, auf welcher Seite sie in der Lizenzierungsgeschichte steht«, sagte Owen. »Wie ich es verstanden habe, geht es ihr eher um die Frage, ob der Export von Altertümern überhaupt genehmigt werden darf.«

»Sie will ihn verbieten? Verdammt noch mal, dann wäre hier ja die Hölle los.«

»Wäre? Sie ist schon los.«

Jopling warf Owen einen misstrauischen Blick zu. »Was haben Sie eigentlich mit dieser Sache zu tun? In Ihr Ressort fällt sie doch gar nicht, oder?« Wie so viele hatte er allenfalls schwammige Vorstellungen vom Aufgabenbereich des Mamur Zapt. »Wenn, eigentlich müsste sich Carmichael darum kümmern.«

»Gesetzesvollzug«, erklärte Carmichael. »Das ist Owens Aufgabe.«

»Er kämpft gegen den Schmuggel an? Himmel, da haben Sie sich was vorgenommen! Viel Glück, Kumpel.«

Kaum hatten sie ihre Gläser geleert, bestellte Carmichael eine neue Runde.

»Das ist aber noch nicht alles«, sagte Owen und klärte sie über den Vorfall am Ataba auf.

»Jemand hat versucht, sie unter eine Straßenbahn zu stoßen?« fragte Jopling. »Warum ist das nicht mir eingefallen? Wäre billiger als das viele Bier gewesen.«

»Niemand hat etwas getan!« schnaubte Carmichael. »Sie bildet sich das nur ein.«

»So ähnlich lautet auch die Annahme, zu der ich immer mehr neige«, brummte Owen.

Owen hörte den Wasserträger, bevor er ihn sah. Selbst in dem Gedröhn des Ataba-el-Khadra war das Klappern der kleinen Messingtassen unverkennbar. Sie erzeugten einen Ton, so hell wie der von Glocken.

Und dann tauchte er vor ihm auf. Seine Tassen hingen ihm vorne um den Hals, am Rücken trug er einen glänzenden Blechkanister und an seinem Gürtel baumelten zwei prall gefüllte schwarze Wasserschläuche.

In den wohlhabenderen Stadtvierteln waren die Wasserverkäufer bisweilen in die traditionelle nationale Tracht gekleidet, in den ärmeren trugen sie oft nur Lumpen. Dieser hier hatte einen Kompromiss geschlossen. Oben trug er eine hemdartige Jacke, unten dagegen

Lumpen, die ruhig nass werden konnten, wenn er seine Schläuche im Nil wieder auffüllte.«

Während er sich, unter seiner schweren Last gebeugt, langsam durch die Menge schob, rief er unablässig die landesübliche Bitte: »Möge Gott es mir lohnen!«

Owen drängte sich zu ihm durch. »Du sollst deinen Lohn bekommen, mein Bruder«, sagte er.

Lächelnd nahm der Mann eine Tasse, hielt sie unter seine Schulter und beugte sich so geschickt vornüber, dass aus dem Kanister in seinem Rücken ein Strahl kühlen, sauberen Wassers in die Tasse lief, ohne dass auch nur ein Tropfen verloren ging.

Owen nahm die Tasse entgegen und nippte daran. »Dir winkt noch mehr Lohn, wenn du mir etwas sagen kannst, was ich unbedingt wissen möchte.«

»Wenn ich es weiß, sage ich es Ihnen gern.«

»Vor zwei Tagen warst du um diese Zeit an derselben Stelle und hast einer Frau geholfen, die gestürzt war.«

Der Wasserträger sah ihn neugierig an. »Ja«, sagte er, »ich kann mich an diese Frau erinnern.«

»Woran kannst du dich noch erinnern? Hast du sie stürzen sehen?«

»Ich habe sie stürzen und gegen die Straßenbahn prallen sehen. Da habe ich mir gedacht: Möge Gott sie schützen. Und ich glaube, Er hat mich erhört, denn als ich mich über sie beugte, lag sie neben der Straßenbahn. Sie war zwar verletzt, aber es war, glaube ich, nichts Schlimmes.«

»Du hast gutes Wasser«, lobte Owen. »Gib mir noch eine Tasse.«

Der Wasserträger beugte sich erneut vornüber und schenkte nach.

»Sie ist gegen die Straßenbahn geprallt«, fasste Owen zusammen. »Sie ist nicht überfahren worden?«

Der Wasserträger breitete beide Arme aus. »Ist das nicht dasselbe?«

»Nein. Denn so, wie du dich anhörst, hätte die Straßenbahn sie nicht umgefahren, wenn sie sich nicht von sich aus bewegt hätte.«

»Sie stürzte«, verbesserte sich der Wasserträger. »Sie stürzte in Richtung der Straßenbahn.«

»Und prallte gegen die Seite?«

»Ja. Mit dem Oberkörper. Und ich glaube, das war ihr Glück, weil sie sonst unter die Räder geraten wäre.«

»Demnach hat sie dicht daneben gestanden, richtig?«

Der Wasserträger nickte. »Ja, Effendi, sie stand ganz dicht daneben.«

»Aber nicht im Weg?«

»Nein, im Weg stand sie nicht.«

Owen gab ihm die Tasse zurück. »Du sprichst, als hättest du alles deutlich gesehen.«

Der Wasserträger verneigte sich. »Ich habe alles ganz deutlich gesehen. Ich stand unmittelbar daneben. Zwischen ihr und mir war sonst niemand.«

»Dann kannst du mir ja vielleicht auch sagen, wie es zu dem Sturz kam?«

Der Wasserträger zögerte. »Das sollte ich eigentlich genau wissen, aber …«

»Ist sie gestolpert?«

»Sie ist gestolpert, ja, aber erst als …«

»Ja?«

Der Wasserträger zögerte lange, bis er schließlich den Blick hob und Owen in die Augen sah. »Als sie gestoßen wurde.«

3

Hamidullah!« rief Owen. »Du hast da etwas sehr Wichtiges gesagt.«

Er hatte den Wasserträger zum Bürgersteig geführt und sich mit ihm auf den Randstein gesetzt. Einen Meter daneben kauten die Pferde der Arabeahkutscher ihr Futter, das vor ihnen auf der Straße ausgestreut worden war.

Hamidullah nickte. »Ich weiß. Und darum habe ich es nicht so leicht dahingesagt.«

»Dann sag es noch mal.«

»Sie wurde gestoßen. Ich habe es mit eigenen Augen gesehen.«

»Beschreib mir, was du gesehen hast.«

»Ich habe sie auf mich zukommen sehen. Und ich habe mir gesagt: ›Hamidullah, diese Frau ist nichts für dich. Sie wird dein Wasser nicht wollen.‹ Denn sie war eine vornehme Dame und hatte einen prächtigen Hut auf. Trotzdem achtete ich weiter auf sie, weil sie genau in meine Richtung lief und ich ihr schönes Kleid nicht mit meinen Wasserschläuchen beschmutzen wollte. Und als sie sich näherte …«

Der Wasserträger hielt inne. Sein Gesicht drückte Fassungslosigkeit aus.

»Was geschah, als sie auf dich zukam?«

»Ich würde es nicht sagen, wenn ich es nicht gesehen hätte, aber eine Hand wurde ausgestreckt und stieß sie.«

»Wo berührte sie diese Hand?«

Hamidullah griff unter seinen Kanister und fasste sich an den unteren Rücken. »Hier«, erklärte er. »Ich war verblüfft. Ich traute meinen Augen nicht.«

»War es ein fester Stoß?«

»Effendi, es muss ein fester Stoß gewesen sein, weil sie heftig stürzte. Erst kam sie mit stolzen Schritten daher; das sah so aus ...« Der Wasserträger reckte die Nase zum Himmel und tat so, als stolziere er. »Und plötzlich lag sie so da ...« Er legte sich theatralisch auf den Boden.

»War es denn nicht ein harmloser Schubser, wie es schon mal passieren kann, wenn man es eilig hat und jemand im Weg steht?«

»O nein, Effendi! Man sollte keinen Menschen stoßen und auch nicht schubsen, das wäre unhöflich und grob. Aber das war kein Rempler ... Ich war wie vom Donner gerührt.«

»Weißt du, was das heißt, Hamidullah? Angenommen, sie ist nicht von einem unhöflichen Menschen im Vorbeigehen angerempelt worden, sondern jemand hat sie fest gestoßen, dann muss er das vorsätzlich getan haben, in der Absicht, diese Frau zu verletzen.«

»So ist es, Effendi. Darum war ich ja so durcheinander. Das war keine Unhöflichkeit mehr, Effendi, das war ... ein Verbrechen.«

Hamidullah starrte Owen mit weit aufgerissenen Augen an. Er hatte sich immer noch nicht von dem Schock erholt.

In seinem Rücken konnte Owen die Pferde kauen hören, während sich von vorne mit schwankendem Kopf, der die Dächer der Arabeahs um ein gutes Stück überragte, ein Lastkamel mit einer neuen Ladung Futter näherte.

Owen hätte dem Wasserträger am liebsten auf die Schulter geklopft. »Das wäre in der Tat ein Verbrechen, Hamidullah«, sagte er feierlich. »Und darum muss ich dich noch etwas fragen: Du hast die Hand gesehen – hast du auch den Mann gesehen?«

»Nein, Effendi.«

»Du hast die Hand gesehen«, wiederholte Owen. »Den Mann, dem sie gehörte, hast du nicht gesehen?«

»Es standen ja so viele Leute da. Die Dame ging um sie herum. Und als ich sie beobachtete, sah ich aus der Menge plötzlich eine Hand kommen und die gab ihr einen Stoß, einen festen Stoß. Ich habe nur die Hand gesehen.«

»Kein Gesicht, keine Kleider?«

Hamidullah schüttelte den Kopf. »Es standen Leute im Weg. Ich habe nur die Hand gesehen.«

»Zu jeder Hand gehört doch ein Arm. Was kannst du mir über den Arm sagen?«

»Ich … ich kann mich nicht erinnern.«

»Die Kleidung? War es ein Ärmel wie meiner oder einer wie deiner?«

»Wie meiner, Effendi.«

»Die Farbe?«

»Ich kann mich nicht erinnern.«

»Blau? Weiß?«

»Ich glaube, blau, Effendi.«

»Ein Fellache?«

»I-ich glaube, ja, Effendi. Es tut mir leid, Effendi, aber ich habe ihn nicht gesehen. Es ging alles so schnell.«

Mehr war von ihm nicht zu erfahren. Eine Hand in

der Menge, soviel hatte er gesehen. Aber das war es auch schon.

»Das genügt nicht!« schnaubte Garvin, der Kommandant der Kairoer Polizei.

»Es genügt doch gewiss, um einen Verdacht auf einen Überfall zu begründen«, wandte McPhee ein, der stellvertretende Kommandant.

Die Besprechung fand bei McPhee in dessen Büro statt. Owen hatte ihn unmittelbar nach seiner Rückkehr in die Bab-el-Khalk aufgesucht und McPhee, der jeden Angriff auf Europäer sehr ernst nahm, hatte umgehend Garvin eingeschaltet.

»Theoretisch mag das ja möglich sein«, brummte Garvin. »Aber kommt es nicht darauf an, wie fest ein solcher Stoß ist?«

»Es war ein gewaltsamer Stoß«, erklärte Owen. »Miss Skinner und Hamidullah haben das unabhängig voneinander bestätigt.«

»Eine wohlhabende Dame, die zum erstenmal in Kairo ist? Die die Massenaufläufe hier nicht gewohnt ist? Da dürfte sie doch jeden Stoß als gewaltsam empfinden.«

»Hamidullah hat es auch so gesehen.«

»Nun ja.« Garvin, der seit zwanzig Jahren in Ägypten lebte und seine Kairoer, insbesondere die ärmeren, bestens kannte, blieb skeptisch. »Kann man denn überhaupt eine andere Reaktion von ihm erwarten? *Jeder* Stoß, vorausgesetzt, er trifft eine *Sitt,* muss ihm doch gewaltsam erscheinen.«

»Er war immerhin so gewaltsam, dass sie stürzte«, gab Owen zu bedenken.

»Was mir an der Sache nicht gefällt, ist die Straßenbahn«, brummte McPhee.

»Was soll sie damit zu tun haben? Sie ist in diesem Moment eben zufällig vorbeigefahren, sonst nichts.«

McPhee bedachte ihn mit einem skeptischem Blick. »Ich bin mir da nicht so sicher. Drängeln und Stoßen ist doch ganz und gar nicht die Art der Ägypter. Sie sind eher wie Hamidullah. Sie wären entsetzt, wenn jemand eine Dame umstieße.«

»Eine Menschenmenge«, sinnierte Garvin, »und dann jemand, der im Weg steht.«

McPhee schüttelte den Kopf. »Sie würden trotzdem um eine Dame herumgehen.«

»Wie auch immer, so verhielt es sich ja nicht«, sagte Owen entschieden. »Zumindest dann nicht, wenn Hamidullah Recht hat. Laut seiner Aussage war sie diejenige, die der Menge auswich. Und als sie beiseite trat, kam aus der Menge eine Hand und gab ihr einen Stoß.«

»Genau das finde ich ja so ...«, fing McPhee an.

»Eine Hand in der Menge!« unterbrach ihn Garvin. »Das ist auch schon alles. Viel ist damit nicht anzufangen, oder sehen Sie das anders? Jedenfalls nicht genug, um das *Parquet** zu weitergehenden Ermittlungen aufzufordern.«

»Wir müssen etwas unternehmen«, beharrte McPhee. »Diese Angelegenheit können wir auf keinen Fall einfach auf sich beruhen lassen und sei es auch nur, um der Sicherheit dieser Frau willen.«

Garvin blieb einen Moment lang still. Er überlegte.

---

* die unter Napoleon von den französischen Kolonialherren in Ägypten eingesetzte Staatsanwaltschaft

»Ist das wirklich ein ausschlaggebender Grund?« fragte er schließlich.

»Unbedingt!« rief McPhee. »Wir sollten wirklich ...«

»Schon gut, aber genügt das?« Garvin wandte sich an Owen. »Seit wann, sagten Sie, hält sie sich in Kairo auf?«

»Seit zehn Tagen.«

»Nicht lang genug, um sich hier Feinde zu machen, würde ich sagen. Und sie dürfte auch kaum welche mitgebracht haben!«

»Worauf wollen Sie hinaus?«

»Ich frage mich, ob dieser Angriff wirklich gegen sie persönlich gerichtet war.«

»War sie etwa nicht diejenige, die angegriffen wurde?« blaffte McPhee.

»Sicher, aber doch bestimmt nicht, weil sie Miss Skinner heißt.«

»Warum dann?«

»Weil sie eine Fremde ist. Eine Europäerin – zumindest in den Augen des Angreifers. Oder – was halten Sie davon? Jemand aus Europa und noch dazu eine Frau!«

»Irgendein Fanatiker?«

»Jemand, der ihre Kleidung anstößig fand. Weil sie keinen Schleier trug.«

»Wir sind hier doch in Kairo«, wandte Owen ein. »Da ist man Europäerinnen inzwischen gewöhnt.«

»Derjenige, der sie gestoßen hat, vielleicht nicht. Es könnte ja irgendein religiöser Fanatiker gewesen sein.«

Ihre Unterredung geriet ins Stocken.

»Etwas in dieser Richtung muss es doch gewesen sein, oder?« setzte Garvin nach einer kurzen Pause nach. »Ich kann mir beim besten Willen nicht vorstellen, dass der Angriff Miss Skinner persönlich galt. Dafür ist sie einfach noch nicht lange genug im Lande.«

Owen sah ihn nachdenklich an. »Sie könnten Recht haben«, räumte er zögernd ein.

»Und wenn meine Vermutung stimmt, brauchen wir uns um ihren Schutz nicht mehr den Kopf zu zerbrechen. Es war ein Unfall, wie er jedem mal passieren kann und so etwas wird sich bestimmt nicht wiederholen.«

»Hoffentlich«, brummte Owen. »Ihr Onkel wird womöglich der nächste Präsident von Amerika.«

McPhee ging abrupt zum Fenster und schenkte sich aus einem Tonkrug, der hier in der kühlenden Zugluft stand, eine Tasse Wasser ein. »Es wäre vielleicht keine schlechte Idee, wenn sich jemand mit ihr unterhielte. Man könnte ihr ja mal das mit dem Schleier vorschlagen.«

»Sehr gut. Owen könnte das tun.«

»Geht nicht mehr. Sie hat die Stadt verlassen.«

»Wo ist sie hin?«

»Deir el Bahari.«

»Deir el Bahari? Umso besser. Dort kann ihr nichts mehr passieren.

Aber Miss Skinner würde zurückkommen. Und dann würde sie von Owen Auskunft darüber verlangen, was er hinsichtlich der Altertümer unternommen hatte. Owen beschloss, seine Ermittlungen heute im Museum zu beginnen.

Am Eingang nahm ihn ein abgekämpft wirkender Unterkustos in Empfang. »Wir schaffen gerade die Kuh der Hathor fort«, erklärte er.

»Kuh?«

»Sie wissen schon. Das müssen Sie doch wissen!«

Owen zermarterte sich das Hirn – ohne Erfolg.

»Die Kuh der Hathor!« rief der Unterkustos ungeduldig. Der Name kam Owen irgendwie bekannt vor. »Habe ich nicht schon mal was darüber gelesen?«

»Vor eineinhalb Jahren. Die Zeitungen waren voll davon!«

»Jetzt fällt es mir wieder ein! Sie wurde in … in irgendeinem Tempel gefunden …«

»Menthu Hetep.«

»… und hierher gebracht. Damals wurde ein großes Tamtam darum gemacht.«

»Man hatte auch allen Grund dazu«, versetzte der Unterkustos gekränkt. »Sie ist eines unserer wertvollsten Stücke.«

Mehrere Arbeiter kamen in geduckter Haltung rückwärts ins Foyer gewankt. Beim zweiten Hinsehen erkannte Owen, dass sie an Seilen zerrten. Unwillkürlich dachte er an eine Tauziehmannschaft.

»Stetig!« schrie der Unterkustos. »Stetig ziehen!«

Hinter ihnen glitt ein Podest in den Raum. Darauf stand eine wunderschöne, aus Kalkstein gearbeitete Kuh. Sie war rötlich-braun und mir schwarzen Flecken bemalt. Auf ihrem Kopf prangte etwas, das Owen für einen Hut hielt.

»Eine Mondscheibe«, korrigierte ihn der Unterkustos. »Mit zwei Federn. Das ist der übliche Kopfschmuck der Göttin Hathor.«

»Ich verstehe. Aber was …?«

Unter dem Kopf war eine Männerskulptur zu erkennen.

»Der König als Erwachsener«, erklärte der Unterkustos. »Und da hinten ist er als Säugling dargestellt.«

Am anderen Ende der Kuh sah Owen die Gestalt eines kleinen Jungen, der an ihrem Euter sog. Diese Komposition hatte etwas bei den alten ägyptischen Statuen nur selten zu findendes Intimes und Menschliches an sich.

»Schön, nicht wahr?« fragte der Unterkustos in zärtlichem Ton.

Die Tauziehmannschaft verschwand in einem Korridor, die Kuh glitt hinterher und ihr folgte dicht auf den Fersen eine Gruppe von aufgeregten Museumsbediensteten, alle mit Tarbusch.

»Wohin wollten sie eigentlich? Zur Abfertigungshalle?«

Zwischen zwei gut sieben Meter hohen Kolossen hindurch und weiter vorbei an einer Reihe beängstigend lebensecht bemalter Pharaonenstatuen lotste der Unterkustos Owen in einen Raum, in dem sich etliche halb geöffnete Sarkophage und mehr oder weniger aufgewickelte Mumien befanden.

Der Mann hielt einen Moment verwirrt inne, fasste sich jedoch schnell wieder und schritt entschlossen zu einem gegen die Wand gelehnten vergoldeten Sarkophagdeckel am anderen Ende. »Man weiß nie, wohin mit diesen verdammten Dingern«, brummte er und schob den Deckel beiseite. Dahinter kam eine Tür zum Vorschein. Der Unterkustos öffnete sie und führte Owen in einen Kellerraum hinunter. Dort arbeiteten mehrere Männer über Verpackungskisten gebeugt, während ein Sekretär mit einem Formular in der Hand, das Owen an einen Abrechnungsbogen erinnerte, danebenstand.

»Hallo Lucas«, begrüßte ihn der Unterkustos. »Wir wollten mal sehen, wie es mit den Exportstücken vorwärts geht.«

»Sie kommen gerade recht.« Der Sekretär warf einen kurzen Blick auf den Bogen. »Möchten Sie ein paar Schätzungen vornehmen, wenn Sie schon mal da sind?«

Wie so viele seiner Kollegen war dieser Sekretär Kopte und hatte ein ähnlich rundes, etwas flaches Gesicht wie manche der Statuen im oberen Stockwerk. Die Kopten waren die Ureinwohner Ägyptens. Die Araber waren erst später zugewandert.

»Was haben Sie denn für mich?« fragte der Unterkustos.

Lucas deutete auf die Kisten.

»Wie viele? Drei? Ach, das habe ich gleich.« Der Unterkustos beugte sich über die erste Kiste und studierte die Adresse. »Brownlow«, las er. »Captain Brownlow. Aha, einer von den Jungs, die ihren Heimaturlaub antreten dürfen.«

Er begann die Gegenstände herauszunehmen. »Ein Satz Kanopen, achtzehntes Jahrhundert, gut erhalten, fünfzehnhundert Piaster. Ein Krug, groß, dreiundzwanzigste Dynastie, etwas angeschlagen, siebenhundert Piaster. Ein Wandtäfelchen, klein, zwölfhundert Piaster; vier an Mumien gefundene Halsketten – waren wohl alle die Freundinnen des Grabinhabers, nein, er könnte ja auch Schwestern gehabt haben … Wo war ich stehen geblieben, Lucas …?«

»Halsketten«, antwortete der Sekretär, der mit gezücktem Bleistift wartete.

»Halsketten, ach, sagen wir je zweihundert. Sechs

Uschebti-Figuren, sechshundert Piaster, nein, warten Sie, die sehen ja aus wie die unseren ...« Das Museum hatte einen vorzüglich bestückten Verkaufssaal. »Das zeigt, dass er Geschmack hat; ist ja auch egal ... Skarabäen – mein Gott, wie viele sind das denn? Sagen wir dreihundert Piaster jeder ...«

Er beugte sich über die nächste Kiste. Wieder nahm er sich die Gegenstände einzeln vor und diktierte dem Sekretär die Preise.

»Das ging aber schnell«, kommentierte Owen, als er fertig war.

»Es mag oberflächlich aussehen«, rechtfertigte sich der andere, »aber wenn man das schon zigmal gemacht hat und nie etwas Außergewöhnliches dabei ist, dann erledigt man das mit der Zeit ziemlich schnell.«

»Und was ist, wenn Ihnen doch mal was Ungewöhnliches unterkommt?«

»Ich sehe in den Katalogen nach und orientiere mich an den zur Zeit üblichen Preisen. Normalerweise findet man für jedes Stück etwas Vergleichbares. Wenn man andererseits so was wie die Kuh kriegt – was macht man dann? Tja, ich denke, man saugt sich einen Phantasiepreis aus den Fingern. Eine Nofretetebüste zum Beispiel – sagen wir eine Million? Natürlich britische Pfund, nicht Piaster. Eine Mumie, nach der noch alle graben – die von Tutanchamun vielleicht? Zwei Millionen? Und wie hoch sollte ich dann erst die Pyramide einschätzen, sofern sie noch existiert?«

Owen lachte. »Irgendwann wird es langsam unmöglich, hm?«

»So etwas sollte man eben anders behandeln. Es müsste so etwas wie ein Lizenzierungssystem geben.«

»Stimmt, dieses Argument habe ich schon mal gehört.«

»Das Ärgerliche daran ist nur, dass man die Funde so hoch bewerten kann wie man will – am Ende muss der Käufer doch nur eine Steuer von 2,5 Prozent entrichten.«

»Bei einer Million?«

Der Unterkustos zuckte die Schultern. »Im Prinzip ja, aber ganz so funktioniert das System auch wieder nicht. Wenn es sich um etwas wirklich Besonderes handelt – die Kuh zum Beispiel – gibt es einen einzigen Grund, der den Verkauf verhindert: das Aufsehen, das der Fall erregt. Dabei ist es nicht so sehr das öffentliche Echo in diesem Land – obwohl wir alles in unsere Macht Stehende tun, Aufmerksamkeit zu erregen –, sondern die Aufregung außerhalb. Sie können über den Generalkonsul sagen, was Sie wollen, aber er zeigt sich solchen Angelegenheiten gegenüber sehr aufgeschlossen, vor allem der neue.«

»Richtig, im Moment ist das Interesse an unserem Export von Altertümern enorm«, bestätigte Owen seufzend.

Der Unterkustos stieß ebenfalls einen Seufzer aus. »Aber im Grunde wird damit nur eins erreicht: Die Leute fühlen sich dazu ermuntert, die bestehenden Bestimmungen zu umgehen. Sie schnappen sich irgendwas, halten es geheim und schmuggeln es aus dem Land, ohne dass wir je davon erfahren.«

»Wie bewerkstelligen sie das?«

»Das weiß ich auch nicht. Da müssen Sie die Zollbeamten in Alexandria fragen.«

Die Arbeiter verstauten mit flinken Fingern die Gegenstände in den Kisten. Als auch die letzte fertig war, trat ein Aufseher hinzu und nagelte die Deckel zu. Nun vergewisserte sich der Sekretär, dass die Deckel fest saßen und brachte ein Siegel an.

»Wir tun, was wir können«, erklärte der Unterkustos.

»Wie geht es mit den Kisten weiter?«

»Sie werden nach Alexandria geschickt. Eine Abschrift der Preisschätzungen wird beigefügt. Eine zweite Kopie geht an den Mudir des Zollamtes von Alexandria. Eine dritte verbleibt bei uns.«

»Eine Kopie begleitet also die Kisten?«

»Richtig und sie wird dann mit derjenigen verglichen, die wir dem Mudir schicken.«

»Was geschieht, wenn mal eine Schätzung fehlt?«

»Das fragen Sie besser den Mudir.«

Sie verließen den Keller auf einem anderen Weg, weil der Unterkustos überprüfen musste, ob die Kuh den Transport unbeschadet überstanden hatte.

»Eines unserer beliebtesten Ausstellungsstücke«, schwärmte der Beamte.

Owen sah sie sich genauer an.

»Herrlich, nicht wahr? Vielleicht der schönste Fund, den wir je aus Deir el Bahari bekommen haben.«

»Wollen wir mal für ein paar Tage nach Alexandria fahren?« schlug Owen vor.

»Wozu?« fragte Zeinab.

»Die Meeresluft. Der Hitze hier entkommen.«

»Halb Kairo wird dort sein. Ich nicht.«

»Ach, komm schon. Ich wollte mich mal über die Regelungen bei der Verzollung im Hafen informieren.«

»Regelungen bei der Verzollung?« fragte Zeinab ungläubig. »Klingt ja sehr verlockend.«

»Außerdem könnten wir am Abend ins Zizinia gehen«, stellte ihr Owen in Aussicht. Er hatte schon mit einer skeptischen Reaktion gerechnet und seine Hausaufgaben gemacht. »*Die Meistersinger von Nürnberg* wird gegeben; das haben wir noch nicht gesehen. Und morgen könnten wir in *La Bohème* gehen.«

»Das ist was anderes«, räumte Zeinab ein.

So fand sich Owen am übernächsten Vormittag im Büro des *Directeur Local des Douanes d'Alexandrie* ein.

»Ach Gott, guter Mann!« rief der Mudir des Zollamts. »Warum sind Sie nicht auf einem Esel gekommen?«

In der Tat: warum nicht? Um ins Zollamt zu gelangen, hatte Owen einen Fußmarsch von zwei Meilen vorbei an nicht enden wollenden Kais absolvieren müssen. Zudem hatte die gnadenlos herunterbrennende Sonne den gepflasterten Weg derart aufgeheizt, dass Owen trotz guter Sohlen wie auf Kohlen ging. Und weil auch noch das Meer das grelle Sonnenlicht widerspiegelte, konnte er kaum noch etwas sehen. Zu allem Überfluss war rechts eine fast ununterbrochene Kette von Maultierkarren an ihm vorbeigerumpelt und die hatte alles um sich herum in eine gewaltige Staubwolke gehüllt. Als Owen zu guter Letzt im Zollamt eintraf, war sein Tarbusch praktisch weiß.

Mit einem mitleidigen Zungenschnalzen klopfte ihn der Mudir von oben bis unten ab und bestellte eine Limonade für ihn. »Nun, mein Wertester«, fragte er schließlich, »worum geht es diesmal? Haschisch, Waffen oder Schmuddelpostkarten?«

»Altertümer.«

»Altertümer?« rief der Mudir überrascht. »Aber das ist doch etwas Sauberes. Relativ!« fügte er hastig hinzu«

»Trotzdem ...«

Der Mudir führte den Besucher in eine lange Halle. Durch das Tor am anderen Ende konnte Owen eine Schlange wartender Fahrzeuge sehen.

»Warenannahme«, erklärte der Mudir.

Lastenträger schleppten in einem steten Strom Kisten durch das Tor. Egal wie groß sie waren, jeder hatte sich eine auf die Schultern geladen. Sobald sie das Tor erreichten, wurden sie von einem Beamten angehalten, der sie aufforderte, sich umzudrehen; dann studierte er das Schild und dirigierte sie schließlich in den für den jeweiligen Bestimmungsort vorgesehenen Teil der Halle.

Bisweilen brachten die Lastenträger die Frachtdokumente selbst mit, in der Regel wurden sie ihnen jedoch schon vorher von einem Effendi in Anzug und Tarbusch abgenommen, der sich mit lauten Kommandos und hektischem Getue sehr wichtig machte.

»Das sind die Leute von der Agentur«, bemerkte der Mudir.

»Die kennen wir inzwischen ganz gut.«

»Wozu braucht man eine Agentur?« fragte Owen.

»Nun, angenommen, Sie hätten Altertümer erworben und wollten sie nach England schicken, dann könnten Sie das entweder selbst tun oder aber eine Agentur damit beauftragen. Die meisten benutzen eine Agentur. Damit spart man sich viel Arbeit. Verstehen Sie, Altertümer müssen nämlich immer erst zur Bewertung ins Museum geschickt werden.«

»Ja, das weiß ich schon«, brummte Owen.

»Tatsächlich? Dann ist Ihnen ja bereits klar, welche Vorteile eine Agentur bietet. Die holen die Sachen ab, verpacken sie, bringen sie ins Museum, schaffen sie nach der Schätzung nach Alexandria und schleusen sie dort durch den Zoll. Wirklich eine enorme Erleichterung.«

Unter den Effendis bemerkte Owen eine junge Frau mit grüner Jacke. »Gehört sie auch zur Agentur?«

Der Mudir runzelte die Stirn. »Meines Wissens nicht.«

Die Frau schien jedoch für eine Lieferung die Verantwortung zu tragen. Jedenfalls sprach sie einen Unterinspektor an, führte ihn zu einem kleinen Kistenstapel und zeigte ihm ein paar Dokumente.

»Das ist ungewöhnlich«, murmelte der Mudir. »Ich habe noch nie erlebt, dass …«

Dass eine Frau in einem Unternehmen, egal welcher Art, arbeitete und noch dazu vor aller Leute Augen, war in der Tat ungewöhnlich, wenn sie nicht gerade eine Tätigkeit der untersten Kategorie verrichtete, als Orangenverkäuferin auf einem Markt zum Beispiel. Doch diese Frau war nicht nur gut gekleidet, sondern stammte zudem aus Europa oder zumindest aus der Levante.

»Ich glaube, ich habe sie schon mal gesehen«, überlegte der Mudir.

Während der Unterinspektor die Kisten zählte, nahm ihm die Frau eins der Dokumente ab und entfernte sich mit entschlossener Miene. Der Unterinspektor begann unterdessen, die Kisten kritisch zu mustern.

»Wird er sie öffnen?« fragte Owen.

»Das kommt darauf an. Wenn die Papiere in Ordnung sind, wird er wohl darauf verzichten. Kennen Sie sich mit dem Verfahren aus? Das Museum schickt eine Abschrift der Bewertung direkt an uns. Eine zweite Abschrift begleitet die Kiste. Die Dokumente reisen also getrennt und können erst wieder verglichen werden, wenn die Kiste bei uns eintrifft. Auf diese Weise verhindern wir, dass jemand die Listen manipuliert.«

»Dass jemand etwas hinzufügt?«

»Man könnte womöglich eine Zahl verändern.«

»Aber es könnte doch auch noch etwas anderes in eine Kiste hineingelegt werden – etwas, das nicht auf der Liste eingetragen ist.«

Der Mudir schüttelte den Kopf. »Unwahrscheinlich. Die Kisten werden im Museum versiegelt.«

»Trotzdem ...«

Der Unterinspektor pochte plötzlich auf eine Kiste und begann sie zu öffnen.

»Möchten Sie sich das ansehen?« bot der Mudir an. Er nahm Owen am Arm und führte ihn zu dem Unterinspektor. »Warum gerade diese?« fragte er ihn.

»Das Siegel sieht so aus, als hätte sich jemand daran zu schaffen gemacht.«

»Das Siegel wird immer zuallererst überprüft«, erklärte der Mudir, an Owen gewandt. »Wer gerissen ist, kann so eine Kiste allerdings jederzeit öffnen, ohne das Siegel zu brechen.«

»Dann müsste er aber schon sehr gerissen sein«, bemerkte der Unterinspektor. »Wir schauen nämlich genau hin.« Vorsichtig packte er den Inhalt aus und verglich die einzelnen Gegenstände – mehrere herrliche Kanopen und zwei zierliche Figurinen – mit den Angaben auf der Liste. »Scheint zu stimmen«, murmelte er und forderte einen Arbeiter mit einer Geste auf, den

Deckel wieder anzubringen. Während der Mann die Kiste noch zunagelte, beugte er sich darüber und brachte seine Prüfsiegel an.

»Zwei Zeichen«, erläuterte der Mudir. »Einmal muss dokumentiert werden, dass die Kiste durch den Zoll gegangen ist und dann, dass sie geöffnet wurde.«

»Was ist das da?« rief der Unterinspektor und deutete auf eine Kiste, die etwas abseits von den anderen stand.

Der Arbeiter schüttelte zweifelnd den Kopf.

»Dann muss ich sie mir anschauen.«

Sofort stemmte der Arbeiter eine Seitenwand dieser vergleichsweise hohen, doch schmalen Truhe auf. Darin befand sich eine sorgfältig mit Stroh gepolsterte und zusätzlich in ein grünes Tuch gewickelte Steinstatue. Der Unterinspektor entfernte das Tuch. Ein meisterhaft gemeißelter Affe mit Hundekopf kam zum Vorschein.

»Was kann der nur wert sein?« murmelte der Unterinspektor vor sich hin und sah auf seiner Liste nach. »Dreißigtausend Piaster? Ist das alles? Aber wenn das Museum das sagt … Nun, zweieinhalb Prozent von dreißigtausend …«

»Siebenhundertfünzig Piaster«, brummte Owen. »Fünfundsiebzig Pfund. Das ist nicht viel.«

»Was machen Sie da mit meinem Thoth?« fragte eine kühle Stimme in ihrem Rücken.

Es war die Frau in der grünen Jacke.

»Ist das Ihre Kiste?« wollte der Unterinspektor wissen. »Sie stand etwas abseits.«

»Ich hatte sie nicht gesehen und habe schon in der ganzen Halle danach gesucht. Als ich sie nirgends fand, dachte ich schon, jemand hätte sie irgendwo stehen lassen.« Sie wandte sich an Owen. »Und? Was halten Sie davon?«

»Herrlich«, antwortete er voll aufrichtiger Bewunderung.

»Nicht wahr?« Sie streichelte die Hundeohren. »Gerade bei diesem Stück fällt mir die Trennung besonders schwer.«

»Trennen Sie sich nicht für viel zu wenig Geld davon?«

Sie sah ihn erstaunt an. »Das glaube ich nicht. Hoffentlich nicht.«

»Dreißigtausend Piaster?«

»Das ist der übliche Preis. Wir haben ein Geschäft in Mailand.«

Aha, keine Levantinerin. Anscheinend gehörte sie der großen italienischen Kolonie in Alexandria an.

»Trotzdem ist das doch sicher ziemlich wenig für eine Originalfigur dieser Qualität.«

»Über die Qualität bin ich mir nicht so sicher. Aber für eine Originalfigur wäre es in der Tat recht wenig ... Wenn sie das denn wäre.«

»Ist sie ... ist sie denn nicht echt?«

»Sie ist absolut echt«, erwiderte die Frau empört. »Nur handelt es sich zufälligerweise um eine Nachbildung.«

Beschämt beugte sich Owen über den Affengott und sah ihn sich etwas genauer an.

»Na ja, der Unterschied ist nicht immer leicht zu erkennen.« Offenbar hatte die Frau Mitleid mit ihm bekommen. »Bei einer guten Imitation bemerkt man ihn erst an der Glätte des Steins.«

Sie ergriff seine Hand und legte seine Finger auf den Hintern des Affengottes.

»Spüren Sie das? Zu glatt, zu regelmäßig. Unsere Werkzeuge sind besser als die der Leute damals. Bei einem Original gibt es immer Unebenheiten.«

Lachend ließ sie seine Hand los. »Verstehen Sie jetzt?« fuhr sie fort. »Dreißigtausend Piaster sind doch nicht unrealistisch.«

»Es ist eine sehr gute Imitation.«

»Wir verbürgen uns für Qualität«, erklärte sie.

»*Ta'ib*«, sagte der Unterinspektor. »Alles in Ordnung.« Daraufhin nagelte der Arbeiter die Kiste wieder zu.

»Was möchten Sie als nächstes sehen?« fragte der Mudir Owen. »Unsere Dokumente? Oder soll ich Ihnen die Sicherheitsvorkehrungen erläutern?«

Nach der Besichtigung setzten sie sich ins Büro des Mudir und tranken Kaffee. Als Owen die Tasse an seine Lippen führte, roch er unvermittelt den Duft eines Parfüms an seiner Hand.

Das Opernhaus war klein und anmutig, das Publikum groß und begeistert. Weil es in erster Linie aus Italienern bestand, die heute ihre erste Erfahrung mit Wagner machten, nahm es die *Meistersinger* allerdings mit gemischten Gefühlen auf.

Auch Zeinab war sich nicht so sicher. Wenn sie in die Oper ging, identifizierte sie sich immer mit der Heldin, doch in diesem Fall war nicht viel da, was sie als Frau hätte ansprechen können.

»Sie ist viel zu passiv!« beschwerte sie sich in der Pause bei Owen.

Passiv war Zeinab mit Sicherheit nicht. Sie hatte in jeder Hinsicht die Sprunghaftigkeit und viel von der melodramatischen Ichbezogenheit einer Operndiva.

»Die besten Rollen haben die Männer«, sagte sie düster. »Ich weiß nicht, ob ich Wagner mag. Er ist zu kalt, zu steif. Wie die Engländer.«

Owen, der sich persönlich angegriffen fühlte, wies sie darauf hin, dass er Waliser war.

»Der Schein trügt, wie immer«, lachte Zeinab und hängte sich bei ihm ein.

»Oh, hallo!«

Carmichael von der Zollaufsicht hatte Owen erkannt, war sich aber nicht sicher, wie er seiner Begleiterin, die offenbar sehr vertraut mit Owen war, aber doch sicher nicht seine Frau – eine Araberin? –, begegnen sollte.

»Miss Al Nuri«, stellte Owen vor.

»Äh … hallo«, sagte Carmichael verlegen. Im stark vom Westen geprägten Milieu der Oper war es eher eine Ausnahme, wenn man eine Ägypterin antraf. Ja, im Grunde sah man dort überhaupt nur sehr wenige Frauen – rund ums Mittelmeer und nicht nur in Ägypten wachten die Männer eifersüchtig über ihre Gattinnen.

Der Mamur Zapt, schloss Carmichael, war in dieser Hinsicht wohl anders.

Zeinab, die seine Unsicherheit sichtlich genoss, zwinkerte ihm über ihren Schleier hinweg zu. Carmichael lief rot an.

»Auf Besuch hier?« fragte er Owen hastig.

»Wollte mir mal das Zollamt ansehen.«

»Ach, das werden Sie bestimmt hochinterassant finden!« rief Carmichael überschwenglich. »Hamdi Pascha hält seinen Laden in Ordnung. Er gehört zu Chitty Beys Leuten.«

Chitty Bey, eine schillernde Gestalt, die das Zollamt in seiner jetzigen Form aufgebaut hatte, genoss legendären Ruf in dieser Gegend.

Owen nickte. »Auf alle Fälle scheint man die Lage im Griff zu haben.«

In diesem Moment rief sie eine Glocke in den Prachtsaal mit seinem vergoldeten Zierwerk und den abgeschlossenen Haremslogen an den beiden Längsseiten zurück.

Die Oper endete mit einem langen, donnernden Finale, das Owen als bloße Vaterlandsverherrlichung abtat. Auch die übrigen Zuhörer wussten nicht so recht, was sie davon halten sollten. Schließlich rangen sich einige zu einer Auffassung als Neuinterpretation im Sinne der ägytischen Nation durch und spendeten lebhaften Beifall.

»Scheißnationalisten!« stieß Carmichael hervor und lief schon wieder rot an. »Müssen die einem alles verderben?«

Sie traten ins Foyer.

»Darf ich Sie mitnehmen?«

Da die Leute soeben alle aus dem Opernhaus gestürzt kamen, um noch eine Arabeah zu ergattern, waren Owen und Zeinab froh, dass sie bei jemandem mitfahren durften, der schon vorher eine gebucht hatte.

Unterwegs kamen sie noch einmal am Zollamt vorbei. »Wirklich ordentlich geführt«, sagte Carmichael zufrieden. »Kein Vergleich mit den früheren Zuständen. Sehen Sie dieses Haus da?« Er deutete mit dem Daumen auf eine zwischen herrlichen Bäumen gelegene Prachtvilla. »Wurde von dem Burschen erbaut, der für die Festlegung der Baumwollpreise zuständig war. Natürlich vor Chitty Beys Zeit. Wir nennen es Manchester House.«

»Vielleicht verdankt jemand den Altertümern einen ähnlichen Palast«, brummte Owen.

Bei Owens Rückkehr ins Hotel wartete eine Nachricht von Garvin auf ihn. Sie lautete: *»Begeben Sie sich umgehend nach Deir el Bahari. Miss Skinner ist etwas zugestoßen.«*

4

Die Fahrt nach Deir al Bahari war beschwerlicher, als es auf den ersten Blick aussah. Zunächst einmal lag es über vierhundert Meilen von Kairo entfernt. Auch erreichte man es nicht direkt, sondern musste den letzten Teil des Weges auf einem Maultier zurücklegen. Andererseits war es nicht mehr nötig, mit dem Boot zu fahren, wie es Miss Skinner getan hatte. Genauso gut konnte man die Strecke auch mit der Eisenbahn zurücklegen, zumal sie seit neuestem prächtig ausgestattete Schlafwagen bot.

Owen bestieg den Zug unmittelbar vor der Abfahrt; zu seiner Erleichterung benutzte niemand das andere Bett in seinem Abteil. Er öffnete das Fenster und sah hinaus, doch in diesem Moment setzte sich der Zug auch schon in Bewegung. Erfrischend kühle Luft wehte ihm ins Gesicht. Allerdings würde er das Fenster in der Dämmerung wieder schließen müssen, nicht nur weil sonst Diebe eindringen könnten, sondern wegen der Moskitos. Zum Schutz gegen die grellen Sonnenstrahlen waren die Fenster getönt, was jetzt am Spätnachmittag, da die Sonne ohnehin allmählich schwächer wurde, nicht mehr unbedingt vonnöten schien.

Owen verfolgte eine Weile, wie die Felder und mit ihnen die Fellachen an ihm vorbeiglitten, die damit beschäftigt waren, Wasser in die Ackerfurchen zu pumpen. Immer wieder türmten sich Lehmwälle auf, hinter denen ein Kanal floss. Und auf fast jedem dieser erhöhten Ufer stand jemand – ein Junge mit einem Büffel, eine Frau mit einem Wasserkrug, biblisch anmutende Hirten, die über ihre Herden wachten.

Nach einer Weile wichen die Felder der Wüste und die Büffel vereinzelt vorüberziehenden Kamelen. Owen stand auf und ging auf einen Drink in den Clubwagon. Weil dort aber zuviel geraucht wurde, verzog er sich mit seinem Glas in den Speisewagen.

Es war noch nicht Essenszeit, so dass im gesamten Restaurantbereich nur eine Person allein an einem Tisch saß, ein junger Ägypter, Moslem und darum weder Raucher noch Trinker.

»Mahmoud!«

Der junge Mann sprang auf.

»*Cher ami!!*«

Sie umarmten sich – nach arabischer Art.

»Aber was machen Sie hier?«

»Ich bin auf dem Weg nach Luxor«, erklärte Owen. »Und dann weiter nach Deir el Bahari. Dort ist jemandem etwas zugestoßen.«

»Deir el Bahari? Was für ein Zufall! Ich muss ebenfalls dorthin, wenn auch aus einem anderen Grund. Erzählen Sie mir von dieser Sache.«

Mahmoud hörte mit wachsendem Interesse Owens Bericht zu. »Das klingt ganz so, als ginge es auch uns was an«, schloss er, als Owen geendet hatte.

Mahmoud Zaki gehörte dem *Parquet* an, der dem Justizministerium unterstellten Strafverfolgungsbehörde. Bei allem Einfluss der Briten orientierte sich das ägyptische Rechtswesen nicht an deren Tradition, sondern an der französischen. Grundlage der Gesetze war der *Code Napoléon*, womit die Untersuchung möglicher Straftaten anders als in England nicht in den Aufgabenbereich der Polizei fiel, sondern wie in Frankreich in den einer unabhängigen Strafverfolgungsbehörde. Bestand der Verdacht auf ein Verbrechen, betraute das *Parquet* mit dem Fall einen seiner Beamten, der wie Mahmoud Jurist zu sein hatte und nicht nur für die Ermittlungen verantwortlich war, sondern auch Anklage vor Gericht führte. Vor Gericht entsprach seine Rolle der des Staatsanwalts, wie ihn auch die britische Justiz kannte.

Owen hatte schon öfter mit Mahmoud zusammengearbeitet und verstand sich gut mit ihm. Der junge Ägypter sah sich dem Geschick ausgesetzt, seine Aufgaben in einem Land zu versehen, in dem die Regierung nicht die Regierung war und in dem vier verschiedene Rechtssysteme miteinander konkurrierten; Kriminellen fiel es nicht schwer, sie gegeneinander auszuspielen. Schließlich drohten hier auch die Rivalitäten zwischen unterschiedlichen religiösen und ethnischen Gruppen, die ohnehin nur auf tönernen Füßen stehende Rechtssprechung in einem fort zu pervertieren. Insofern war es keine Überraschung, dass Mahmoud zu den aufsteigenden Sternen des *Parquet* gehörte.

Aber was hatte ihn hierher verschlagen?

»Ich dachte, Ihnen würde es nur in Kairo gefallen.«

Mahmoud schnitt eine Grimasse. »Na ja, es ist furchtbar heiß; da tut es gut, mal aus der Stadt rauszukommen.«

»In Deir el Bahari ist es doch noch viel heißer.«

»Das ist wahrscheinlich der Grund, warum sie mich dorthin geschickt haben. Die Gerichte sind den Sommer über geschlossen und im Büro können sie mein Gesicht wohl nicht mehr ertragen.«

»Tatsächlich?«

»Es ist nun mal so, dass die halbe Belegschaft verreist ist«, erklärte Mahmoud. »Also hat man eben mich mit dieser Geschichte beauftragt.«

»Worum geht es?«

»Hat mit Arbeitsrecht zu tun. Ein Arbeiter, den ein Unfall das Leben gekostet hat.«

»Ich wusste nicht, dass sich das *Parquet* auch mit so etwas befasst.«

»Tun wir normalerweise auch nicht. Diesmal ist es aber etwas anderes. Das ist nämlich schon der zweite Tote dort.«

»Aha, ich verstehe. Sträfliche Unachtsamkeit seitens des Arbeitgebers, oder etwas dieser Art?«

Mahmoud nickte. »Etwas dieser Art.«

Die Kellner begannen das Essen aufzutragen. Owen entschied sich für *ful Sudani* als Suppe, Mahmoud für *Bouillon.*

»Ich wusste gar nicht, dass es in Deir el Bahari so etwas wie Industrie gibt«, brummte Owen, »abgesehen von der Fälschung von Altertümern natürlich.«

»Es ist auf einer Ausgrabungsstätte geschehen.«

Owen richtete sich abrupt auf. »Eine Ausgrabungsstätte?«

»Glauben Sie etwa, diese Sache könnte mit Ihrem Fall zusammenhängen?«

»Zwei Todesfälle? Und dazu Miss Skinner? Da werde ich in der Tat hellhörig.«

»Also wirklich, Captain Owen«, sagte Miss Skinner ruhig. »Meinetwegen hätten Sie diese weite Reise wahrhaftig nicht auf sich nehmen müssen. Es war doch nur ein kleiner Unfall und zum Glück vollkommen harmlos.«

»Sie haben aber selbst von einem Überfall gesprochen«, erwiderte Paul genauso ruhig.

»Habe ich das? Na, vielleicht haben mir die Nerven einen Streich gespielt. Oder es waren Fledermäuse. Es ging ja alles so schnell. Aber ein Überfall? Ach Gott, nein. Wenn, dann war es ein Missgeschick, das ich wohl mir allein zuzuschreiben habe.«

»Es war eine verdammte Dummheit!« knurrte Parker, ein großer, massiger Amerikaner, der die Ausgrabungen an dieser Stelle leitete.

»Vielleicht war es das.« Miss Skinner bedachte ihn mit einem kühlen Blick. »Vielleicht war es das.«

»Auf jeden Fall bestand keinerlei Anlass, jemanden aus Kairo zu holen. Pure Zeitverschwendung. Ganz zu schweigen vom Geld!«

»Mr. Trevelyan vermag durchaus zu beurteilen, was im öffentlichen Interesse liegt«, wandte Owen ein.

»Ich spreche ja nicht vom öffentlichen Interesse, mir geht es um meine Zeit und mein Geld.«

Parker wandte sich abrupt ab, während die anderen weiter unter der Markise sitzen blieben und rief einigen Arbeitern, die sich im Schatten der Tempelmauer niedergelassen hatten, etwas zu. Daraufhin erhoben sich zwei und eilten davon.

»Ist es nicht Zeit, für heute Feierabend zu machen?« fragte Mahmoud.

Sie waren am Spätnachmittag in Deir el Bahari eingetroffen. Allmählich krochen die Schatten vom Felsmassiv her auf sie zu, doch so weit im Süden büßte die Sonne auch so spät noch nichts von ihrer Kraft ein.

»Das kann immer noch ich am besten beurteilen!« bellte Parker.

»Ich dachte an die gesetzlich festgelegte Höchstarbeitszeit«, erklärte Mahmoud.

»Was geht das eigentlich Sie an?«

»Die Arbeitszeit gehört zu den Dingen, die ich genauer unter die Lupe nehmen werde.«

Parker baute sich wütend vor Mahmoud auf. »Ach, werden Sie das? Wer zum Teufel sind Sie überhaupt?«

»Mahmoud el Zaki. Justizministerium, Abteilung für Strafverfolgung.«

»Ach, Mr. Trevelyan«, begann Miss Skinner, »Sie hätten all diese Mühen wirklich nicht auf sich zu nehmen …«

»Gleich zwei!« schnaubte Parker angewidert. »Zwei! Da schicken sie nur wegen einer übergeschnappten Frau gleich zwei Leute aus Kairo her! Haben Sie denn nichts Besseres zu tun? Anscheinend nicht!«

»Ich fürchte, Sie unterliegen einem Irrtum, Mr. Parker«, korrigierte ihn Mahmoud sanft. »Ich kümmere mich nicht – im Moment zumindest nicht – um die Umstände des Überfalls auf Miss Skinner, vielmehr untersuche ich im Auftrag der Staatsanwaltschaft die Ursachen, die zum Tod zweier Arbeiter geführt haben.«

»Oh! Oh!« Miss Skinner schlug erschrocken die Hand vor den Mund. »Zwei?«

Zum erstenmal widmete jetzt Parker Mahmoud seine ungeteilte Aufmerksamkeit. »Das waren Unfälle«, brummte er. »So was kommt bei Ausgrabungen immer wieder vor. Solche Orte sind eben nicht ungefährlich.«

»Ich werde mich mit den Umständen befassen, die zu diesen Unfällen geführt haben«, erklärte Mahmoud.

»Anhand der Ergebnisse wird sich feststellen lassen, ob ein strafrelevanter Gesetzesverstoß vorliegt.«

»Ich bin Amerikaner!« rief Parker. »Mit den ägyptischen Gesetzen können Sie mir nichts anhaben!«

Owen beobachtete, wie sich Mahmouds Züge strafften.

»Es trifft zu«, räumte der Ägypter ein, »dass eine Strafverfolgung lediglich nach den Statuten des Kapitulationsvertrags möglich wäre.«

»Gut, dann …«

»Doch die gelten nur für ein formales Verfahren. Ich habe allerdings auch andere Möglichkeiten. So könnte man Ihnen auf meine Empfehlung hin die Lizenz für die Durchführung von Ausgrabungen entziehen.«

Parker lief dunkelrot an. »Sehen Sie sich vor!« schrie er. »Hinter mir stehen wichtige Leute. Wir pumpen echtes Geld in dieses gottverdammte Land und lassen nicht zu, dass uns irgendwelche Sesselfurzer aus Kairo ins Handwerk pfuschen! Und das werden Sie schneller kapieren, als Ihnen lieb ist!«

»Gut«, entgegnete Mahmoud gelassen und erhob sich. »Bis dahin werde ich meine Ermittlungen fortführen.« Damit ging er zu den Arbeitern hinüber, die im Schatten der Mauer geblieben waren, setzte sich dazu und begann ein Gespräch mit ihnen.

Parker starrte ihm wütend hinterher, dann drehte er sich auf dem Absatz um und stürmte davon.

»Gott«, ächzte Miss Skinner. »O Gott!« Lange blieb sie gedankenversunken auf ihrem Stuhl sitzen. Schließlich sah sie auf. »Wissen Sie was?« erklärte sie an Paul gewandt. »Wenn ich es recht bedenke, bin ich froh, dass Sie Captain Owen angefordert haben. Zwei Arbeiter?

Zwei?« Sie verstummte für einen Moment und schien zu überlegen, dann fixierte sie Paul. »Jawohl, Sie hatten recht.«

Owen wachte früh auf. Wie jeden Morgen erhob er sich sofort und stellte sich vor sein Zelt. Im Osten, jenseits der Thebener Ebene, stieg gerade die Sonne als gewaltiger, rot und orange lodernder Ball am Horizont empor. Die Ebene lag jedoch noch im Schatten und es war kühl. Owen, der ohne Jacke im Freien stand, fröstelte.

Nicht weit entfernt entdeckte er eine Wasserpumpe; ein paar Arbeiter hatten sich um sie geschart und wuschen sich. Dabei ließen sie gerade soviel Wasser in ihre Hände laufen, dass sie sich damit das Gesicht, die Arme und den Oberkörper abreiben konnten. Owen gesellte sich zu ihnen, füllte einen Krug zur Hälfte und begann sich zu rasieren.

Wortlos nahm einer der Männer den Krug an sich, ging damit zur Feuerstelle und füllte aus dem darüber baumelnden Kessel heißes Wasser nach. Owen bedankte sich bei ihm und als er mit dem Rasieren fertig war, kamen sie ins Gespräch. Damit ergab es sich von selbst, dass er sich zu den Männern ans Feuer setzte und mit ihnen schwarzen Tee trank.

Die Sonne berührte jetzt die Gipfel der Felsen über dem Lager, die sich als steile Wand zwischen der Ebene und der Sahara auftürmten. Am Fuß des Kalksteinmassivs stand, vor Jahrtausenden in den Fels gemeißelt, der unvergleichliche Tempel der Königin Hatschepsut mit seinen drei jeweils untereinanderliegenden prachtvollen Terrassen und seinen herrlichen doppelten Säulenreihen. Dem Sonnenlicht bot er sich in seiner ganzen

Schönheit dar, schon von weitem offenbarte er sich dem menschlichen Auge, doch zugleich schmiegte er sich an den dunklen Felsen, in dessen Schatten sich das heiligste seiner Heiligtümer verbarg.

»*C'est magnifique*«, murmelte Paul, der sich von hinten genähert hatte. »Aber nicht derjenige, an dem sie zur Zeit arbeiten.«

»Ach? An welchem wird denn gerade gearbeitet?«

»An dem da.« Paul deutete auf einen zweiten Tempel, der ebenfalls in den Fels gehauen war. Er war deutlich kleiner als der Prachtbau der Hatschepsut und vom Verfall gezeichnet. »Weil er so erbärmlich aussieht«, führte Paul aus, »hat ihn niemand beachtet, bis vor etwa fünf Jahren Naville mit seinen Ausgrabungen begann. Haben Sie schon mal mit Naville gesprochen? Nein? Sollten Sie aber. Ein interessanter Mann. Hat einige tolle Dinge entdeckt. Die Kuh der Hathor zum Beispiel. Erinnern Sie sich? Die Zeitungen waren voll davon ...«

»Ich habe sie erst letzte Woche gesehen«, sagte Owen. »Man hat sie abgeschleppt.«

»Doch hoffentlich nicht im Zuge des allgemeinen Exodus!«

»Nein, nein. Nur von einem Teil des Museums in einen anderen.«

»Es wäre wirklich ein Jammer, wenn sie auch verschwände«, meinte Paul. »Das wäre für mich fast ein Grund, mich im Kampf gegen die Plünderer auf Miss Skinners Seite zu schlagen.«

»Dort drüben ist es passiert, nicht wahr?« fragte Owen, den Blick auf den zweiten Tempel gerichtet.

›Es‹ war laut Miss Skinners Aussage von gestern Abend nichts als ein harmloser Sturz gewesen. Die Arbeiter hatten schon Feierabend gemacht, als sie noch einmal allein zur Ausgrabungsstätte zurückgekehrt war. »Ach, wissen Sie, ich wollte es ausnutzen, dass keine Arbeiter dort herumwühlten und mir das Ganze einfach in aller Ruhe ansehen. Aber plötzlich bin ich gestolpert und durch ein Loch in eine unterirdische Kammer gestürzt. Ich war selbst Schuld«, hatte sie betont.

»Und ob!« hatte Parker gepoltert. »Sie hätten es besser wissen müssen. Dilettantisch war das!«

»Ich wollte etwas Bestimmtes überprüfen.«

»Überprüfen Sie es in Zunkunft eben tagsüber«, hatte Parker verlangt.

»Wie kam es überhaupt zu diesem Sturz, Miss Skinner?« hatte Owen nachgebohrt.

»Das weiß ich selbst nicht. Das Loch war eigentlich unübersehbar. Und ich hatte auch eine Fackel dabei. Ich muss wohl in eine andere Richtung geschaut haben.«

Sie war die ganze Nacht unbemerkt dort unten liegen geblieben. Erst am nächsten Morgen wurde sie vermisst, doch hörte man ihre Hilfeschreie lange nicht. Dass man sie überhaupt entdeckte, lag daran, dass Parker aus Ärger über den vielen Zeitverlust eine Handvoll Arbeiter an diese Ausgrabungsstelle zurückbeordert hatte, obwohl sie ursprünglich woanders hätten eingesetzt werden sollen.

»Aber es ist ja nichts gebrochen«, hatte Miss Skinner sie wissen lassen. »Und bis auf ein paar Kratzer an meiner Selbstachtung ist niemandem etwas passiert. Außer dass sich Mr. Trevelyan natürlich schreckliche Sorgen gemacht hat.« Lachend hatte sie Paul das Knie getätschelt. »Mein getreuer Achates«, hatte sie gesagt.

Paul hatte pflichtschuldig gelächelt, aber nichts erwidert.

Auch an diesem Morgen schwieg er beharrlich. »Schauen Sie sich erst die Stelle an«, forderte er Owen auf. »Danach können wir uns darüber unterhalten.«

Sobald es hell genug war, wollten sie mit der Inspektion der Stelle, an der sich der Vorfall ereignet hatte, beginnen. Die ersten Arbeiter verließen bereits das Lager.

»Frühstück!« rief Miss Skinner. »Das Frühstück wird aufgetragen!«

Sie trafen sie unter dem Vorbau des großen Zeltes an, wo ein schlichter Holztisch aufgestellt worden war. Der Lagerkoch, der anscheinend davon ausging, dass kein Europäer etwas anderes als Eier zum Frühstück aß, hatte sich schier überboten und für seine Gäste goldbraun gebratene Spiegeleier auf den Tisch gezaubert. Dazu gab es allerdings nicht Tee, sondern Kaffee, auf den Parker offenbar mit Nachdruck bestanden hatte.

Parker selbst war nirgendwo zu sehen. Er hatte sich bereits mit Mahmoud zu einer Besprechung zurückgezogen.

»Wo ist Naville?« erkundigte sich Owen. »Haben Sie nicht gesagt, dass er die Ausgrabung leitet?«

»Nein, nein, er hat sie vor zwei Jahren abgeschlossen«, klärte ihn Paul auf. »Danach tat sich hier eine Weile gar nichts, bis Parker die Lizenz beantragte.«

»Weil hier schon so viel gefunden wurde, nahm er an, dass es noch mehr geben würde«, bemerkte Miss Skinner.

»Noch eine Kuh?«

»Na, wenigstens ein Kalb.«

Die Wärme stieg bereits wieder vom Boden auf und

wurde von den Felsen reflektiert. Als ob es nicht reichen würde, dass die Kairoer Temperaturen hier im Süden um einiges übertroffen wurden, staute sich außerdem die Hitze in diesem von Felsen gebildeten Amphitheater. Als sie den Schatten des Baldachins verließen und zum zweiten Tempel gingen, wurde Owen klar, warum die Arbeiter möglichst früh aufbrachen.

Im offenen Vorhof des Tempels blieben sie an der Öffnung zu einem gewundenen Gang stehen, der unterhalb des Pflasters verlief. Man hatte hier eine moderne Tür angebracht – »um unachtsame Fußgänger fernzuhalten«, kommentierte Miss Skinner –, die aber bereits weit offen stand. Sie gingen weiter ins Innere des Tempels und gelangten zu einem in den Fels gehauenen mannshohen Stollen. Allerdings stammte er aus einer Zeit, in der die Menschen kleiner gewesen waren. Owen konnte ihn nur in gebeugter Haltung betreten. Der Gang führte steil nach unten, bis er schließlich nach gut hundert Metern in einen aus Granitblöcken gebauten Raum mündete. Sogar im Licht der Fackeln ließ sich erkennen, dass hier hervorragende Steinmetze am Werk gewesen waren. Von diesem Raum zweigten zwei weitere Tunnels ab.

»Der dort«, erläuterte Miss Skinner mit einer Geste auf den weiter entfernten Stollen, »führt ins Allerheiligste. Dort wird im Moment gearbeitet. Und der hier ist derjenige, den ich entlanggegangen bin.«

»Nicht dorthin, wo jetzt gearbeitet wird?« fragte Owen.

»Die Stelle kenne ich ja schon. Vor dem Heimgehen wollte ich einfach mal diesen Stollen ausprobieren.«

Der zweite Tunnel war nicht minder sorgfältig in den

Fels gehauen worden wie der, durch den sie gekommen waren, nur war er nochmals um einen Tick niedriger. Obwohl er ausschließlich aus Felsgestein bestand, war die Decke gewölbt und den Boden hatte man sorgfältig glattgeschliffen.

Paul, der voranging, blieb abrupt stehen.

»Der Tatort«, verkündete Miss Skinner.

»Tat?« fragte Owen.

»Unfall«, verbesserte die Amerikanerin.

Das Loch befand sich nicht vor ihnen, wie Owen vermutet hatte, sondern seitlich in der Wand und direkt dahinter. Aus seinem Inneren strömte ihnen ein kalter, staubiger Geruch entgegen.

Paul leuchtete mit seiner Fackel hinein.

»Ich bin gefallen, wie Sie eindeutig sehen können.«

»Wie tief?«

»Gut fünf Fuß«, erklärte Miss Skinner. »Wenn ich mich auf die Zehenspitzen stellte, konnte ich über den Rand schauen. Aber ich konnte nicht rausklettern. Es gab nichts, worauf ich mich hätte stellen können. Außer den Mumien natürlich. Und die erwiesen sich als nicht sehr stabil.«

»Mumien?« Paul leuchtete noch einmal hinein. »Da drinnen liegen tatsächlich Dutzende.«

»Hauptsächlich Hunde und Katzen«, sagte Miss Skinner. »Es waren aber auch ein paar Krokodile dabei.«

»Haben Sie wirklich versucht, sich darauf zu stellen?«

»Sonst fand ich ja nichts. Meine Fackel war leider erloschen.«

»Woran haben Sie dann erkannt …?«

»Ich konnte sie betasten. Die Tiere haben alle ihre typischen Merkmale und lassen sich gut voneinander unterscheiden, auch in der Dunkelheit. Und ich war natürlich eine ganze Weile da unten.«

Owen konnte im Licht der Fackel Berge von Mumien und direkt unter der Öffnung einen Haufen undefinierbaren Materials sehen.

»Sie sind zerbröckelt, als ich mich draufstellte«, erläuterte Miss Skinner.

»Wie ist es dort unten?« wollte Owen wissen.

»Wie es ist ...?«

»Der Boden. Kann man gut darauf stehen?«

»Abgesehen von den Mumien ist er nicht anders als der hier im Schacht.«

Owen gab Paul seine Fackel und ließ sich hinabgleiten. Als er die Füße aufsetzte, spürte er, wie etwas unter ihm nachgab. Eine beißend riechende Staubwolke wirbelte auf. Er musste husten.

»Bei meinem Sturz«, ließ sich Miss Skinner oben vernehmen, »landete ich natürlich mitten darauf. Ich nehme an, dass sie mich sogar abgefedert haben. Aber der Staub! Er verschlug mir den Atem! Ich dachte, ich würde ersticken.«

Owen ließ sich die Fackel reichen. In ihrem Licht sah er, dass die Kammer gut zehn Meter lang und, soweit er das beurteilen konnte, mit Mumien gefüllt war.

»Warum machen die nur solche Umstände?« fragte Paul. »Für Tiere?«

»Sie waren ihnen eben heilig«, erklärte Miss Skinner. »Und sie müssen sie auch sehr geliebt haben.«

Die Wände dieser Kammer bestanden aus Granitblöcken, die so vorzüglich aneinandergefügt waren, dass es nirgendwo einen Ritz gab, den Miss Skinner als Kletterhilfe hätte benutzen können.

Der Boden unterhalb des Lochs war fußhoch mit Schutt bedeckt.

»Ich habe eine Menge Mumien verbraucht«, kommentierte Miss Skinner.

Wortlos reichte Owen die Fackel zu Paul nach oben und stemmte sich hoch.

»Zufrieden?« fragte Miss Skinner. »Habe ich Ihnen die Wahrheit gesagt?«

»Ich versuche nur, mir ein Bild zu machen.«

Sobald Owen wieder oben stand, leuchtete er mit der Taschenlampe im Schacht herum. »Ich sehe aber immer noch nichts, worüber Sie hätten stürzen können.«

»Vielleicht bin ich einfach über etwas gestolpert. Dabei muss ich die Arme unwillkürlich nach Halt ausgestreckt haben, wie es wohl jeder tut, griff aber ins Leere, so dass ich endgültig vornüber und durchs Loch gefallen bin.«

Owen ließ sich auf ein Knie sinken und begann den Boden mit bloßen Händen abzutasten. »Aber worüber hätten Sie stolpern können?«

»Liegt nichts herum? Ich dachte, ich hätte so was wie eine Kante gespürt. Aber es war natürlich stockdunkel …«

Owen richtete sich auf und begann die Wände abzutasten.

»Vielleicht lag es einfach an meinen Plattfüßen«, meinte Miss Skinner mit einem Kichern. »Hinzufallen scheint bei mir in der letzten Zeit zur Gewohnheit zu werden, was?«

»Was hat Sie daran gestört?« wollte Owen von Paul wissen.

»Als wir sie da rausholten, behauptete sie etwas ganz anderes. Da erklärte sie, sie sei gestoßen worden.«

»Wörtlich?«

»Wortwörtlich. Wir führten sie gerade durch den Schacht, ich sagte zu ihr – Sie wissen ja, wie man in solchen Situationen redet –: ›Mein Gott, Miss Skinner, was ist Ihnen denn geschehen?‹ Und sie erklärte: ›Ich bin gestoßen worden und in dieses schreckliche Loch gefallen.‹ So ungefähr zumindest. Aber sie sprach eindeutig von einem Stoß.«

»Jetzt behauptet sie aber das Gegenteil.«

»Stimmt. Und etwas später, als wir ihr einen Drink gegeben hatten und sie sich etwas erholt hatte, befragte ich sie noch mal. Ich brauchte doch die Einzelheiten, verstehen Sie. Wie auch immer, auf einmal hieß es, sie müsse wohl gestürzt sein. Und als ich nachbohrte, machte sie zu wie eine Muschel.«

»Sie weigerte sich, mehr zu sagen?«

»Sie wiederholte nur immer wieder: ›Wie dumm von mir, ein läppischer Unfall.‹ Aber als wir sie rauszogen, klang das noch ganz anders.«

»Als sie Zeit zum Nachdenken hatte, muss sie es sich wohl anders überlegt haben.«

Paul nickte. »Stimmt. Von wegen ›wie dumm von mir‹!« In Miss Skinners Fall halte ich solches Geschwätz für mehr als nur ein bisschen unglaubwürdig. Eine Frau mit einer derartigen Selbstbeherrschung ist mir selten über den Weg gelaufen.«

»Richtig. Mumien aufeinanderzustapeln – oder sogar in der Dunkelheit zu ertasten, was für Leichen das sein könnten –, gehört meines Erachtens nicht unbedingt zu den Verhaltensweisen von Leuten, die den Kopf verloren haben.«

»Sie stand unter Schock, das ist klar«, räumte Paul ein. »Sie war gestürzt und fand sich plötzlich in diesem Loch wieder. Aber dass sie verwirrt war? Das kann ich mir beim besten Willen nicht vorstellen.«

»Sie meinen also, dass an ihrer Geschichte etwas faul ist?«

»Es gab noch andere Ungereimtheiten. Ich ging danach allein in diesen Schacht und schaute ihn mir genau an. Es war nichts zu sehen, worüber sie hätte stürzen können. Da fiel mir wieder ihre erste Version ein, wonach sie gestoßen wurde und in diesem Moment kam ich zu dem Schluss, dass solche Fragen nicht zu den Aufgaben eines Aide-de-camp gehören, sondern eher zu denen eines Mamur Zapt.«

Am Nachmittag führte Parker sie zu einem Gewölbe von höchstens drei Metern Länge und eineinhalb Metern Breite. An den von oben bis unten bemalten Wänden prangten eingemeißelte Figuren und die Decke war ebenfalls bemalt: gelbe Sterne auf blauem Untergrund.

»Das stellt natürlich den Himmel dar«, lächelte Miss Skinner. »Finden Sie das nicht auch hübsch? Eine auf einer Weide grasende Kuh und über ihr der blaue Himmel.«

Sie standen in dem berühmten Gewölbe, in dem Naville die Kuh der Hathor entdeckt hatte.

»Was für ein Glück der Kerl hatte«, brummte Parker voller Neid.

»Nicht Glück«, verbesserte Miss Skinner. »Erfahrung und archäologisches Gespür führten ihn zu dem Schluss, dass das Gewölbe an dieser Stelle sein musste.«

»Aber er konnte doch bestimmt nicht mal ahnen, dass er so was wie die Kuh der Hathor darin finden würde.« Parker wandte sich an Owen. »Das Ärgerliche an diesen Stätten ist nun mal, dass man vorher nicht weiß, ob es dort überhaupt was gibt. Und das liegt an zwei Gründen. Erstens kann schon vorher jemand dagewesen sein und der hat dann bestimmt alles gestohlen. Oder aber die Leute, die die Heiligtümer erbauten, ahnten bereits, dass man sie stehlen könnte und versteckten sie ganz woanders. Als Archäologe braucht man eine Menge Glück. Und soll ich Ihnen noch was sagen?« Er baute sich kampfeslustig vor Miss Skinner auf. »Man muss selbst etwas von einem Dieb an sich haben, um sich zusammenzureimen, wie der Verstand der alten Ägypter funktionierte.« Er ließ ein dröhnendes Lachen hören.

»Ist das bei Ihnen so?« fragte ihn seine Landsmännin.

Er hörte auf zu lachen, musterte sie aber mit einem amüsierten Blick. »Ich bin nur ein einfacher Archäologe. Darum ist es wenig wahrscheinlich, dass ich was finde.«

Parker scheuchte sie wieder in Freie. Einen Moment lang raubte ihnen das grelle Sonnenlicht die Sicht. Sie blieben stehen und kniffen die Augen zu.

Parker ließ unterdessen den Blick über die Anlage schweifen. »Sie fragen sich, ob es in der Nähe noch mal so eine Kuh gibt. Und wenn sie gut erhalten ist, dann vielleicht deshalb, weil man das Gewölbe, in dem sie steht, noch nicht berührt hat. Ja, es kann durchaus eine zweite geben. Aber das ist eine Frage, die ich mir nicht stellen darf.«

»Warum nicht?«

Parker zuckte die Schultern. »Die Lizenz. Sie erlaubt mir nur an zwei Stellen Grabungen: dem Allerheiligsten und dem nordöstlichen Hof.«

Er führte sie weiter in den Schatten der Säulenreihen. Dort drehte er sich noch einmal zu Owen um. »Nun?« fragte er. »Zufrieden? Darf ich jetzt gehen, Sir? Manche Menschen müssen nämlich arbeiten.«

»Wenn Mr. el Zaki mit Ihnen fertig ist«, beschied ihn Owen kühl. Der Ton, den Parker ihm gegenüber anschlug, gefiel ihm ganz und gar nicht.

»Fürs erste«, brummte Mahmoud.

Ohne ihn eines Blickes zu würdigen, entfernte sich Parker. Nach kurzem Zögern folgte ihm Miss Skinner mit der Entschuldigung, dass sie überprüfen müsse, wie die Arbeit im Allerheiligsten voranschritt. Paul, der nun jedes Risiko ausschließen wollte, begleitete sie.

Auch im nordöstlichen Hof wurde gegraben. Es ging darum, unterhalb einer Säulenreihe von einer inneren Mauer ein Relief abzutragen. Es war ähnlich in den Stein gemeißelt und bemalt wie die Figuren in dem Gewölbe, in dem sie vorhin gewesen waren. Da es herabzufallen drohte, war es mit Balken abgestützt worden.

Von der Wüste heranwehender Sand hatte den Boden der Tempelanlage im Laufe der Jahrhunderte um gut einen Meter angehoben. Um an das Relief heranzukommen, hatte man darum am Fuß der Mauer zunächst einen Graben ausheben müssen. Im Moment kauerten zwei Arbeiter darin, die damit beschäftigt waren, verkrusteten Sand von dem Reliefgiebel herunterzukratzen.

Mahmoud trat auf sie zu und sagte etwas. Daraufhin wischte sich einer von ihnen den Schweiß mit dem

Ärmel ab und kletterte aus dem Graben. Wortlos packte er zwei Stützbalken und rüttelte mit aller Kraft daran. Sie ließen sich nicht bewegen. Wie um Mahmoud zu sagen: ›Siehst du?‹, nickte der Mann mit einem zufriedenen Lächeln und kletterte in den Graben zurück.

»Trotzdem«, meinte Mahmoud an Owen gewandt. »Genau das ist passiert.« Er führte den Briten weiter zu einer Stelle, an der das Relief bereits entfernt worden war. »Hier ist es geschehen. Sie waren zu vier Fünfteln fertig, als die Dunkelheit hereinbrach. Am nächsten Morgen kamen zwei Leute in aller Früh zurück, um den Rest zu erledigen. Einer von ihnen stand im Graben, als der Stützbalken wegbrach.«

»Waren die Balken überprüft worden?«

»Das wäre die Aufgabe eines Aufsehers. Aber diese Kerle fühlen sich alle als Experten. Es handelt sich um Einheimische, praktisch alle aus Deir el Bahari und die sind Ausgrabungen gewöhnt. Sie sagen, sie seien damit aufgewachsen und brauchten keinen Vormann.«

»Und das Opfer. War es nicht auch mit Ausgrabungen vertraut?«

»Ausgerechnet dieser Mann nicht. Angeblich gehörte er nicht zu ihnen. Er stammte aus einem anderen Dorf.«

»Was sagt Parker dazu?«

»Dass die Männer recht haben. Dass sie wissen, was sie tun und sich keine Fehler leisten. Laut seiner Aussage haben die zwei eigenmächtig gehandelt und möglicherweise an den Stützbalken manipuliert.«

»Und der zweite Arbeiter, der nicht getötet wurde? Stammt der auch aus einem anderen Dorf?«

»Nein. Ich habe mit ihm gesprochen. Er schwört, dass er die Balken nicht angerührt habe. Aber bei seinem

Kollegen konnte er sich das schon vorstellen. Nur hat er das angeblich nicht mitbekommen, weil er gerade weggegangen war, um Werkzeug zu holen. Er sagt, er hätte vorher nicht mit dem anderen zusammengearbeitet und ihn daher kaum gekannt. Aber dieser Kollege hätte bei allen anderen als leichtsinnig gegolten.«

Owens Blick schweifte von der Säulenreihe mit den klaffenden Gräben und kleinen Schutthaufen an ihrem Fuß weiter zur Ebene, über der die heiße Luft in der Sonne flimmerte. »Bei der Hälfte aller Unfälle in diesem Land ist Fahrlässigkeit die Ursache«, erklärte er.

Mahmoud nickte. »Richtig. Aber ist es Fahrlässigkeit seitens der Arbeiter oder derer, die sie beschäftigen?«

5

Als Owen am Nachmittag zum Tempel zurückkehrte, war das Relief vollständig abgetragen worden. Jetzt lag es zusammen mit einer ganzen Reihe anderer Gegenstände in einer Ecke des Tempelhofs – dem Torso eines Kolosses, zerbröckelten Kapitellen, die noch immer erkennen ließen, dass ein Meister seines Fachs Lotusblumen in den Stein gemeißelt hatte und Mauerfragmenten, die zu einem sehr realistischen Fresko von einem Getreidefeld in der Erntezeit und über die Garben gebeugten Landarbeitern wieder zusammengefügt worden waren.

Das Wandrelief stellte wohl den beeindruckendsten der Funde dar. Es war Teil eines nirgendwo tiefer als einen Zentimeter in den Stein gehauenen Bildwerks, das längs der gesamten Säulenreihe verlaufen war. Dabei handelte es sich um wunderbar zarte Darstellungen von Schiffen mitsamt Takelage, Seeleuten und Waren sowie im Wasser darunter schwimmenden sämtlichen Fischen des Nils und des Roten Meers. Sogar ein Hafen war zu sehen und weiter im Landesinneren Dörfer mit strohbedeckten Hütten und Menschen bei der Verrichtung ihrer täglichen Arbeit. All diese Motive verrieten genaueste Vertrautheit mit den Details und handwerkliches Geschick in Vollendung.

»Wollten Sie sich einfach mal die Beute anschauen?« fragte eine trockene Stimme in Owens Rücken.

Es war Miss Skinner, bewaffnet mit Sonnenschirm

und einer Lorgnette, mit der sie in Richtung der Funde wies.

»Hätten Sie Interesse an einer Führung?«

Sie hängte sich bei Owen ein und trat mit ihm näher an die Fragmente des Reliefs heran.

»Das hier ist eine Darstellung einer Expedition in das Land Punt. Hier sehen Sie die Gewürze – darauf waren sie ja aus – und das hier ist ein Leopard, ein Junges, glaube ich, das an Bord gebracht wird.«

Ein im europäischen Stil bekleideter Mann betrat gefolgt von zwei in Galabeahs gehüllten Arbeitern den Hof. Wie sie war er jedoch Ägypter, der Gesichtsform nach zu urteilen ein Kopte. In der Hand hielt er einen Papierbogen. Er warf einen kurzen Blick darauf, dann klopfte er mit der Fußspitze gegen eines der Kapitelle. Unverzüglich luden die Arbeiter sich das Stück auf die Schultern und wankten damit hinaus.

»Ist das eine Liste der Funde?« fragte ihn Miss Skinner und streckte die Hand aus. »Darf ich Sie bitte sehen?«

Der Mann zögerte. »Mr. Parker wird Ihnen sicher gerne eine Kopie zukommen lassen«, murmelte er schließlich.

»Das wird gar nicht nötig sein. Es handelt sich ja nur um ein, zwei Gegenstände, die ich gerne überprüfen würde.«

Als der Mann sich noch immer widerstrebend zeigte, nahm ihm die Amerikanerin den Bogen einfach aus der Hand.

»Danke.« Sie überflog die Liste. »Der Sarkophag?« wollte sie dann wissen. »Wo ist der?«

»Schon weg.«

»Und waren nicht auch kleinere Stücke dabei?«

»Die sind mit der ersten Ladung abgegangen.«

»Sie sind hier aber nicht verzeichnet.«

»Das ist ja nur die zweite Seite.«

»Haben Sie die erste auch?«

»Sie ist mit der Lieferung weggeschickt worden.«

»Was für eine Liste ist das überhaupt?« fragte Owen.

»Alle Funde müssen erfasst werden«, erklärte Miss Skinner. »Die komplette Liste wird dann ans Museum übersandt.«

»Weil ich ohnehin mit dem Versand beauftragt bin«, fügte der Kopte hinzu, »habe ich auch gleich die Liste dazugegeben. Das erleichtert denen im Museum die Arbeit.«

»Sind Sie Angestellter des Museums?«

»Nein. Ich arbeite für Mr. Parker.«

»Das ist Tomas«, stellte Miss Skinner mit einer vagen Geste vor, um sich wieder in die Liste zu vertiefen.

»Ich beaufsichtige den Transport«, erklärte der Kopte. »Geht das alles hier ins Museum?«

»Ja.«

»Und soll das *alles* exportiert werden?«

»Nein, nein. Da wird in zwei Kategorien unterschieden. Diese Sachen hier werden nur zur Überprüfung hingeschickt.«

Miss Skinner sah von dem Bogen auf. »Sämtliche Funde müssen erfasst werden. Danach kommen sie ins Museum, sofern sie transportfähig sind. Das ist für sämtliche Lizenzinhaber so vorgeschrieben. Dient der Kontrolle.«

»Ich verstehe. Und danach? Gehen sie in den Besitz des Museums über?«

»Wenn dem nur so wäre!« seufzte Miss Skinner. »Wenn dem nur so wäre.«

»Was wird denn daraus?« setzte Owen nach.

»Wenn die Ausgrabung von der Altertümerverwaltung durchgeführt wurde, werden sie im Museum aufbewahrt. Haben Privatleute die Funde freigelegt, muss eine Einigung erzielt werden. In der Regel gehen die Funde ins Ausland, sofern fremdes Kapital dahintersteckt.«

»Sie werden also doch exportiert?«

»Einen Teil behält das Museum.«

»Und ein Teil wird dem Pascha zurückgegeben«, merkte der Kopte leise an.

»Dem Pascha?«

»Dem Pascha Marbrouk.«

»Warum gerade ihm?«

Der Kopte starrte Owen verblüfft an. »Weil es sein Land ist«, sagte er in beinahe missbilligendem Ton.

»Die Ausgrabungsstätte, oder ein Teil davon, liegt auf einem seiner Landgüter«, schaltete sich Miss Skinner ein.

»Ich verstehe. Demnach hat er einen Anspruch auf sämtliche Funde.«

»Zumindest glaubt er das«, meinte Miss Skinner.

Es wurde dunkel. Die Arbeit war für heute eingestellt worden. Ein letztes Bündel Sonnenstrahlen tauchte die Felsen in ein kupferfarbenes Licht, doch darunter kroch der Schatten geschwind heran, während in der Ebene bereits Dunkelheit herrschte.

Einige Arbeiter hatten sich um ein Feuer gesetzt und tranken Tee. Einer sang leise vor sich hin.

In diesem Augenblick kam Miss Skinner aus ihrem Zelt und schlenderte in Richtung des Haupttempels. Paul, der etwas abseits im Licht einer Öllampe las, klappte sofort sein Buch zu und folgte ihr.

»Also Mr. Trevelyan, das ist doch wirklich nicht nötig!« rief die Amerikanerin.

»Es ist mir ein Vergnügen«, entgegnete Paul höflich. »Ich hoffe doch sehr, von Ihrem profunden Wissen profitieren zu können.«

»Wenn das alles ist, können wir die Schulstunde jetzt sofort beenden«, erwiderte Miss Skinner spitz, drehte sich auf dem Absatz um und stolzierte davon. Sie versuchte erst gar nicht, ihre Verärgerung zu verbergen.

Ohne sich davon beeindrucken zu lassen, blieb Paul jedoch weiter in ihrer Nähe. Owen wiederum, der das Ganze beobachtete, hatte den Eindruck, Paul erwarte von ihm, dass er die Rolle des Leibwächters übernahm. Dazu war er im Augenblick allerdings nicht bereit, denn er wollte mit Mahmoud sprechen.

Der Ägypter stand allein am Rande des Lagers. Er hatte den ganzen Tag mir Parker verhandelt, der jetzt auf einmal spurlos verschwunden war. Einmal mehr beschlich Owen das Gefühl, dass man hier Mahmoud ganz bewusst zu verstehen gab, er sei unerwünscht.

Er schlenderte zu ihm hinüber.

»Wie kommen Sie voran?«

»Nicht gut.«

»Wo liegt das Problem?«

»Die Männer weigern sich zu sprechen.«

Nun, die um das Feuer sitzenden Arbeiter wirkten

durchaus nicht zugeknöpft, im Gegenteil, sie plauderten recht munter miteinander. Einer hatte ein Lied angestimmt und plötzlich erklang lautes Gelächter.

»Haben sie Angst?«

»Sieht nicht so aus«, brummte Mahmoud mit einer Kopfbewegung zu den Lachenden hin.

»Werden wohl zu gut bezahlt.«

»Da kommt mehreres zusammen«, meinte Mahmoud. »Sie haben eine gute Stellung und wollen sie nicht verlieren. Trotzdem ...«

Beim Tempel drüben wurde eine Lampe angezündet. Erst dachte Owen, das sei Paul, doch dann sah er, dass eine andere kleine Gruppe von Arbeitern sich am Fuß der Mauer niedergelassen hatte. Im Schein des Lichts erkannte er das Gesicht von Tomas.

Die Männer, die um das Lagerfeuer herum saßen, sangen mittlerweile aus voller Kehle. Es handelte sich um ein offenbar recht derbes Frage-und-Antwort-Lied. Ein junger Bursche sang die Fragen, die anderen grölten im Chor die Antworten. Die Stimmung war ausgelassen.

»Gerade das finde ich ja so rätselhaft«, murmelte Mahmoud.

»Das Singen? Hier im Süden ist es doch üblich ...«

»Ich war schon an anderen Ausgrabungsstätten, wo ebenfalls Arbeiter das Leben verloren hatten. Normalerweise herrscht dann eine bedrückte Stimmung; hier ist alles ganz anders.«

»Vielleicht haben sie sich einfach damit abgefunden. Ein Unfall, verstehen Sie? So was kommt eben vor.«

»Zwei Unfälle? Und so kurz nacheinander? Mit so etwas finden die sich nie einfach so ab. Auf keiner Ausgrabungsstätte.«

»Wenn sie aber wirklich davon überzeugt sind, dass es nur ein Unfall war?«

»Sie geben dem Leiter die Schuld«, erklärte Mahmoud mit Nachdruck. »Sie geben in jedem Fall dem Leiter die Schuld.«

Owen zuckte die Schultern. »Vielleicht liegt es diesmal am Geld.«

Der Brite konnte Mahmouds Standpunkt durchaus verstehen, glaubte aber, dass sein Freund diesmal ein Problem sah, das in Wirklichkeit keines war. Nun, er wusste, was Mahmoud wollte: einen Schuldbeweis. Aber es konnte doch genausogut sein, dass hier wirklich niemanden eine Schuld traf; vielleicht verübelten die Männer es ihm, dass er trotzdem nicht aufhörte, bohrende Fragen zu stellen. Vielleicht hatten sie ihm wirklich alles gesagt und er konnte sich einfach nicht damit abfinden.

»An einen Unfall könnte ich ja noch glauben«, brummte Mahmoud, als hätte er Owens Gedanken gelesen. »Aber zwei!«

»Bei Grabungen kommt es innerhalb einer Woche zu vielen Unfällen«, meinte Owen.

Mahmoud entgegnete zunächst nichts. Schließlich wandte er Owen sein Gesicht zu. »Kismet? Meinen Sie das?« Er stieß ein kurzes, scharfes, bellendes Lachen aus. »*Sie* sind hier der Fatalist, nicht ich.«

Nun, Mahmoud war alles andere als ein Fatalist. War das am Ende der Grund, warum er Nationalist geworden war? Wie so viele junge gebildete Ägypter sah er um sich herum ein in Lähmung versunkenes Land. Als Idealist wollte er etwas daran ändern. Und dieser Wunsch hatte ihn wie so viele Angehörige der Justizbehörden, der Polizei und der Armee in die Arme der Nationalistischen Partei getrieben.

Die Nationalistische Partei war etwas Neues in der ägyptischen Politik. Andererseits stellten Parteien in diesem Land grundsätzlich eine Neuerung dar. Der Khedive war der Herrscher aufgrund des Geburtsrechts und wählte sich seine Minister, seine Regierung aus dem Kreis seiner angestammten Verbündeten: den großen Paschas, dem ägyptischen Äquivalent zum Adel in Großbritannien. Doch genauso wie bei den Briten hatte die Herrschaft der Aristokratie sich selbst überlebt, so dass jetzt die Rolle der Paschas zunehmend in Frage gestellt wurde.

Mahmouds Überzeugung nach, das wusste Owen, sollten die Paschas vertrieben und durch ein demokratisch gewähltes Parlament ersetzt werden. Doch in Ägypten kam eine zusätzliche Komplikation hinzu: im Grunde waren es jetzt nicht mehr die Paschas, die das Land regierten, sondern die Briten. Nun, was Mahmoud betraf, sollten sie ebenfalls davongejagt werden.

Das alles konnte freilich Owens und Mahmouds gutes Verhältnis nicht im geringsten trüben.

Bei aller Freundschaft hielt es Owen dennoch für sehr wohl möglich, dass Mahmouds Vorgehensweise bei dieser Untersuchung nicht ganz unbeeinflusst von seiner Sympathie für die Nationalisten war. Parker war in Mahmouds Augen nun mal ein Ausbeuter aus der Fremde, dessen Fahrlässigkeit obendrein zum Tod zweier für ihn arbeitender Ägypter geführt hatte. Owen zuckte die Schultern. Das Ganze war nun wirklich nicht sein Problem.

Aber was war überhaupt sein Problem? fragte er sich

im selben Atemzug. Nun, wahrscheinlich sollte er sich besser um diese übergeschnappte Frau kümmern und darauf achten, dass ihr kein neuerliches Unheil zustieß. Das allerdings war heute abend in der wohltuend kühlen Dämmerung, in der die Männer friedlich ums Feuer hockten und sangen, kaum zu befürchten.

Nun, vielleicht machte er sich ohne jeden Grund zu viele Sorgen.

Die Sänger verstummten und erhoben sich. Sie hatten Spaten und Pickel dabei, die sie jetzt schulterten. Da das Feuer am Erlöschen war, wollten sie sich offenbar in ihre Zelte zurückziehen.

Einer war im Begriff, die Asche zu verstreuen, als ein Kollege ihm freundschaftlich in den Arm fiel und auf die am Fuß der Mauer hackenden Arbeiter deutete. Der erste lachte nur. Dann verteilte er die Asche, den Blick auf die andere Gruppe gerichtet, mit demonstrativem Genuss.

Die Männer setzten sich in Bewegung.

Als sie an den anderen vorbeikamen, sah einer der unter der Mauer kauernden Arbeiter auf und sprach sie an.

Die Männer blieben stehen. Beide Gruppen waren verstummt. Auf einmal packte einer seinen Spaten mit festem Griff und sagte etwas. Einer der Sitzenden antwortete, woraufhin alle aufstanden. Die anderen hielten ihre Spaten und Pickel bereit.

Plötzlich stand Mahmoud nicht mehr neben Owen.

Ein Mann stellte sich zwischen die beiden Gruppen. Er schien beschwörend auf sie einzureden oder gab er einen Befehl? Ja, er erteilte den Männern an der Mauer eindeutig Anweisungen. Dann wandte er sich den anderen zu und begann offensichtlich mit ihnen zu streiten. Als das Licht auf sein Gesicht fiel, erkannte Owen Tomas.

Sein Eingreifen schien nichts zu bewirken. Die mit den Spaten näherten sich bedrohlich den anderen. Unvermittelt löste sich einer aus der Gruppe unter der Mauer; er stieß einen erregten Ruf aus und hob hitzig einen Stock.

Tomas unternahm einen letzten Schlichtungsversuch, hielt aber inne, als er Mahmoud bemerkte, der sie inzwischen fast erreicht hatte und nun die Männer ansprach. Sie drehten sich um. Immerhin zögerten sie.

»Brauchen Sie Hilfe?« rief Owen seinem Freund zu. Er setzte sich ebenfalls in Bewegung. Seine Schuhe knirschten auf dem Sand.

»Das ist wohl nicht nötig«, brummte Mahmoud. Er stellte sich zwischen die Gruppen.

Tomas stieß den Mann mit dem Stock zu seinen Leuten zurück. Sichtlich unwillig schulterten die anderen wieder ihre Spaten und zwei ältere Männer begannen, sie fortzudrängen.

»Geht weg«, forderte Owen sie auf, der nun ebenfalls hinzugetreten war.

Er und Mahmoud bauten sich zwischen den Widersachern auf, bis die erste Gruppe sich tatsächlich entfernte.

Tomas stellte sich zu den beiden Beamten. Obwohl es kühl war, wischte er sich die Stirn. Er schwitzte.

»Dumm!« ächzte er. »Entsetzlich dumm!«

»Worum ging es überhaupt?« fragte Mahmoud.

»Sie sind aus dem Dorf«, meinte Tomas achselzuckend. »Das ist alles.«

»Und die hier nicht?« Mahmoud deutete auf die am Fuß der Mauer postierten Männer.

»Die sind mit mir gekommen«, erklärte Tomas.

»Sind es Ihre Leute?«

»Ja.« Erneut wischte sich Tomas über die Stirn. »Aber machen Sie sich keine Sorgen. In ein, zwei Tagen sind wir weg.«

Zwei der Arbeiter gingen zu dem noch an vereinzelten Stellen glimmenden Feuer hinüber und schoben die letzten brennenden Holzscheite mit den Füßen zusammen. Jemand holte einen Wasserkessel und hängte ihn über den Flammen auf. Nach und nach schlurften die übrigen Mitglieder der Gruppe zum Feuer. Nur einer blieb mürrisch vor der Mauer kauernd zurück.

Sand glänzte nun silbern im Mondlicht. Der Himmel über dem leuchtete klar, die Luft war kalt geworden. Owen, der an die Stadt gewöhnt war, kam es fast unwirklich vor, dass die Sterne in einer derart verschwenderischen Fülle prangten. Als der Mond auf die weiße Tempelmauer schien, lag sie wie in Sonnenlicht gebadet.

Miss Skinner und Paul waren immer noch nicht zurückgekehrt.

Owen stellte sich zu den zurückgebliebenen Arbeitern, die sich mittlerweile rings um das Feuer gesetzt hatten. »Könnten Sie mir zwei von Ihren Leuten zur Verfügung stellen?« bat er Tomas. »Miss Skinner und Trevelyan Effendi sind schon sehr lange weg. Ich fürchte, ich muss nach ihnen suchen, aber ich kenne mich im Tempel nicht aus.«

Tomas erhob sich. »Meine Männer kennen sich genausowenig aus. Sie sind ja nur Lastenträger. Ihre Aufgabe ist es, die Fundstücke zum Fluss hinunterzubringen. Im Tempel selbst waren sie noch nie.«

»Es wäre schon eine Hilfe, wenn jemand mit einer Fackel mitgehen könnte.«

Tomas gab die Bitte an seine Arbeiter weiter.

Normalerweise zeigten sich Ägypter äußerst zuvorkommend, wenn man sie um etwas bat; diese Burschen jedoch sahen kaum auf.

Als Tomas' Ton schärfer wurde, erhoben sich endlich zwei der Männer.

»Sie gehen nicht gern in den Tempel«, sagte Tomas erklärend. »Nicht nach diesen Ereignissen.«

»Was ist denn geschehen?«

»Die Unfälle.«

Auf einmal dämmerte es Owen. »Der Mann, der zu Tode kam … gehörte der etwa zu Ihren Leuten? Das war gar kein Arbeiter, der sich mit Ausgrabungen auskannte?«

»Beide Tote waren es nicht«, beschied ihn Tomas knapp und wandte sich ab. »Ich hole die Fackeln«, fügte er über die Schulter hinweg zu. »Dann begleite ich Sie bis zur unteren Terrasse.«

Die zwei Freiwilligen folgten ihm, wenn auch nur zögernd.

Owen sah nun, dass Mahmoud sich mit demjenigen Mann unterhielt, der verärgert im Schatten der Mauer sitzen geblieben war und sich offenbar nach wie vor weigerte, zu den anderen zu gehen.

Ohne auf seine Begleiter zu warten, betrat Owen die Rampe, die zur unteren Terrasse führte, und blieb am oberen Ende stehen. Er hatte keine Ahnung, wo er suchen sollte. Miss Skinner und Paul konnten überall hingegangen sein.

Mit einer Fackel in der Hand stellte sich Tomas neben ihn. Die zwei Arbeiter hatten ebenfalls Fackeln geholt und zwar die großen, die mit Kerosin getränkt wurden, ehe man damit in die Katakomben der Tempel stieg. Im gleitenden Mondlicht allerdings wirkten sie eher wie glühende Stecknadelköpfe und völlig überflüssig.

Die Fackel hoch über seinen Kopf haltend, betrat Tomas die Säulenhalle. In dem flackernden Licht sah Owen einen Wald von sich in der Nacht verlierenden Säulen mit jeweils viel Dunkel dazwischen. So etwas wie ein Weg durch sie hindurch war nicht zu erkennen.

Owen ließ Tomas stehen und wagte sich tiefer in diesen Wald hinein. Vorsichtig spähte er in die Dunkelheit, in der Hoffnung, irgendwo einen glühenden Stecknadelkopf zu entdecken. Damit ihm keine Säule die Sicht verstellen konnte, wechselte er dabei immer wieder seine Position. Trotzdem war weit und breit nichts auszumachen.

Er wartete, schaute sich noch einmal um und ging schließlich wieder hinaus. »Gehen wir zur nächsten Terrasse«, bestimmte er.

Die Arbeiter folgten ihm jetzt bereitwilliger als am Anfang, erleichtert, dass er nicht noch tiefer ins Dunkel vordringen wollte.

Auf der zweiten Terrasse und wenig später auf der dritten wiederholte Owen seine Suche. Auf der obersten begleitete ihn Tomas in die Säulenhalle und stieß einen lauten Ruf aus. Als die Echos verhallt waren, lauschten sie getrennt, erhielten jedoch keine Antwort.

So stiegen sie noch einmal zu den anderen Terrassen hinunter und riefen dort ebenfalls, ohne Erfolg.

Als sie wieder im Freien standen, sah Tomas fragend Owen an.

Der Brite schwankte. Es hatte wirklich keinen Sinn, aufs Geratewohl in die Tiefen des Tempels einzudringen. Zweifellos war es klüger, den Tag abzuwarten und dann mit den Arbeitern zurückzukommen. Abgesehen davon lag ja auch kein konkreter Grund für die Sorge vor, dass Miss Skinner und Paul etwas zugestoßen sein könnte. Und dennoch meldete sich auf einmal eine innere Stimme und flüsterte: *Doch nicht schon wieder?*

Er ging die Rampe hinunter. Die Steinplatten des Tempelhofs schimmerten weiß im Mondlicht; nur direkt unterhalb der Rampe warf die Mauer Schatten. Unten angekommen, beschloss Owen, den Tempel zu betreten.

Er erreichte die Tür, durch die man ins Allerheiligste und auch zu dem Raum gelangte, in den Miss Skinner neulich gestürzt war. Tomas befahl er, mit den Fackeln draußen zu warten und ging dann allein den Schacht hinunter. Um sich zu orientieren, musste er sich an den Wänden entlangtasten.

Als er die Fackeln weit genug hinter sich gelassen hatte, hielt er inne und spähte umher. Licht gab es nirgendwo. So war er in dieser zunehmend modrigen Finsternis weiter auf die Wände angewiesen.

Er versuchte sich zu erinnern, ob der Schacht einen Knick gemacht hatte und gelangte zu dem Schluss, dass dem wohl so gewesen war. Es hatte doch diesen Raum gegeben, von dem eine Abzweigung ins Allerheiligste führte und eine andere zu der Kammer hinunter, die er insgeheim Miss Skinners Gruft getauft hatte.

Owen kehrte zu den anderen zurück, die sich nicht von der Stelle gerührt hatten, und forderte sie auf, ihm zu folgen. Das taten sie auch, wenngleich nur widerstrebend.

Diesmal kam ihm der Abstieg endlos vor, was teilweise daran lag, dass sich die Männer im Schneckentempo vorantasteten und jeden Zentimeter Boden beleuchteten, ehe sie sich einen Schritt weiter wagten. Nun, eigentlich war das gar nicht so dumm, wenn er bedachte, was Miss Skinner angeblich oder tatsächlich geschehen war. Dennoch wäre ihm die schützende Anwesenheit der Gräber aus Deir el Bahari lieber gewesen.

Zu guter Letzt erreichten sie die Gabelung. Dort entschied sich Owen spontan dagegen, mit Leuten, die sich nicht auskannten, zu dem Unglücksort abzusteigen. Es wäre purer Leichtsinn gewesen, zumal die Wände oder der Boden auch an anderen Stellen nachgeben konnten. Nein, stattdessen wollte er lieber zum Allerheiligsten gehen, sich dort umsehen und dann zurückkehren.

Je weiter sie in den Stollen vordrangen, desto unwilliger wurden die Männer. Aus Furcht, sie könnten sich weigern und ins Freie flüchten, scheuchte Owen sie regelrecht vor sich her.

Als er einen von ihnen gerade etwas heftiger zurechtgewiesen hatte, drehte er sich unwillkürlich um. Der Schein der Fackel reichte nur ein paar Meter weit. Dahinter herrschte absolute Dunkelheit.

Bis auf – er täuschte sich doch nicht? – einen matten Schimmer in der Ferne.

Owen setzte sich in Bewegung. Der Lichtschein kam von dem Stollen, der nach rechts zu Miss Skinners Gruft führte. Das mussten sie sein! Er beschleunigte seine Schritte.

Plötzlich erlosch das Licht.

Owen blieb verwirrt stehen. Er konnte überhaupt nichts mehr sehen. Es war buchstäblich so dunkel wie in einem Grab. Sicherheitshalber hielt er sich an der Wand fest.

Und immer noch gab es kein Licht. Was war geschehen?

Dann registrierte Owen eine Bewegung. Er hörte Schritte, und zwar in dem anderen Stollen. Sie waren bedachtsam und sehr vorsichtig und näherten sich langsam der Gabelung. Aber warum war das Licht gelöscht worden?

Jemand trat in den Tunnel, in dem er stand. Plötzlich durchbrach ein erschrockener Aufschrei die Stille. Mit einem Schlag begriff Owen, dass er selbst zwar nichts sehen konnte, doch im Licht der Fackeln hinter ihm sehr wohl zu erkennen war.

»Mein Gott, Owen!« rief eine Stimme entgeistert. »Was machen *Sie* denn hier?«

Es war Parker.

»Das gleiche könnte ich Sie fragen.«

»Ich inspiziere die Stollen. Wir wollen doch nicht noch mehr Unfälle, oder?«

»Jetzt, mitten in der Nacht?«

»Und was suchen Sie hier?« fragte Parker zurück, ohne darauf einzugehen.

»Ich versuche, Miss Skinner und Mr. Trevelyan zu finden.«

»Schon wieder dieses elende Frauenzimmer?« Mr. Parkers Zorn war echt. »Die schnüffelt doch ständig irgendwo herum! Warum kann Mr. Trevelyan sie nicht von hier fernhalten!«

»Vielleicht hat er das ja getan. Es ist gar nicht sicher,

ob sie überhaupt hier unten sind. Sie sind einfach weggegangen und bisher nicht zurückgekommen. Da habe ich eben angefangen, mich zu sorgen …«

»Dieses verdammte Weibsstück! Was hat sie hier überhaupt zu suchen? Das ist eine private Ausgrabungsstätte, verstehen Sie!«

»Sagen Sie ihr das lieber persönlich. Warum haben Sie Ihr Licht gelöscht?«

»Ich dachte, ich hätte eine Fackel gesehen – Ihre Fackel, wie sich herausstellte, aber ich wusste ja nicht, wer das sein könnte. Im übrigen haben Sie vielleicht recht: Ich dachte auch, jemand sei hier unten. Das ist der Grund, warum ich nachsehen gegangen bin.«

Der Schrei eines Arbeiters unterbrach sie. Sofort rannte Owen zu den anderen in den Stollen zurück. Sie schirmten die Fackeln mit ihren Körpern ab und deuteten stumm in die Tiefe des Stollens. Ein Licht näherte sich ihnen.

»Hallooo!« rief eine Stimme.

Es war Paul.

»Also wirklich!« ließ sich auch Miss Skinner vernehmen. »Hier unten geht es bald zu wie auf dem Basar!«

»Was zum Teufel machen Sie hier?« fuhr Parker sie entnervt an.

»Also was machten Sie nun dort unten?« fragte Owen wenig später, nachdem die anderen sich auf den Rückweg gemacht hatten.

»Sie wollte dorthin«, erklärte Paul. »Sie sagte, sie wolle sich das Allerheiligste anschauen.«

»Und? Hat sie es gesehen?«

»Und ob! Sie hat es gründlichst untersucht. Und mir

dabei alles erklärt. Mit allem Drum und Dran. Bis ins letzte Detail. Ich glaube, sie wollte es mir heimzahlen.«

»Es Ihnen heimzahlen?«

»Ich nehme nicht an, dass sie mir dankbar für meine Gesellschaft war.«

»Man sollte annehmen, dass sie es endlich kapiert hat«, brummte Owen.

»Stimmt. Das ist schon merkwürdig, was?«

Owen überlegte. »Glauben Sie, dass sie etwas suchte, etwas Bestimmtes?«

»Das habe ich mich auch gefragt.« Paul zögerte, um nach einer Weile hinzuzufügen: »Wenn das der Fall war, dann hat sie es nicht im Allerheiligsten vermutet.«

»Wo dann?«

»Auf dem Weg nach unten kamen wir zu dieser Gabelung, Sie wissen schon, wo ein zweiter Stollen nach links abzweigt. Der, in dem sie nach diesem Sturz eine ganze Nacht gefangen war. Na gut, an der Kreuzung blieb sie stehen. Sie wirkte unschlüssig, dann sagte sie unvermittelt: ›Wenn ich jetzt wieder dort hinuntergehen wollte, würden Sie mich wohl für albern halten, nicht wahr?‹ – ›Allerdings‹, antwortete ich. Da lachte sie und sagte: ›Sehr vernünftig, Mr. Trevelyan. Dann gehen wir eben ins Allerheiligste.‹ Trotzdem werde ich einfach das Gefühl nicht los, dass sie im Grunde in die andere Richtung wollte, dass sie eine Art Spiel mit mir trieb. Dass sie es mir eben heimzahlen wollte.«

»Warum gehen wir nicht einfach in den anderen Stollen?« schlug Owen vor.

Als die zwei Briten schließlich den Tempelhof betraten, trafen sie dort Mahmoud und Parker an. Der Amerikaner grinste sie triumphierend an, Mahmouds Miene verriet keine Regung.

»Wohin gehen Sie?« fragte Parker.

»Ich wollte mir noch mal diesen Stollen ansehen«, erwiderte Owen, »denjenigen, in dem Miss Skinner durch das Loch stürzte.«

»Der Unfall hat doch nichts mit dem Stollen zu tun«, knurrte Parker. »Dieses dumme Frauenzimmer hat nur nicht aufgepasst!«

»Wie die Arbeiter?« fragte Mahmoud.

Parker maß ihn mit einem kalten Blick. »Jawohl, wie die Arbeiter. Sie hatten dort nichts zu suchen. Sie waren keine richtigen Ausgrabungsarbeiter.«

»Warum gruben sie dann dort?« hakte Owen nach, dem es nicht gefiel, dass Parker offenbar glaubte, Mahmoud abkanzeln zu können.

»Es grub ja nur einer«, erklärte der Ägypter leise.

»Und der hatte kein Recht dazu«, fauchte Parker. »Dachte sich wohl, er könne ein paar Piaster dazuverdienen.«

»Aber jemand muss es ihm erlaubt haben.«

»Das war dieser Idiot von J'affar. Ich habe schon mit ihm gesprochen.« Parker wandte sich wieder an Mahmoud. »Es wurden Fehler gemacht, das gebe ich ohne Umschweife zu, aber den Vorwurf der Fahrlässigkeit weise ich von mir. Was die Sicherheitsvorkehrungen betrifft, können sie mir nichts anhängen. Fragen Sie die Arbeiter. Das heißt, die richtigen Arbeiter, die für die Ausgrabungen zuständig sind.«

Erneut blickte er mit kaum verhohlenem Triumph um sich.

Mahmoud sagte nichts.

»Wir werden Fackeln benötigen«, erklärte Owen.

Parker nickte. »Von mir aus. Aber ich begleite Sie.« Er rief einem vorübergehenden Arbeiter etwas zu, der wenig später mit einer Fackel zurückkehrte.

Als sie die Unfallstelle erreichten, hielt Parker seine Fackel hoch und leuchtete in das Loch. »Wollen Sie reinschauen? Es ist so, wie es die ganze Zeit war. Mumien, Mumien, nichts als Mumien.«

»Sind sie nicht von Interesse? Ich meine, aus archäologischer Sicht?«

»Eigentlich nicht. In Ägypten liegen Tausende von der Sorte herum. Lohnt sich nicht mal, sie zu erfassen.« Er drehte sich zu den anderen um. »Zufrieden? Genug gesehen?«

»Gehen wir bis zum Ende dieses Stollens«, bat Owen.

Parker zuckte die Schultern. »Von mir aus. Wenn Sie wollen.«

Der Tunnel endete nach etwa fünfzig Metern in einem kleinen rechteckigen Raum mit völlig kahlen Mauern.

»Ist das alles?«

»Das ist alles. Ziemlich enttäuschend.«

»Ein ganz schön weiter Weg für einen mit so viel Aufwand gebauten Stollen. Was für einen Sinn soll das haben?«

»Tja, so was kann man nie wissen«, meinte Parker. »Sie haben ganz gern geheime Gruften gebaut, in denen sie die wirklich wertvollen Gegenstände verbargen. Wenn es in diesem Allerheiligsten tatsächlich mal etwas Einmaliges gegeben hat, dann haben sie es möglicherweise nicht hier, sondern irgendwo in der Nähe aufgestellt. Mit der Zeit wurden sie sehr gewitzt, verstehen

Sie. Sie wussten, dass jemand zurückkommen könnte, wenn sie etwas zurückließen.«

»Die Leute, die die Gruftanlagen gebaut haben?«

»Wahrscheinlich. Jedenfalls Dorfbewohner. Hier hat die Grabräuberei eine seit dreitausend Jahren ununterbrochene Tradition.« Parker sagte das nicht ohne eine gewisse Bewunderung. »Und die Kerle betreiben sie immer noch.« Er leuchtete mit der Fackel durch den Raum. »So? Alles gesehen, was Sie sehen wollten?«

Als sie wieder in den lichtüberfluteten Tempelhof traten, fragte Owen unvermittelt: »Glauben Sie, dass Miss Skinner das mit den verborgenen Kammern weiß?«

Parker blieb abrupt stehen. Seine Züge strafften sich. »Sie schnüffelte herum, falls Sie das meinen«, knurrte er.

»Aber wonach suchte sie?«

»Woher soll ich das wissen«, fauchte Parker und ließ ihn stehen.

6

»Wie ein Gemälde«, murmelte Paul und blickte zurück zu dem mächtigen Felsmassiv mit dem sich an seinen Fuß schmiegenden Tempel und dem unglaublich herrlichen Blau des Himmels darüber. Das Felsgestein hatte den Glanz von poliertem Gold oder Kupfer – weder rot noch braun, sondern eine feine Mischung aus beidem, die je nachdem, wie die Sonne darauf fiel, ständig in einer anderen Schattierung schillerte. Der Tempel erinnerte an altes, mit der Zeit vergilbtes Elfenbein, allerdings nur dort, wo er im Laufe der Jahrhunderte ständig der prallen Sonne ausgesetzt gewesen war, während die schattigeren Teile nach wie vor in blendendem Weiß erstrahlten.

»Wenigstens das können sie nicht verkaufen«, sagte Paul.

Owen sah ihn fest an. »Empfinden Sie wirklich so?«

»Ein bisschen.«

Sie liefen über den Sand weiter zu dem zweiten, weniger bedeutenden Tempel, wo die Arbeiter ihr Tagewerk schon wieder aufgenommen hatten. Aus der Ferne konnten sie im Hof emsig arbeitende Gestalten und davor einen Holzkarren mit gewaltigen Rädern sehen.

»Ich kannte mich mal ein bisschen in der Archäologie aus«, fügte Paul hinzu. »Und ich habe auch die ganzen Großen gelesen.«

»Die Großen?«

»Klassisches Altertum. Das war in Oxford unser Ausdruck für Latein und Griechisch.«

Owen hatte in einem kleinen Gymnasium in Wales Latein gelernt und hatte sich berechtigte Hoffnungen auf ein Studium gemacht, doch dann war der unerwartete Tod seines Vaters dazwischen gekommen. Plötzlich hatte der Familie das Geld gefehlt, so dass er nach der Schule statt an eine Universität zur Armee gegangen war. Im Großen und Ganzen bedauerte er das nicht, auch wenn ihn gelegentlich ein unbestimmtes Gefühl befiel, etwas verpasst zu haben.

Und zunehmend wurde ihm seit seiner Versetzung von Indien in die Zivilverwaltung in Ägypten noch etwas anderes bewusst: Die hohen Ämter wurden fast ausschließlich mit Leuten besetzt, die in Oxford oder Cambridge studiert hatten. Ihm kam das vor wie ein Club, von dem andere ausgeschlossen blieben.

»Das ist natürlich nicht dasselbe«, fuhr Paul fort. »Ägyptologie ist ein eigenständiges Fach. Aber in unserem Kurs über das klassische Altertum haben wir viel vom Material der Archäologen verwendet und wahrscheinlich auch ein bisschen von ihrer Lehre und Einstellung und dem ganzen Rest aufgeschnappt. Na ja …«

»Ja?«

Paul schüttelte den Kopf. »Nein, das hätte nicht ausgereicht.«

Sie sahen im Hof etwas Weißes aufblitzen, ein Frauenkleid.

»Der gute Peripoulin …«, begann Owen.

»Er ist schon in Ordnung; wie eigentlich alle in der Altertümerverwaltung. Nur dieser … dieser …«

»Parker?«

»Der und seinesgleichen.«

»Miss Skinner hat seine Methoden erwähnt.«

»Darüber weiß ich nicht Bescheid. Es ist nur so, dass er diese Stätte schlechtweg leerräumt, finden Sie nicht auch?«

»Er hat eine Lizenz.«

»Eine Lizenz zum Plündern. Etwas, was Sie gleich nach Ihrer Rückkehr unter die Lupe nehmen sollten, mein Bester.«

Die weiße Gestalt war eindeutig Miss Skinner. Sie redete mit den Arbeitern. Unwillkürlich fragte sich Owen, wie sie das nur bewerkstelligte. Seines Wissens sprach sie doch kein Arabisch.

Nun, sehr erfolgreich schien sie nicht zu sein, denn als Tomas den Tempelhof betrat, bedrängte sie ihn sofort mit Fragen.

»Aber wo sind sie?« hörte Owen sie rufen.

»Sie waren Teil der zweiten Lieferung«, antwortete Tomas in seinem langsamen, steifen Englisch.

»Wie viele Lieferungen hat es gegeben?«

»Das ist die vierte.«

Miss Skinner sah sich misstrauisch um. »Ich habe doch eine Kartusche gesehen. Wo ist sie jetzt?«

Tomas deutete auf den vor der Mauer abgestellten Karren, woraufhin die Amerikanerin dort hinüberlief und den Inhalt inspizierte. Tatsächlich befand sich darunter eine Kartusche; sogar Owen konnte sie von seiner Warte aus sehen. Sogenannte Kartuschen waren in Stein gehauene ovale Umrahmungen von Hieroglyphen, die gewöhnlich einen Königsnamen darstellten. Man fand sie an fast jeder Tempelmauer vor.

Stirnrunzelnd kehrte Miss Skinner zu Tomas zurück. »Sie steht nicht auf der Liste!«

»Sie steht auf einer anderen Liste«, erklärte der Kopte geduldig.

»Haben Sie mir nicht neulich gesagt, die Liste würde zusammen mit der Lieferung geschickt?« ereiferte sich Miss Skinner.

»Das ist richtig. Die Waren treffen in einer großen Lieferung im Museum mitsamt einer beigefügten Liste ein. Von hier aus werden sie allerdings oft getrennt voneinander abgeschickt, so dass die einzelnen Blätter der Listen nicht notwendigerweise mit der Ladung übereinstimmen.«

»Die Waren werden willkürlich verpackt und abgeschickt?«

»So ist es.«

»Aus welchem Grund?«

»Es ist billiger so.« Tomas' Ton war immer noch geduldig, verriet jedoch eine gewisse Müdigkeit. »Man verlädt sie jeweils auf Boote, sobald Platz vorhanden ist.«

»Und wo werden sie wieder zusammengeführt?«

»In Heraq.«

»Heraq?«

»Das ist ein diesseits des Flusses gelegener Kairoer Hafen. Ich benutze ihn deshalb recht gern, weil er klein und überschaubar ist. Bulak – der Haupthafen – ist zu groß; dort kann leicht etwas verloren gehen.«

»Und bis alles zusammengeführt wird, stimmen die einzelnen Blätter der Liste nicht mit der gemeinsam mit ihnen beförderten Ladung überein?« fragte Miss Skinner.

»Das ist richtig.«

»Das finde ich alles andere als befriedigend«, schnaubte die Amerikanerin. »Angenommen, es fehlt etwas, wie können Sie dann feststellen, zu welcher Ladung es gehörte?«

»Ich führe meine eigenen Aufzeichnungen«, erwiderte Tomas matt.

»Ah! Kann ich sie sehen?«

Der Kopte reichte ihr mehrere handbeschriebene Bögen.

»Aber das ist ja in arabischer Schrift!« rief Miss Skinner enttäuscht.

»Ja.«

Fürs erste hatte es Miss Skinner die Sprache verschlagen. Tomas nutzte das aus, um zu seinen Arbeitern zurückzukehren, die sich daran machten, ein weiteres Stück zum Karren zu schaffen.

Jetzt erst bemerkte Miss Skinner Owen und Paul. Noch immer wirkte sie fassungslos, doch dann trat sie entschlossen auf sie zu.

»Ich überprüfe gerade das Transportverfahren«, verkündete sie. »Ich halte es nicht gerade für befriedigend.«

»Oh?«

»Die Dokumentierung lässt sehr zu wünschen übrig.«

»Wirklich?«

»Da kann leicht etwas verloren gehen.«

»Wäre es dann nicht einfacher, die Objekte gar nicht erst zu erfassen?« schlug Owen vor.

Miss Skinner maß ihn mit einem strengen Blick. »Alles muss erfasst werden«, beschied sie ihn. »Das ist das oberste Prinzip der Archäologie.«

»Und auch des Lizenzierungssystems. Aber was ist, wenn man sich nicht daran hält?«

Erneut wirkte Miss Skinner verunsichert. »Wo bliebe dann die Ehrlichkeit? Man muss von einem Archäologen doch persönliche Integrität erwarten können! Oder gilt das nichts mehr?«

Es war Mittag und glühend heiß. So heiß, dass man sich an den Metallblättern der im Tempelhof herumliegenden Spaten die Hand verbrennen konnte. Selbst die Holzstiele berührte man lieber nicht.

Die Männer im Hof ließen ihre Arbeit ruhen und hatten sich in den Schatten zurückgezogen. Tomas war nirgendwo zu sehen.

Die Arbeiter aus Deir el Bahari blieben im Tempel, wo es angenehm kühl war. Der Geruch von verbrannten Bohnen drang ins Freie. Die meisten Arbeiter begnügten sich zu Mittag mit Brot, die aus Deir el Bahari dagegen hatten ihre eigenen Vorstellungen.

Letzteres galt an diesem Tag in gewisser Hinsicht auch für den Koch des Lagers, so hatte Miss Skinner zum Mittagessen einen leckeren Tomatensalat zubereitet. Jetzt saß sie in einem Klappstuhl, den sie sich von Parker geliehen hatte und las ein Buch.

Paul, der ebenfalls las, hatte sich in ihrer Nähe gemütlich in den Sand gelegt.

Die Amerikanerin sah gereizt von ihrem Buch auf. »Also wirklich, Mr. Trevelyan, wenn ich Siesta halte, wird mir doch wohl kaum was zustoßen!«

»Wollen wir hoffen, dass Sie recht haben«, erwiderte Paul ungerührt. »Es wäre doch schade, wenn ich in meiner Lektüre gestört würde.«

Auch nach kurzem Nachdenken konnte sich Miss Skinner nicht so recht klar darüber werden, wie sie das verstehen sollte, also wandte sie sich wieder ihrem Buch zu.

Owen begab sich auf die Suche nach Mahmoud, den er schließlich in ein Gespräch mit einem von Tomas' Arbeitern vertieft antraf. Es war derjenige, der gestern so aufsässig reagiert hatte. Weil er befürchtete, er würde nur stören, wollte sich der Brite schon wieder entfernen, doch Mahmoud forderte ihn mit einem Nicken zum Bleiben auf.

»Er ist nämlich der Mamur Zapt«, erklärte er dem Arbeiter.

Der Mann, ein einfacher Bauer, nahm das mit unbewegter Miene zur Kenntnis. Der Titel des ›Mamur Zapt‹ war nur den Kairoern ein Begriff.

»Er interessiert sich doch ohnehin bloß für die Frau«, brummte der Arbeiter. »Und das auch nur deshalb, weil sie eine *Sitt* und Ausländerin ist.«

»Er interessiert sich auch für Abu und Rashid«, widersprach ihm Mahmoud sanft.

»Ach, wirklich? Hm, das wird ja auch höchste Zeit.« Der Mann wandte sich an Owen. »Abu kam aus meinem Dorf. Er war mit der Cousine des Ehemanns meiner Schwester verheiratet und gehörte zu unserer Familie. Als sie neulich ins Dorf kamen, um neue Leute anzuwerben, sagte ich gleich zu. Irgendjemand muss doch herausfinden, was Abu passiert ist. Was ihm wirklich passiert ist.«

»Was, glaubst du, ist ihm denn geschehen? War es etwa kein Unfall?«

Der Mann tat die Frage mit einer wegwerfenden

Handbewegung ab und spuckte in den Sand. »Unfall! Ich sage Ihnen mal was: So was wie Unfälle gibt es nicht. Alles hat einen bestimmten Grund.«

»Und welcher Grund, glaubst du, lag hier vor?«

»Das weiß ich nicht«, knurrte der andere. »Das will ich ja herausfinden. Aber eins kann ich Ihnen sagen: Meiner Meinung nach war er irgendetwas auf der Spur.«

»Etwas auf der Spur?«

»Jawohl. Er hat was rausgefunden, was er nicht hätte rausfinden dürfen. Und deshalb haben sie ihn umgebracht.«

»Umgebracht?«

»Genau.«

»Hast du vorhin nicht selbst von einem Unfall gesprochen?«

»Das haben *Sie* gesagt. Von wegen Unfall!« Erneut spuckte er in den Sand.

»Welcher von den beiden war das?« fragte Owen, an Mahmoud gewandt.

»Der zweite. Er wurde eines Morgens unter einer halben Tonne Schutt in einem Graben gefunden.«

»Sie behaupten, er hätte sich in der Nacht rumgetrieben«, stieß der Arbeiter bitter hervor. »Er wäre in den Graben gestürzt. Seine eigene Schuld, sagen sie. Hätte nicht auf den Weg geachtet und überhaupt, er hätte dort nichts zu suchen gehabt. Wäre bestimmt betrunken gewesen. Betrunken! Abu, ein rechtschaffener, gottesfürchtiger Moslem und betrunken! Er hat nie einen Tropfen angerührt! Na ja, zumindest nicht oft. Und hier schon gar nicht. Wo hätte er den Schnaps denn herhaben sollen? Sie hatten ihm ja nichts gezahlt.

Von uns kriegt keiner sein Geld, solange das Zeug nicht in Heraq ist.«

»Betrunken!« stimmte ihm Mahmoud voller Mitgefühl zu. »Wie kann man jemanden nur so beschuldigen!«

»Und dann haben sie ihn gleich beerdigt. Man muss doch den Engeln Zeit lassen, ihn zu prüfen!«

»Empörend!« rief Mahmoud.

»Alles plumpe Lügen!«

»Trotzdem muss man sich fragen, was er so spät in der Nacht da draußen suchte«, murmelte Mahmoud.

»Das ist ja das Problem! Eine Frau kann nicht der Grund gewesen sein.«

»Bist du sicher, dass dort keine Frauen waren?«

»Hier draußen? Im Dorf vielleicht, aber nicht hier.«

»Könnte nicht eine hierher gekommen sein?«

»Zu weit weg. Wie auch immer, die Frauen im Dorf wollen von uns nichts wissen.«

»Das hätte aber ein Grund sein können, verstehst du? Ein eifersüchtiger Ehemann vielleicht ...«

»Dann hätte er ihn mit einem Messer niedergestochen. Abgesehen davon war Abu nicht so einer. Na ja, nicht allzu oft wenigstens. Und er war einfach noch nicht lange genug dabei, um hier schon eine Freundin zu haben.«

»Ganz richtig. Und schließlich stürzte er ja auch in einen Graben.«

»Das behaupten sie.«

»Du glaubst das nicht?«

»Ich frage mich nur eins«, erklärte der Arbeiter. »Aus welchem Grund lief er dort draußen herum?«

»Und auf welche Antwort bist du gekommen?«

»Er war etwas auf der Spur. Irgendwas war hier los und er wollte herausfinden, was das war.«

»Also ist er nachsehen gegangen.«

»Und er hat es herausgefunden. Aber sie haben ihn entdeckt. Und dann – wusch! – und das war's!«

»Schrecklich«, seufzte Mahmoud und schüttelte betrübt den Kopf.

»Was, glaubst du, hat er rausgefunden?« fragte Owen.

Der Mann sah sich verstohlen um, dann erklärte er mit gesenkter Stimme: »Einen Schatz. Diese Burschen aus Deir el Bahari wissen genau, wo er liegt, verstehen Sie? Sie rauben die Gräber ja schon seit Jahrhunderten aus und haben ihre ganze Beute irgendwo gut versteckt. Nach und nach verhökern sie sie stückweise. Sie wollen sich schließlich nicht die Preise kaputtmachen. O ja, sie sind gerissen, das weiß jeder. Nun, ich bin fest davon überzeugt, dass Abu dieser Sache irgendwie auf die Spur gekommen ist. Er ahnte, wo sie den Schatz versteckt halten. Und als er sich vergewissern wollte, ertappten sie ihn. Wie soll es denn sonst geschehen sein? Sie mussten ihn ja umbringen. Hatten schließlich keine andere Wahl, wenn sie verhindern wollten, dass er es ausplauderte. Ein kurzer Schlag und die Sache hatte sich.«

»Und der Graben?«

»Sie haben ihn reingelegt und die Mauer zum Einsturz gebracht, damit es wie ein Unfall aussieht.«

Es folgte allgemeines Kopfschütteln über den Hang der Menschen zum Verbrechen und ihren Einfallsreichtum dabei. Dann trat Schweigen ein.

»Und das alles hätte man auf sich beruhen lassen«, sinnierte Owen nach einer Weile laut, »wäre dann nicht auch der andere gestorben. Ein Unfall – nun ja, so etwas kommt vor – aber zwei? Da wird man misstrauisch.«

»Allzu misstrauisch wohl kaum, wenn der Tote nur ein Bauer war«, sagte der Arbeiter bitter.

»Nun, ich bin misstrauisch geworden«, entgegnete Mahmoud gelassen.

»Na ja, Sie sind womöglich anders. Nur haben wir immer das Gefühl, dass die Stadt weit weg ist. Und der Khedive genauso. Was hier passiert, kümmert keinen. Und selbst wenn, die Peitsche des Pascha reicht immer noch sehr weit.«

»Immer noch?«

Offiziell zumindest hatten die Briten in Ägypten eins geleistet: die Abschaffung des *curbash,* des Auspeitschens.

»Immer noch. Wie gesagt, die Stadt ist weit weg.«

»Trotzdem«, brummte Mahmoud. »Ich bin doch da.«

Der Mann erkannte das mit einem Nicken an. »Sie sind ja vielleicht in Ordnung. Und vielleicht ist es auch Ihr Freund, obwohl er Ausländer ist. Das ändert aber nichts daran, dass Sie nicht weit kommen werden. Der Pascha ist zu groß für Sie. Er ist zu groß für uns. Wir sind nichts als kleine Fliegen auf seinem riesigen Rad und wenn es sich dreht, werden wir zerquetscht.«

»Kleine Steine«, murmelte Mahmoud, »können auch große Räder zum Stillstand bringen.«

»Und was sind Sie?« fragte der Mann. »Der Stein oder das Rad?«

»Ich gehöre zu denen, die versuchen, das Rad auszuwechseln.«

»Richtig«, bestätigte der Mann. »Das haben Sie schon mal erwähnt. In der Stadt gibt es Leute, haben Sie gesagt, die etwas verändern wollen. Meinten Sie damit die Nationalisten? Na ja, hier unten gibt es nicht viele von ihnen, das können Sie mir glauben. Und die Stadt ist immer noch weit weg.«

Etwa eine Meile hinter dem Tempel lag an der Stelle, wo das Felsmassiv, das die Ebene und die Sahara voneinander trennte, das Dorf. Es verschmolz derart harmonisch mit dem Gestein, dass Owen es zunächst selbst bei Tageslicht trotz genauen Hinsehens gar nicht bemerkt hatte. Sobald es allerdings dunkel wurde und die Bewohner vor ihren Häusern Feuer fürs Abendessen entfachten, boten sich dem Betrachter mit kleinen Lichtflecken übersäte Berghänge dar.

Heute sollte Owen dieses Dorf zum erstenmal besuchen. Im Näherreiten auf dem Rücken eines Esels erkannte er bald, dass es größer war, als er angenommen hatte. Kinder spielten unter Felsbrocken, Frauen kochten vor den Häusern über mit getrocknetem Büffelmist geschürten Feuern, während die Männer auf den Hausdächern saßen und die Abendbrise genossen.

Die Häuser hatten nichts mit den am Nilufer üblichen säuberlich aus gebranntem Lehm gebauten quaderförmigen Hütten gemeinsam, auf deren Dächern Stapel von Zwiebeln, Melonen und Feuerholz gelagert wurden; vielmehr schmiegten sie sich dicht an die Felsen. Für die Außenwände hatte man einfach Steine aufeinandergeschichtet und weil sich unmittelbar darüber der Berg auftürmte, konnte man fast meinen, sie lägen zur Hälfte unter der Erde.

So etwas wie einen Mittelpunkt, an dem sich alle trafen, oder angelegte Straßen gab es nicht. Die Häuser waren kunterbunt über verschiedene Hänge verteilt und die Gespräche zwischen ihren auf den Dächern hockenden Bewohnern beschränkten sich auf laute Zurufe.

In den Vorgärten wurden tatsächlich Zwiebeln und Wassermelonen angebaut und nicht selten rankten sich auch Tomaten und Bohnen an den Mauern empor, doch im Vergleich zu der Fülle am Flussufer reichte das Gemüse hier gerade zum Nötigsten.

Owen, an die reichen Felder des Deltas gewöhnt, war schockiert. Doch zugleich kam ihm dieser Anblick merkwürdig vertraut vor. Als er den Kopf hob und hoch über dem Dorf die Schachtlöcher der inzwischen verlassenen Ausgrabungsstätten registrierte, wurde ihm schlagartig klar, woran er sich erinnert fühlte. Das war ein Grubendorf. In seiner Heimat Wales hatten die Kohlezechen die Erde ähnlich durchlöchert.

»Düster.« Paul schüttelte sich angewidert.

»Hart«, entgegnete Owen. Und plötzlich merkte er, dass er einen Begriff benutzte, den er als Kind immer von den Kumpeln gehört hatte.

Treffender hätte die unterschiedliche Begriffswahl den Unterschied in den Perspektiven des Ästheten und des Arbeiters nicht kennzeichnen können. Dabei hatte Owen nie zu den Arbeitern im eigentlichen Sinn gehört – sein Vater war anglikanischer Priester gewesen –, doch am Rande hatte er durchaus am Leben des Grubendorfs teilgenommen. Mit einem Mal fühlte er sich den Leuten hier sehr vertraut.

In gewissem Sinne traf das ja zu, wenn auch nicht ganz so, wie er meinte.

Als er von seinem Esel stieg, begrüßte ihn jemand mit

einem überraschten: »Effendi! Ihr Anblick erfreut mich, als wären Sie mein Vater und meine Mutter!«

»Das bezweifle ich«, sagte Owen. Doch im nächsten Moment erkannte er den Mann, eilte auf ihn zu und schloss ihn in seine Arme. »Sayid!«

Es war einer der Betrüger, die ihm ans Herz gewachsen waren. Zuletzt hatte er ihn vor dem Hotel Continental gesehen, wo er Touristen Reliquien zweifelhafter Herkunft angedreht, das aber mit garantiert authentischem Einfallsreichtum getan hatte. Seine verblüffenden Überredungskünste hatten Owen derart beeindruckt, dass er dem Mann kleinere Unwahrheiten gerne nachgesehen und so den Grundstein einer Beziehung gelegt hatte, die von Sayid seinerseits bei jedem seiner Aufenthalte in Kairo mit neuem Leben erfüllt wurde.

»Sie sind meine Heimat besuchen gekommen!« rief der Ägypter begeistert.

»Na ja, das ist nicht der einzige Grund meines Besuchs«, wiegelte Owen ab. »Aber trotzdem freue ich mich über diese Gelegenheit.«

Fröhlich plaudernd führte Sayid den Briten den Berg zu seiner Behausung hinauf. Auf halbem Weg blickte Owen zurück. Unter sich sah er die Hausdächer, die kleinen, mit Mauern umgebenen Vorhöfe und die sich kreuz und quer durch das Dorf windenden Trampelpfade, die hier als Straßen dienten.

An einer Ecke, an der der Dorffriseur seinen Stuhl und eine Schüssel aufgestellt hatte, saß, umringt von einer sensationshungrigen Menge, Mahmoud und redete mit den Leuten. Am anderen Ende des Dorfes erkannte Owen Miss Skinner. Zu seiner Überraschung half ihr Tomas bei ihren Bemühungen, mit einer um sie gescharten Gruppe zu sprechen.

»Sie gibt Bakschisch!« schwärmte Sayid. »Viel Bakschisch.«

»Du kennst sie?« fragte Owen verblüfft.

»O ja!«

»Und wofür gibt sie Bakschisch?«

Sayid sah ihn mit gekränkter Miene an. »Nicht für etwas, sondern aus Großzügigkeit, aus Herzensgüte, aus …«

»Ich kenne diese Dame auch«, unterbrach ihn Owen. »Wofür verteilt sie das Bakschisch? Für Dinge, die ihr gefunden habt? Oder geht es um etwas, das ihr wisst?«

»Das zweite verstehe ich nicht«, sagte Sayid. »Wir haben versucht, ihr Dinge anzubieten, die wir gefunden haben. Zu unserem Pech weiß sie aber genau, was Fundsachen sind und was nicht. Für das, was echt ist, zahlt sie gute Preise. Nur gehen unsere Vorräte leider zur Neige.«

»Das Geschäft läuft also schlecht, nicht wahr?«

»Schrecklich. Es wirft erst dann wieder etwas ab, wenn es kühler wird und die Touristen zurückkommen.«

»Und bis dahin schafft ihr das eine oder andere heran, nehme ich an?«

»Das eine oder andere«, bestätigte Sayid vage.

Sayids Haus war weit oben am Hang gelegen. Im Grunde war es nichts als eine an den Seiten notdürftig abgedichtete und oben mit einer Schieferplatte bedeckte Felsspalte. Was die Einrichtung betraf, so war sie äußerst karg. Owens Einschätzung nach fand das Leben vor allem im Freien statt. So war auf dem Dach ein

Schlaflager ausgebreitet, was den Eindruck bestätigte, dass Sayid und seine Frau dort oben unter freiem Himmel schliefen. Gekocht wurde an einer Feuerstelle vor dem Haus und von dort kam auch bald nach ihrer Ankunft Sayids Frau mit dem Tee zu ihnen.

Sie hatte zwei kleine Kinder dabei. Sofort gratulierte Owen Sayid zu seiner wachsenden Familie, doch der Ägypter wirkte etwas bedrückt.

»Beides Mädchen«, jammerte er. »Wenn das mit ihr so weitergeht, weiß ich nicht, was ich machen soll! Wahrscheinlich noch mal anfangen.«

»Noch ein Kind?«

»Eine neue Frau!«

Owen schüttelte voller Anteilnahme den Kopf.

»Das Schlimme ist nur, das alles kostet viel Geld«, murmelte Sayid düster.

Sie saßen auf dem Dach und sahen zu, wie die Dämmerung herankroch, bis die ersten Sterne am Himmel erschienen. Für das einzige Licht im Dorf sorgten die Feuerstellen vor den Häusern und gelegentlich eine Talglampe, wenn jemand noch im Freien arbeitete. Der Geruch gebratener Zwiebeln hing in der Abendluft.

»Ya Sayid!«

Der Bewohner eines Nachbarhauses gestikulierte lebhaft. Sayid erhob sich.

»Sie sind fertig!« rief der Mann. »komm rüber und schau sie dir an!«

Sayid zögerte.

»Lass dich von mir nicht aufhalten«, erklärte Owen höflich. »Ich muss sowieso gehen.«

»Sind Sie sicher?«

»Ich müsste schon längst mit dieser Frau sprechen. Vielleicht gibt sie mir auch ein Bakschisch.«

Lachend ließ ihm Sayid den Vortritt und sie stiegen gemeinsam zu dem hinab, was hier als Straße galt. Kaum waren sie unten angekommen, stürzte ihnen der Nachbar entgegen.

»Herrlich!« rief er. »Diesmal ist es wunderbar geworden. Komm und sieh selbst!«

Er packte Sayid am Arm und zog in seiner Begeisterung Owen auch gleich mit.

»Ich …«, begann Owen.

Doch da hatte der Mann sie schon in seine Hütte gezerrt. Owen wusste, dass in den Häusern am Fluss unten im ersten Zimmer stets der Büffel der Familie untergebracht wurde. Hier war es anders. Er war mitten in eine Werkstatt getreten.

Durch alle drei Fenster fiel Licht auf eine Werkbank, die übersät war mit Skarabäen, Amuletten und Begräbnisstatuetten in allen möglichen Fertigungsstadien zwischen gerade begonnen und fast vollendet. Einige waren aus Holz, andere aus Kalkstein und ein dritter Teil aus Lehm.

Doch der Grund, warum der Nachbar sie geholt hatte, waren fünf frisch gefertigte *Uschebti*-Figuren aus glasiertem Ton. Voller Stolz baute er sich daneben auf. »Sind sie nicht großartig? Meine beste Arbeit bisher!«

»Sie sind wirklich hübsch«, brachte Sayid lahm hervor.

»Gefallen sie dir nicht?« fragte der Nachbar bestürzt. »Sieh doch! Allein schon die Glasierung. So gut war ich noch nie!«

Sayid warf einen verstohlenen Blick auf Owen.

»Sie sind beachtlich«, lobte der Brite und nahm eins

der Figürchen in die Hand. Es stellte einen Sämann dar. Gemäß der Mythologie des Altertums waren diese Figuren zu den Verstorbenen in die Grabstätte gelegt worden, damit sie im Leben nach dem Tod die Felder für ihn bestellen konnten. »Sie gehören zum Besten, was mir je unter die Augen gekommen ist.«

»Ja, aber ...«, warf Sayid betreten ein.

»Und diese erst, sehen Sie nur!« rief der Nachbar und nahm einen über seinen Pflug gebeugten Bauern in die Hand. »Ist mir das nicht gelungen? Schauen Sie sich die Hände an. Normalerweise fallen mir die Hände am schwersten.«

»Vorzüglich«, lobte Owen. Er griff nach einer anderen Gestalt. Bei näherem Betrachten runzelte er verwirrt die Stirn. »Aber was soll das darstellen?«

Die Euphorie des Nachbarn war mit einem Schlag verflogen. »Das ist einer von uns«, murmelte er.

»Ein Arbeiter? Aber ...«

»Er liegt in einem Graben, verstehen Sie. Beim Tempel drüben. Er krümmt den Rücken, weil er gerade gräbt. Er hebt Erde aus.«

»Das sehe ich. Aber ... das ist doch die Gegenwart! Und die anderen stammen alle aus der Vorzeit.«

»Na ja, aber das ist doch auch etwas. Und ich dachte mir, es wäre mal ganz nett, einen von uns darzustellen. Der Mann gleicht übrigens Abdul.«

»Sehr hübsch. Eine gute Idee. Aber ... wenn er verkauft werden soll ...«

»Ach, das merkt doch niemand. Machen Sie sich deswegen keine Sorgen. Niemandem wird was auffallen. Eine Figur ähnelt doch der anderen. Bei diesem könnte ich mir allerdings schon vorstellen ...«

Owen sah sich um. Einige der Figürchen waren bemalt; direkt neben sich sah er Farben und Pinsel. Aber das war noch längst nicht alles: Es gab Feilen, Graviermesser und kleine spitze Werkzeuge, die wie Handbohrer aussahen. Auf einer Bank lag eine Lupe, wie sie von Graveuren benutzt wurde. An der Seite der Werkbank war ein Schleifstein festgeschraubt worden, der mit einer Kurbel gedreht werden konnte. Und in einer Ecke lag tatsächlich ein Teil eines gewaltigen Sarkophags. Damit wurde Owen klar, woher das Holz für die Figürchen stammte.

»Du bist bestens ausgerüstet«, meinte Owen.

»Muss ich auch«, antwortete der Nachbar ernsthaft. »Dieses Handwerk erfordert viel Kunstfertigkeit.«

»Allerdings. Aber … ist beim Tempel drüben nicht auch viel Geld zu verdienen?«

»Das kommt und geht. Gegraben wird immer irgendwo, verstehen Sie, aber manchmal ist es weit weg und es werden nicht immer viele Leute gebraucht. Nein, nein, was ich mache, ist da viel besser. Man muss zwar hart arbeiten, aber dafür geht regelmäßig Geld ein.«

»Sogar jetzt?«

»Na ja, im Moment ist es natürlich nicht so viel, aber wenn in ein, zwei Monaten die Fremden kommen, werden die Verkäufer wieder Vorräte brauchen, so viele sie kriegen können. Und die hier bringen gutes Geld ein, was sagst du, Sayid?« Er tätschelte liebevoll seine Figuren.

»Äh … ja«, murmelte der Angesprochene.

Owen seufzte.

»Man muss doch irgendwie leben«, versuchte Sayid die Situation zu retten.

»Uschebtifiguren?« fragte Miss Skinner. »Nein, das glaube ich nicht. Reizvoll, aber ich habe schon jede Menge.«

»Hinter was sind Sie dann ...?«

Miss Skinner bedachte Owen mit einem Blick von der Seite. »Nun ja«, sagte sie gedehnt, »die Leute hier rauben ja seit Jahrhunderten die Gräber aus. Mit der Zeit haben sie sicher einige erlesene Schätze in ihren Besitz gebracht. Da lohnt es sich immer, ihnen einen besonders guten Preis zu bieten. Sie würden Augen machen, wenn sie wüssten, was sie so alles vorlegen.«

»Nicht unbedingt«, erwiderte Owen.

7

Wenn Sie«, sagte Miss Skinner giftig, »es ertragen könnten, mir für ein paar Momente das Vergnügen Ihrer Gesellschaft vorzuenthalten …«

»Es läge mir fern, mich Ihnen aufdrängen zu wollen, Miss Skinner«, erwiderte Paul steif.

»Dann tun Sie's einfach nicht«, entgegnete die Amerikanerin und ließ ihn stehen.

Wenig später sahen sie sie über den Wüstensand in Richtung des Dorfes marschieren.

»Was soll ich tun?« fragte Paul. »Ihr folgen?«

»Ich würde es mir ersparen«, brummte Owen.

Paul schnitt eine Grimasse. »Tut mir leid, dass ich Sie geholt habe. Das Ganze kommt mir mittlerweile ein bisschen wie Zeitverschwendung vor.«

»Es war eine kluge Entscheidung. Immerhin hat sie von einem Überfall gesprochen.«

»Und dann alles zurückgenommen. Danach. ›Wie dumm von mir‹, sagt sie. Nur halte ich Miss Skinner für alles andere als dumm.«

»Ich genauso. Warum aber hat sie es dann zurückgenommen?«

»Offenbar wollte sie es herunterspielen.«

»Und was damit bezwecken?«

»Dass nicht zu viele Fragen gestellt werden.«

»Was natürlich unweigerlich die Frage nach dem Grund dafür aufwirft.«

»Sie tat oder tut etwas Verbotenes.« Paul legte die

Stirn in nachdenkliche Falten. »Andererseits erscheint mir das nicht sehr schlüssig. So wie ich Miss Skinner einschätze, geht sie wohl eher davon aus, dass Gott ihr in allem beisteht.«

»Und Sie sind der Kerl, der sich Gottes Willen widersetzt und sie bei ihren Nachforschungen behindert.«

»Sie ebenfalls. Sie will nicht, dass Sie Fragen stellen.«

»In Kairo war sie noch froh, als ich anfing, Fragen zu stellen.«

»Sicher, aber jetzt ist sie eben schon ein bisschen länger in Ägypten. Vielleicht hat sie die Hoffnung aufgegeben. Was Ägypten betrifft. Und was Sie betrifft, mein Bester.«

»Danke.«

»Sie meint, sie könne es besser.«

»Ich verdenke es ihr nicht.«

»Aber wenn sie das glaubt, warum ruft sie dann um Hilfe?« sinnierte Paul. »Sie *hat* nämlich um Hilfe gerufen, als wir sie aus diesem Loch zogen.«

»Ein Moment der Schwäche, des Zweifels an sich selbst. Wohl nicht sehr häufig bei Miss Skinner. Kommt wahrscheinlich nie wieder. Hat sie aus dem Gleichgewicht geworfen. Aber nur für einen Augenblick.«

»Und dann fing sie sich wieder und wollte nichts mehr mit uns zu tun haben. Meinte, sie schafft es allein.«

»Aber was«, fragte Owen, »ist *es?*«

»Tja, damit erwischen Sie mich auf dem falschen Fuß. Hat wohl damit zu tun, dass ich nur ein dummer *Aide de Camp* bin und nicht der Mamur Zapt. Glauben Sie, sie verfolgt irgendeine Spur?«

»Irgendeine ganz bestimmt«, erwiderte Owen.

»Er hat etwas gefunden?« fragte Mahmoud. »Das bezweifle ich.«

»Ihr Zeuge hat doch gestern gesagt, er glaube, Abu sei etwas auf der Spur gewesen und sei deswegen getötet worden.«

»Jeder hier in Ägypten glaubt, dass sein Nachbar hinter etwas her ist. Und wenn er dann sein Leben verliert, wird das als Beweis gewertet.«

»Er hat doch angenommen, Abu sei vielleicht heimlich losgezogen …«

»Und hätte einen Schatz gesucht. Das weiß ich ja selbst. Aber das ist ein anderer weit verbreiteter Mythos. Jedermann weiß, dass die Bewohner von Deir el Bahari seit Jahrhunderten Gräber plündern. Demzufolge könnte man doch annehmen, dass sie gewaltige Schätze angehäuft haben. Doch niemand fragt, wie es dann kommt, dass die heutige Bevölkerung sich Tag für Tag hinstellt und Reliquien verkauft, um ein Auskommen zu finden.«

»Nun, wenn jedermann das annimmt«, entgegnete Owen, »dann ist Abu vielleicht von dem gleichen Mythos ausgegangen.«

»Und in der Nacht auf gut Glück losmarschiert, in der Hoffnung, einen Schatz zu finden?«

»Welchen anderen Grund könnte er gehabt haben?«

»Diebstahl.«

»Von was?«

»Werkzeuge. Taue und dergleichen. Er wollte ja ohnehin zu seiner Familie zurück. Kann sein, dass er ein paar Kleinigkeiten rausschmuggeln wollte.«

»Sie glauben also nicht, dass er etwas Bestimmtem auf der Spur war?«

»Nein. Und der andere genausowenig. Ich gehe bei

beiden von einem Unfall aus. Aber ich suche weiter nach Beweisen für sträfliche Fahrlässigkeit.«

»Schon welche gefunden?«

Mahmoud schüttelte den Kopf. »Nein.« Sein Blick wanderte zum Felsenmassiv hinüber. »Die Situation hier gleicht diesen Bergen«, sagte er. »Eine Mauer. Eine Mauer des Schweigens. Niemand will sprechen.«

»Der Bursche von gestern …?«

»Der hegte einen Groll. Er war bereit zu sprechen. Aber er hatte nichts zu sagen.«

»Die anderen?«

»Tomas' Männer? Die schwiegen eisern. Hatten wohl Angst. Vor dem Ort hier. Vor den Leuten. Vor mir. Sie sind ja nur für ein paar Tage hier und dann wieder weg. Da wollen sie lieber nichts riskieren. Mit Ihnen hat das nichts zu tun.«

»Gehörten die zwei Opfer nicht zu Tomas' Mannschaft?«

»Angeblich zu einer anderen Gruppe. Sie kannten sie nicht. Sagen sie zumindest.«

»Und die Dorfbewohner?«

»Hatten nie etwas mit ihnen zu tun. Die zwei waren Außenseiter. Und selbst dran schuld, heißt es.«

»Löst denn gar nichts den Leuten die Zunge? Angesichts der Fahrlässigkeit bei den Sicherheitsvorkehrungen müssten sie doch Angst haben, dass ihnen dasselbe zustößt.«

»Nein.«

»Zu gut bestochen?«

Mahmoud sah Owen in die Augen. »Wenn ich das nur beweisen könnte …!«

»Und wie lange gedenken Sie noch zu bleiben, Captain Owen?« fragte Miss Skinner beim Abendessen in süßlichem Ton.

»Es ist gut möglich, dass ich morgen zurückkehre.«

»Tatsächlich?« Miss Skinner legte ihre Gabel beiseite. »Dann erlauben Sie mir bitte, zum Ausdruck zu bringen, wie sehr ich Ihre Besorgtheit um mich zu schätzen weiß, Captain Owen. Sie war vielleicht nicht unbedingt angebracht, aber das war allein meine Schuld. Wie auch immer, ich bin Ihnen zutiefst dankbar, dass Sie sich solche Umstände gemacht haben und das werde ich auch in einem förmlichen Schreiben an die Regierung betonen.«

Owen verneigte sich.

»Sie und Mr. Trevelyan.«

»Sehr freundlich von Ihnen, Miss Skinner«, sagte Paul, ohne von seinem Teller aufzusehen. »Ich werde selbstverständlich nicht mit Captain Owen zurückkehren.«

»Nein?« Miss Skinner nahm ihre Gabel. »Es ist wirklich nicht nötig, noch länger hierzubleiben, wissen Sie.«

»Dessen bin ich mir sicher. Dennoch vertrete ich einfach die Ansicht, dass man einmal getroffene Vereinbarungen einhalten soll.«

»Ein wahrer *Aide de Camp*«, bemerkte Miss Skinner und versuchte, eine Pfeffergurke aufzuspießen.

»Ich bin ebenfalls der Meinung, dass man Vereinbarungen einhalten sollte,« ließ sich Parker vernehmen. »Nur möchte ich dann auch ihren genauen Wortlaut kennen.« Er wandte ich an seine Landsmännin. »Wie lange wollen Sie noch bleiben?«

»Ich habe es nicht eilig.« Miss Skinner durchbohrte

die Gurke gleich im ersten Anlauf und führte sie zum Mund.

»Tatsächlich? Das ist aber schade. *Ich* habe es nämlich eilig und Sie stehen mir im Weg.«

»Niemand hindert Sie daran, Ihr Unterfangen fortzusetzen«, erklärte Miss Skinner. »Ich beobachte ja nur.«

»Sie stecken überall Ihre Nase hinein!« knurrte Parker. »Das und nichts anderes tun Sie.«

Miss Skinner lächelte nur.

»Wie lange muss ich mir das noch bieten lassen?« wandte sich Parker an Mahmoud. »Sagen Sie schon, Sie sind der Experte. Wie lange muss ich mir das gefallen lassen? Und muss ich überhaupt? In der Lizenz steht kein Wort davon.«

»Es gibt vieles, was nicht in der Lizenz steht«, meinte der Ägypter.

»Nun, vielleicht sollte man sie erweitern. Vielleicht sollte sie auch eine Klausel über Besucher enthalten. Die Besucher beanspruchen Zeit und Zeit ist Geld. Die Gesellschaft, für die ich arbeite, hat viel Geld in diese Ausgrabungen gesteckt, und zwar privates Kapital. Wir haben Rechte hier! Wir schaffen eine Menge Geld in dieses Land.«

»Alles, was Sie herbringen, nehmen Sie auch wieder mit«, entgegnete Mahmoud und verließ den Tisch.

»Was machen Sie da?« fragte Parker, der von hinten an Mahmoud herangetreten war.

Es war, als hätte Mahmoud ihn gar nicht gehört. Einer der Stützbalken unter der Säulenreihe nahm seine ganze Konzentration in Anspruch.

»Sie werden hier keine Fehler finden«, brummte Parker. »Hier nicht und auch sonst nirgendwo. Wir wissen genau, was wir tun.«

Mahmoud zog einen Notizblock aus der Tasche und schrieb etwas auf.

»Sehen Sie!« rief Parker und rüttelte an dem Balken. »Fest wie ein Fels. Falls Sie das noch nicht aufgeschrieben haben, dann holen Sie es lieber schleunigst nach.«

Mahmoud steckte den Block ein und schritt zum nächsten Balken.

Parker sah ihm mit mühsam bezähmtem Zorn nach, dann trat er zu Owen. »Können Sie ihn mir nicht vom Hals schaffen?« fauchte er.

»Mr. El Zakis Ermittlungen fallen nicht in meinen Aufgabenbereich.«

»Ach nein? Ich dachte, die Briten hätten hier in allem das Sagen.«

»Nicht in rechtlichen Dingen. Wir mischen uns nicht in die Arbeit der Justizbehörden ein.«

»Tatsächlich? Dann ist das aber das einzige, wo Sie nicht die Hände im Spiel haben. Und wenn Sie nichts tun, dann schalten sich eben jede Menge anderer ein. Wer zahlt, schafft an, oder etwa nicht? Und in Ägypten wird verdammt viel Geld gebraucht. Ich habe das Geld, oder zumindest die Leute, die hinter mir stehen, haben es. Und ich weiß mir zu helfen!«

»Was gibt's dann für ein Problem?« entgegnete Owen und ging zu Mahmoud hinüber.

Der Ägypter rüttelte gerade mit aller Kraft an einem Stützträger. Der Balken ließ sich nicht bewegen. Dennoch zückte Mahmoud erneut seinen Block und trug eine Beobachtung ein.

»Sie werden mir nichts anhängen können!« rief Parker, der ebenfalls hinzugetreten war. »Und soll ich Ihnen den Grund verraten? Es gibt nichts, was mir vorzuwerfen wäre.«

Mahmoud ignorierte ihn.

»Und ich verrate Ihnen noch was!« fuhr Parker fort. »Ich werde *Ihnen* was anhängen, darauf können Sie Gift nehmen!«

Owen beschloss, sich ein letztes Mal die Stelle anzusehen, wo Miss Skinner gefallen war – oder wo man sie möglicherweise überfallen hatte. Er bat Mahmoud, ihn zu begleiten, was der Ägypter, der seine Ermittlungen offenbar fürs erste abgeschlossen hatte, bereitwillig tat.

»Ich kann hier im Augenblick nicht mehr viel ausrichten«, meinte Mahmoud. »So wie es aussieht, fahre ich morgen mit Ihnen zurück. Meinen Bericht kann ich schließlich genauso gut in Kairo schreiben.«

»Sie haben die Nase voll, nicht wahr?«

Mahmoud zuckte die Schultern. »Das liegt in erster Linie daran, dass aus den Leuten wenig herauszubringen ist. Sie reden einfach nicht. Die Autopsie hat keinen auffälligen Befund ergeben – die Methoden der Leichenbeschauer hier lassen zwar offen gesagt einiges zu wünschen übrig, aber jetzt ist es zu spät, die Toten noch nach Kairo zu schaffen. Die Arbeitsabläufe habe ich, wie Sie wissen, überprüft – na gut, in Deir el Bahari wird vieles anders gehandhabt als an anderen Ausgrabungsstätten, von irregulären Zuständen kann man jedoch nicht sprechen.«

»Unzureichende Sicherheitsvorkehrungen sind also kein Thema mehr?«

»Sie sind weiterhin ein Thema; es gibt viele Fragen, aber keine eindeutigen Antworten. Doch wenn es nur die Fragen sind, die Zweifel offen lassen, macht sich keiner die Mühe, der Sache nachzugehen.«

»Das heißt, er kommt damit davon?«

»Er kommt damit davon«, meinte Mahmoud mit einem neuerlichen Achselzucken.

In Mahmoud prallten in diesem Fall zwei widersprüchliche Prinzipien aufeinander. Einerseits setzte er sich leidenschaftlich dafür ein, Gesetzesbrecher vor Gericht zu stellen, was seiner Überzeugung nach in Ägypten viel zu selten geschah. Andererseits achtete er peinlich genau auf die Einhaltung der Vorschriften und eine korrekte Verfahrensweise – denn auch daran haperte es für seine Begriffe in Ägypten – und fühlte sich darum verpflichtet, schlüssige Beweise zu erbringen.

Owen schien es, als wäre Mahmoud froh, wenn er in diesem Kampf mit sich selbst eine Atempause bekam.

Noch einmal sahen sie sich den Stollen und das Loch in der Wand an und kletterten in die Kammer, in die Miss Skinner gestürzt war. Um besser sehen zu können, hatte Owen diesmal eine besonders helle Fackel mitgebracht.

Die Kammer war knapp einen Meter achtzig hoch und gute acht, vielleicht sogar zehn Meter lang. Die Decke war pechschwarz. Erst dachte Owen, sie sei so gestrichen worden, doch als er mit einem Messer daran kratzte, stellte er fest, dass sie sich im Laufe der Zeit von selbst so gefärbt hatte, vermutlich wegen der Ausdünstungen der Kadaver.

Die Mumien lagen in engen Reihen und jeweils fünf- oder sechsfach aufeinandergestapelt bis zur hintersten

Wand. Nur eine größere Fläche war merkwürdigerweise leer.

Mahmoud wühlte sich zwischen den Reihen bis dorthin durch und betrachtete die Stelle lange Zeit. Schließlich kehrte er zurück, kletterte nach oben und untersuchte noch einmal das Loch in der Wand.

Sichtlich verwirrt sprang er dann erneut hinunter. Diesmal ging er bis zum hintersten Ende der Gruft. Als Owen sich mit der Fackel neben ihn stellte, nahm er die Wand genauer in Augenschein. Es sah so aus, als wäre dort einmal eine Öffnung gewesen, die man dann zugemauert hatte.

Mahmoud interessierte sich nur kurz dafür. »Attrappe«, erklärte er und kehrte zum Loch zurück, um die Wand darum herum zu beleuchten und zu betasten. Einige Mumien, die ihm im Weg lagen, schob er kurzerhand beiseite. Plötzlich stieß er ein zufriedenes Grunzen aus. Er gab Owen die Fackel zurück und ließ sich auf die Knie sinken.

Erst wusste sein Gefährte nicht genau, was er vorhatte; er schien sich gegen die Mauer zu stemmen. Bei näherem Hinsehen erkannte Owen, das ein Felsbrocken darin eingefügt war. Und tatsächlich gab der Stein nach. Dahinter tat sich eine Öffnung auf.

Mahmoud nahm die Fackel und leuchtete hinein. Dann schob er sie durch die Lücke und zwängte sich hinterher. Owen folgte nach kurzem Zögern.

Die Kammer, in der sie sich nun befanden, ähnelte der ersten, nur schien sie etwas länger zu sein. Auch sie war gefüllt mit bis unter die Decke gestapelten Mumien. Am Gewölbe fiel ihnen erneut das rußige Schwarz auf.

In der Mitte zwischen den Mumienstapeln verlief eine

Lücke. Als Owen sich hindurchwagte, spürte er ständig ein Knirschen unter den Füßen. Ein Blick bestätigte ihm, dass der Boden mit Knochen und zerfallenen Leinenbinden übersät war.

Mahmoud stieß vorsichtig mit dem Fuß gegen einige Knochen. »Krokodile«, verkündete er.

Die Kammer war voller mumifizierter Krokodile. Es waren Hunderte, wenn nicht sogar Tausende. Säuberlich Kopf an Schwanz und Schwanz an Kopf arrangiert lagen sie da. Die unterste Schicht wurde von großen Krokodilen gebildet, jedes sorgfältig in Mumientücher gehüllt. Den Platz zwischen den Schwänzen hatte man mit kleineren Krokodilen gefüllt und wenn noch irgendwo ein Hohlraum geblieben war, hatte man Jungtiere hineingestopft; es waren Dutzende, alle von etwa dreißig Zentimeter Länge.

An den Seiten der Tiere hatte man erst Palmwedel festgebunden, wie um sie zu schienen, und sie danach beim Schwanz beginnend bis zum Kopf in Leinenbinden gewickelt.

Jede Schicht war vollständig mit Palmwedeln abgedeckt, dann kam die nach genau dem gleichen Muster präparierte nächste Schicht. Und so ging es weiter bis zur Decke.

Im Grunde bot diese Kammer nichts Besonderes, wäre nicht die Lücke in der Mitte gewesen. Mahmoud inspizierte sie neugierig und ging dann weiter zur hintersten Wand. Dort wandte er sich zu Owen um. »So könnten wir jetzt weitermachen. Wollen Sie das?«

»Ich verstehe nicht ganz.«

»Es gibt hier garantiert wieder einen Durchgang, so wie vorhin.«

»Wer …?«

»Sie meinen – wann?« lachte Mahmoud. »Es werden die Bewohner von Deir el Bahariy gewesen sein, ob nun die jetzigen, ihre Väter oder Ur-ur-urgroßväter …«

»Na gut«, brummte Owen. »Dann eben warum? Ist es nur wegen der Mumien? Oder haben sie einen anderen Schatz gesucht?«

»Schatz!« schnaubte Mahmoud. »Das *ist* ihr Schatz: Mumien! Haben Sie denn nicht die Mumien gesehen, die sie vor dem Continental-Hotel verkaufen? All die Katzen, Falken, Krokodile? Sie stammen alle von diesem Ort. Oder von ähnlichen Gebieten.«

»Sie brechen ein und …?«

»… frischen ihre Vorräte für die nächste Saison auf.«

Mit hochgehaltener Fackel leuchtete Mahmoud um sich: Mumien, so weit das Auge reichte. Und jetzt sah Owen zwischen den Krokodilen auch Mumien, die nur die von Menschen sein konnten.

»Wollen Sie jetzt noch weitermachen?« fragte Mahmoud erneut.

»Nein, danke«, erwiderte Owen. Was ihn betraf, hatte er genug Mumien gesehen. Und es beschlich ihn zunehmend das Gefühl, Tote in ihrer Ruhe gestört zu haben.

Letzteres vertraute er auf dem Rückweg auch Mahmoud an.

Der Ägypter schwieg eine Weile, bevor er antwortete: »Das ist auch der Grund, warum mir die Archäologie widerstrebt. Ich sehe sehr wohl, dass sie unser Wissen erweitert, dass sie uns Geschichte lehrt. Aber sie bedeutet auch eine …«

»Entweihung?« schlug Owen vor.

Als sie den Stollen erreichten, sah sich Mahmoud noch einmal sorgfältig die Stelle an, an der Miss Skinner gestürzt war. Wenig später standen sie wieder im Sonnenlicht.

Im Vorhof waren Tomas' Männer dabei, die letzten Teile des Reliefs abzutransportieren.

»Aber das hier ist keine Archäologie«, knurrte Mahmoud. »Das ist die reinste Plünderei.«

Aber was, fragte sich Owen, hatte sich Miss Skinner von Krokodilen versprochen, von mumifizierten zumal?

Wenn die Bewohner von Deir el Bahari ihre Vorräte auffüllen wollten, konnte er das ja verstehen, aber Miss Skinner war doch gewiss auf einen größeren Fang aus. Sie war eindeutig auf der Suche, und zwar nicht auf gut Glück, sondern nach etwas ganz Bestimmtem. Etwas, von dem sie anscheinend wusste, dass es sich irgendwo hier befand.

Es hatte nicht auf der Liste gestanden. Oder falls doch, dann hatte Tomas sie ihr vorenthalten. Auf alle Fälle musste es sich um eins der Altertümer handeln. Sonst hätte sie es nicht auf den Listen gesucht.

Hatte Miss Skinner Grund zu der Annahme, dass Parker etwas Bedeutsames, vielleicht sogar Wertvolles entdeckt haben könnte, das er nun eifersüchtig hütete? Und wenn es nicht auf der Liste stand, war es dann bewusst unterschlagen worden? Beabsichtigte Parker, es illegal außer Landes zu schaffen?

Und ging es Miss Skinner darum, ihn daran zu hindern, ihn womöglich vor allen anderen dabei zu ertappen? Oder hatte sie es gar nicht so sehr auf die Bloßstellung eines Einzeltäters, sondern vielmehr auf die einer Prozedur – oder genauer gesagt bestimmter Leute – abgesehen?

Das würde sich doch gut machen: ein bedeutsamer Fund – vielleicht sogar etwas vom Kaliber der Kuh der Hathor –, der kurz davor war, aus Ägypten geschmuggelt zu werden und in letzter Minute dank des einsamen Kampfes einer unerschrockenen Amerikanerin gerettet wurde!

Und was machten die Behörden währenddessen? Wo steckte der Mamur Zapt, den man eigens zu Ermittlungen in diesem Gebiet ermächtigt hatte? Ja, wo?

Er war sogar mitten *in* Deir el Bahari gewesen, als all das geschehen war. Er war dabeigewesen und hatte nichts gesehen. Der unerschrockenen Amerikanerin war es vorbehalten geblieben, den Fall zu klären. Ohne sie …

Je länger Owen darüber nachdachte, desto weniger gefiel ihm das Ganze. In den Zeitungen würde sich das gar nicht gut machen. Wenn er nur an den entsetzlichen Wirbel um die Kuh dachte!

Politisch wären sie ebenfalls blamiert. Der Rest der Welt würde sich mit Wonne auf dieses Bilderbuchbeispiel für die Unfähigkeit und Misswirtschaft der Engländer stürzen; die Nationalisten würden es als typischen Fall von stillschweigendem Einverständnis der Briten bei der Ausbeutung des ägyptischen Volkes ausschlachten …

Das wurde ja immer schlimmer!

Und was konnte er unternehmen? Er wusste ja nicht mal, wo das verdammte Ding steckte, ja, ob es überhaupt existierte! Oder was es war. Gut, er konnte eine Durchsuchung anordnen, doch welche Aussichten auf Erfolg hätte er denn schon an einem Ort wie diesem, mit einem Wirrwarr von unterirdischen Gängen, mit Bewohnern, die seit Jahrhunderten darauf spezialisiert waren, zu plündern und zu verstecken? Das Ding lag bestimmt tief in irgendeinem Schacht und er käme nicht mal in seine Nähe.

Sein einziger Trost war, dass Miss Skinner es offenbar auch noch nicht gefunden hatte.

Aber morgen würde er abreisen, während sie blieb und das Objekt, kaum war er in den Zug gestiegen, vielleicht fand. Wie gut das erst aussehen würde! Der Dummkopf war sogar an Ort und Stelle gewesen, aber just im entscheidenden Moment weggefahren!

Sollte er also bleiben?

Die letzten zwei Karren füllten sich. Noch immer schleppten Tomas' Männer Trophäen heran, die im tiefsten Innern des Tempels geruht hatten. Ein Teil davon war bereits für die Reise verpackt worden. Bei den Karren stand Miss Skinner und verfolgte das Geschehen mit Habichtsaugen. Im Vorübergehen schnitt Tomas heimlich eine Grimasse, die nur Owen bemerkte.

Plötzlich ein Schrei im Tempel. Dann ging es drunter und drüber. Zwei von Tomas' Männern stolperten aus dem Tempel – mit einem dritten zwischen sich, der verzweifelt das Blut zu stillen versuchte, das aus seiner rechten Hand strömte.

Owen erkannte ihn auf Anhieb. Es war der Außenseiter, der Mann, mit dem Mahmoud gesprochen hatte, der Verwandte des toten Abu.

Tomas kam herbeigerannt. »Was ist los?«

»Ein Unfall!« rief ein Arbeiter, der in diesem Moment im Eingang des Tempels erschien.

Tomas schickte als erstes jemanden nach dem Verbandszeug, dann beugte er sich über die Hand des Verwundeten. »Wie ist das geschehen, Idris?«

»Wir wollten den Sarkophag wegtragen, da ist er auf meine Hand gefallen«, keuchte der Arbeiter mit schmerzverzerrtem Gesicht.

»Ist das alles?«

Owen sah, wie für einen Moment die Anspannung aus Tomas' Zügen wich.

»Als ob das nicht reichen würde!« stöhnte Idris. »Ich hab' meine Hand verloren!«

»Unsinn!« rief Tomas. »In ein, zwei Wochen ist sie wieder geheilt.«

Idris schüttelte den Kopf. »Das hier nicht!« ächzte er. »Das hier nicht.«

Ohne darauf einzugehen, ließ Tomas ihn zur Tempelmauer bringen, wo er aufrecht sitzen konnte.

Von den Säulen kommend, näherte sich nun Mahmoud. »Was ist hier los?«

»Da sitzt Ihr Freund – Idris. Abus Cousin. Er hatte einen Unfall.«

»Unfall!« blaffte Mahmoud. Ohne sich weiter um Tomas zu kümmern, trat er rasch zu dem Verwundeten.

»Abu?« fragte Miss Skinner. »Der Mann, der das Leben verloren hat?«

»Richtig. Sie stammen aus demselben Dorf.«

Nun kam der Mann mit dem Verbandzeug herbeigerannt. Ein anderer brachte eine Schüssel Wasser und Tomas begann die Wunde vorsichtig zu waschen.

Idris' Gesicht verzerrte sich. »Der Knochen liegt frei!« rief er.

»Ich versorge dich jetzt«, erklärte Tomas. »Und morgen bringe ich dich zum *Hakim* in Luxor.« Er legte den Verband an und bald sah der Arm aus wie der einer Mumie.

Idris starrte das Ergebnis ungläubig an. »Das ist mein Ende!« jammerte er. »Ich werde nie mehr arbeiten können!«

»Natürlich wirst du wieder arbeiten können«, versicherte ihm Tomas. »Auf den Feldern wirst du nach wie vor deinen Mann stehen.«

»Auf den Feldern gibt es doch kein Geld zu verdienen.«

»Für dich wird es genug Geld geben.«

Idris' Züge hellten sich schlagartig auf. »Wieviel?«

Owen sah Tomas mit Parker reden. Der Amerikaner wirkte kurz angebunden und wollte sich gerade entfernen.

Tomas ließ sich jedoch nicht abwimmeln. Er schlug Parker anscheinend etwas vor, das der andere mit einem Kopfschütteln abwies. Wieder machte er Anstalten zu gehen, als Tomas die Hand ausstreckte und ihn festhielt.

Wütend fuhr Parker herum. Tomas wich nicht zurück. Einen Moment lang schauten sie einander grimmig an, bis zu Owens Überraschung nicht etwa Tomas, sondern der Amerikaner nachgab. Mit einem Achselzucken wandte er sich ab und ging, eine Geste, die Owen als Einlenken wertete.

Tomas kehrte zu Idris zurück.

»Wie konnte das geschehen, Idris?« wollte Mahmoud wissen.

»Das Ding ist gekippt. Ich hatte meine Hand noch

dahinter und konnte sie nicht mehr rechtzeitig wegziehen.«

»Und warum ist der Sarkophag gekippt.«

»Keine Ahnung. Wahrscheinlich wegen seines Gewichts. Diese Dinger sind schwer.«

»Hat ihn vielleicht jemand absichtlich gekippt?«

Idris starrte Mahmoud verblüfft an. »Ismail war auf der anderen Seite. Aber so was würde er doch nicht tun. Er ist ein Freund!«

Sie trafen Ismail beim Beladen des Karrens an. Mahmoud winkte ihn zu sich.

»Wie ist das passiert, Ismail?«

Ismail wirkte sehr aufgeregt. »Das weiß ich selbst nicht!« beteuerte er. »Gott ist mein Zeuge! Ich hätte doch Idris um nichts auf der Welt etwas zuleide getan! Er ist mein Freund. Wir haben schon oft zusammengearbeitet. Ich hätte ihm nie und nimmer was angetan!« Er war den Tränen nahe.

»Wie ist es denn geschehen?«

»Ich stand am hinteren Ende und versuchte den Sarkophag zu heben. Aber er war für mich zu schwer. Musa musste mir helfen. Er hatte schon gesehen, wie ich mich abmühte und kam von selbst, um mit anzupacken. Das war wirklich sehr nett von ihm. Normalerweise machen diese Dorfbewohner keinen Finger krumm …«

»Dorfbewohner? Er war also keiner von euch?«

»Nein. Er stammt aus dem Dorf. Das ist ja auch der Grund, warum ich so überrascht war. Aber ich war froh um seine Hilfe, das kann ich Ihnen sagen. Diese Dinger sind schwer. Wohl zu schwer für uns. Wir hätten noch einen dritten Mann gebraucht. Aber das ist ja das Dumme, an so was denkt man erst, wenn es zu spät ist.

Wie auch immer, der Sarkophag ist einfach gekippt, als wir ihn anhoben.« Nun brach er doch in Tränen aus. »Wie hätte ich denn ahnen können, dass Idris noch die Hand darunter hatte?«

Musa war ein kleiner, gedrungener Bursche mit dunkler Haut. Er hörte Mahmoud mit regungsloser Miene zu.

»Ja«, gab er zu, »er ist ein Stück gekippt, als wir ihn anhoben. Das war aber auch nicht sehr fachmännisch, verstehen Sie. Der andere hätte ihn stützen müssen, als wir ihn kippten. Er hätte nie und nimmer die Hand drunter lassen dürfen! Diese Kerle wissen einfach nicht, wie man so was macht.«

»Es war demnach sein Fehler?«

Musa sah Mahmoud fest in die Augen. »Ja!« knurrte er.

»Sie können nicht behaupten, ich wäre daran schuld«, sagte Parker. »Diesmal nicht.«

»Drei Unfälle«, hielt ihm der Ägypter vor. »Und alle innerhalb eines Monats.«

Parker zuckte die Schultern. »Eine Ausgrabungsstätte ist kein Kinderspielplatz. So was passiert nun mal. Traurig, aber wahr.«

»Eine so schwere Last hätte nie auf diese Weise transportiert werden dürfen.«

»Hören Sie!« fauchte Parker. »Haben Sie diese Männer gesehen? Sie sind so kräftig wie Esel. Wenn Sie mal in Kairo aus Ihrem Bürofenster schauen, können Sie beobachten, wie solche Männer Klaviere transportieren. Ganz allein!«

»Ich bin einer von ›diesen Männern‹!« zischte Mahmoud aufgebracht.

Miss Skinner bat Owen, für sie zu übersetzen, denn sie wollte Idris befragen. Zuerst erkundigte sie sich nach Abus Familie.

»Denen geht es gut«, erklärte der Ägypter. »Wo sie doch jetzt Geld bekommen ...«

»Sie bekommen Geld?«

»O ja. Zehn Pfund pro Jahr. Zehn Pfund! Tomas sagt, dass ich auch Geld bekomme. Wenn es zehn Pfund sind, kaufe ich mir davon einen Büffel; den will ich vermieten, dann brauche ich nicht so lange in den Feldern zu arbeiten.«

»Reicht das Geld denn aus, dass Abus Familie davon leben kann?« wollte Miss Skinner wissen.

»Kaum«, brummte Owen.

»Dann lege ich den Rest drauf. Könnten Sie mir bitte sagen, wie ich das bewerkstelligen kann?«

Mahmoud trat hinzu und befragte Idris noch einmal nach den Einzelheiten des Unfalls. Doch das Opfer war kaum bei der Sache. Idris dachte nur noch an das Geld, das er bekommen würde. So gering der Betrag auch war, er bedeutete eine Erlösung – oder wenigstens eine teilweise Erlösung – von der schweren Arbeit auf den Feldern. So betrachtete er den Unfall als unverhofften Segen, der die Verletzung mehr als wettmachte.

»Andererseits«, sinnierte Miss Skinner, als sie über den Hof zurückgingen, »ist er wenigstens noch am Leben. Abu und Rashid hatten nicht soviel Glück.« Sie blieb abrupt stehen und drehte sich zu Mahmoud um. »Mr. el Zaki, Sie werden doch sicher etwas unternehmen, oder? Sie können nicht zulassen, dass die Kerle damit davonkommen!«

Mahmoud schüttelte bedächtig den Kopf. »Die Beweise reichen für eine Überführung nicht aus. Aber ...«

»Mein Bericht wird nur von meinen Vorgesetzten gelesen«, erklärte Mahmoud. »Aber Sie werden einen Strafbescheid erhalten.«

Parker war wie vom Donner gerührt. »Einen Strafbescheid?«

»Wenn sich meine Erwartung bestätigt und wir uns für eine Anklage entscheiden.«

»Hören Sie«, knurrte Parker und setzte Mahmoud den Finger auf die Brust, »kein Gericht der Welt – nicht mal in Ägypten – würde auf der Grundlage dieser windigen Beweislage eine Klage wegen mangelnder Sicherheitsvorkehrungen annehmen.«

»Wer hat denn von mangelnden Sicherheitsvorkehrungen gesprochen?«

»Was denn sonst zum ...?« Parker hielt verwirrt inne.

»Sie haben eindeutig die in der Lizenz festgehaltenen Klauseln missachtet. Darum werde ich den sofortigen Widerruf der Genehmigung zur Durchführung der Ausgrabungen empfehlen.«

»Was?« Parkers Stimme schwoll zu einem Brüllen an. »Mit welcher Begründung?«

»Ihre Lizenz gestattet Ihnen nur an zwei Stellen Ausgrabungen: beim Allerheiligsten und auf dem nordöstlichen Hof.«

»Ja und?«

»Es liegen aber Beweise für Grabungen an mindestens einer weiteren Stelle vor. Die Mauer einer inneren Kammer ist aufgebrochen worden – die Kammer, in die Miss Skinner so unglücklich gestürzt ist. Das Loch wurde erst kürzlich aufgemeißelt. Genauer gesagt, nach Beginn Ihrer Tätigkeit. Das können nur Sie gewesen sein.«

Aufmerksam wie eh und je beobachtete Miss Skinner das Verladen des letzten verpackten Stücks auf den Karren. Tomas vergewisserte sich, dass es ordnungsgemäß festgezurrt war, dann gab er dem Kutscher das Zeichen zur Abfahrt. Das Gefährt holperte in einer Staubwolke davon.

Durch den Staub hindurch sah Owen, wie der Führer, den er angefordert hatte, mit den Reiteseln auf ihn zukam. Insgesamt waren es vier Tiere: je eines für ihn und Mahmoud und die anderen zwei …

»Sie werden auch weiter das Vergnügen haben, meine Gesellschaft zu genießen«, sagte Miss Skinner.

8

Wieder in seinem Büro, stellte Owen fest, dass sich in seiner Abwesenheit nur wenig ereignet hatte. Die Hitze erschwerte jede Tätigkeit, also auch das Verbrechen. Die Stadt wirkte wie ausgestorben. Die Armen schliefen und die Reichen waren ausgeflogen.

Die meisten wohlhabenden Kairoer verbrachten den Sommer mit ihren Familien in Alexandria an der Küste, wo vom Meer kommende Winde für wohltuende Abkühlung sorgten. Viele Briten, darunter auch der Generalkonsul, taten es ihnen gleich. Ein, zwei Monate schien es jedes Jahr, als hätte sich der Mittelpunkt Ägyptens nach Norden verschoben.

Insofern war es keine große Überraschung, dass am Morgen des ersten Arbeitstages die einzige nennenswerte Mitteilung, die der Erledigung harrte, aus Alexandria stammte. Zum Glück war es eine Bagatelle: irgendwelche italienischen Geschäftsleute ersuchten um die Genehmigung zur Errichtung einer Dantestatue in der Mitte eines Platzes.

Zufrieden mit sich und der Welt, ja sogar mit der Finanzabteilung, weil er endlich wieder in Kairo sein durfte, wollte Owen dem Antrag schon stattgeben, als sein Blick auf eine an den Rand gekritzelte Mitteilung des Generalkonsuls fiel: »Sie sollten vielleicht hinfahren und mit den Leuten sprechen.«

Nun, auch dagegen hatte er keine Einwände. Eine kurze Reise nach Alexandria, sich ein bisschen Seewind um die Ohren wehen lassen, mit dem Nachtzug zurückkehren … warum nicht auch die Oper besuchen?

Das schlug er Zeinab vor.

»Den ganzen Tag unterwegs sein und in der Nacht zurückfahren? Mit dem Zug? Bei dieser Hitze?« Sie schüttelte den Kopf. »Da kann mich nicht mal die Oper locken.«

So reiste er allein, saß bequem in seinem Abteil und genoss den Blick durchs Fenster, während die grünen Felder und die braune Erde des Deltas, die über die Ackerfurchen gebeugten Fellachen und immer wieder die auf ihren Büffeln hockenden kleinen Jungen an ihm vorbeizogen.

Alexandria wirkte merklich belebter als noch vor wenigen Tagen, aber dank seiner breiten Straßen, weiträumigen Plätzen und seinen von französischen Landschaftsarchitekten entworfenen Parks und öffentlichen Gärten schien es die vielen Besucher mühelos aufnehmen zu können.

Es war in der Tat eine europäische, keine arabische Stadt. Die Straßen waren großzügig angelegt und die Häuser standen weit auseinander. Vor sonnenbeschienenen Mauern, an denen sich Kletterpflanzen emporrankten, erstreckten sich ausladende Rasenflächen, die regelmäßig bewässerten Gärten öffneten sich allesamt zur Straße hin und die ganze Stadt leuchtete in einem satten Grün, das in Owens Augen, der noch ganz unter dem Eindruck der kargen Wüste unter stechendem Sonnenlicht stand, fast grell wirkte.

Seine Arabeah hielt vor einer dieser Prachtvillen an. Schon stürzte ein kleiner, untersetzter Italiener in dunklem Anzug und Fez auf ihn zu, ergriff ihn an beiden Händen und zog ihn mit sich zum Innenhof des Hauses.

Dort saßen zwei Männer an einem Tisch und tranken Limonade. Kaum sahen sie ihn kommen, sprangen sie auf und begrüßten ihn mit italienischem Überschwang.

»Überaus freundlich von Ihnen! Überaus freundlich!«

Ihr Französisch war besser als ihr Englisch. In Alexandria waren Französisch und Italienisch die gebräuchlichsten Sprachen; erst danach kam Englisch an dritter Stelle. Da Owen kein Italienisch sprach, unterhielten sie sich nach kurzem Beschnuppern ganz selbsverständlich auf französisch weiter.

»Sie waren noch nie in Italien?«

Owen musste gestehen, dass das stimmte.

»Oh, das sollten Sie unbedingt nachholen!«

»Ich aber auch!« lachte ein anderer.

Owen starrte den Mann verdattert an. »Sie sind kein …?«

»Doch, doch, ich bin Italiener«, versicherte ihm der andere. »Ich war nur noch nie dort. Geboren und aufgewachsen bin ich in Alexandria.«

»Er ist Alexandriner«, grinste einer seiner Landsleute. »Ich auch, aber kein gebürtiger. Oder nicht ganz. Meine Eltern kamen hierher, als ich drei Jahre alt war.«

»Aber Sie sind immer noch Italiener?«

»Italiener *und* Alexandriner.«

Es schien ihnen zu gefallen, sie sogar sie mit Stolz zu erfüllen, dass sie beides waren. Sie sahen und fühlten sich als Italiener, doch Alexandria war der Ort, wo sie immer gelebt hatten und auch den Rest ihres Lebens verbringen wollten.

»Man schlägt eben woanders Wurzeln«, erklärte einer,

»und dann wächst man dort weiter. Die eigentlichen Wurzeln hat man nicht vergessen, aber jetzt stecken sie eben in einem anderen Boden.«

Unvermittelt schoss es Owen durch den Sinn, dass das ja auch bei ihm der Fall war. Es war über zwölf Jahre her, dass er England zuletzt gesehen hatte und doch betrachtete er es immer noch als seine Heimat, obwohl er dort im Grunde genommen kein Zuhause mehr hatte. Seine Eltern waren tot und seine wenigen Verwandten über die ganze Insel verstreut. Der Kontakt zu ihnen war schon vor langem abgebrochen. Ägypten war jetzt seine Heimat, wenn ihm denn eine zukam, der Ort, an dem er Wurzeln geschlagen hatte.

Aber ganz konnte man seine Herkunft nie abschütteln. Wie es der Italiener ausgedrückt hatte, nahm man Teile seines Heimatlandes mit sich.

»Oper«, sagte Owen.

Ihre Gesichter leuchteten auf.

»Verdi!«

»Puccini!«

Er erzählte ihnen, dass er kürzlich die neue Inszenierung der *Meistersinger* in der Zizinia gesehen hatte.

»Hmm.« Sie wussten nicht so recht, was sie davon halten sollten. »Aber heute abend wird *Tosca* gegeben!«

Owen lachte. »Wirklich? Vielleicht gehe ich hin.«

»Dann sehen wir uns bestimmt wieder«, sagte einer hocherfreut.

Aber die Oper war nicht das einzige, was die Italiener nach Alexandria mitgebracht hatten. Die Restaurants waren in italienischer Hand und italienisch war die vorherrschende Sprache in den Geschäften. Wenn in Kairo das Geistesleben stark von Frankreich geprägt war, so nahmen die Italiener für sich in Anspruch, dass das Land Michelangelos, da Vincis und Berninis Ähnliches in Alexandria bewirkt hatte.

Darum also Dante.

»Eine Huldigung an den größten Dichter des Mittelmeerraums«, erklärten sie.

Sie wollten die Statue auf einem der großen Plätze aufstellen.

»Nichts, was aus dem Rahmen fällt«, beteuerten alle. »Nur knapp zwei Meter hoch. Und sie steht auf einem ganz schlichten Podest. Natürlich beste Steinmetzarbeit.«

Und sie wollten auch alles aus eigener Tasche bezahlen.

Das, dachte Owen für sich, gab wohl den Ausschlag. Die britische Kolonialverwaltung war nicht gegen Kunst – wenn auch oft nicht dafür –, vorausgesetzt, jemand anderes zahlte.

Er gab ihnen zu verstehen, dass es nach seinem Dafürhalten keine Probleme geben würde.

»Liefe das Ganze als Auftragsarbeit?« fragte einer der Italiener vorsichtig. »Im Rahmen eines öffentlichen Auftrags?«

»Ein öffentlicher Auftrag? Bei einer Dantestatue? Dazu sehe ich keine Veranlassung.«

»Oh, na gut.«

Beim Abschied versprachen die Italiener, dass sie am Abend in der Zizinia nach ihm Ausschau halten würden.

Tatsächlich traf Owen in der Oper zunächst einen anderen Bekannten: Carmichael, den Mann vom Zollamt.

»Hallo«, begrüßte ihn Carmichael. »Wollen Sie uns wieder besuchen kommen?«

»Diesmal nicht«, antwortete Owen und erzählte ihm von der Statue.

»Ah!« rief Carmichael. »Die Statue! In den Zeitungen ist viel Aufhebens darum gemacht worden.«

»Wirklich?« Owen sah sich um und fügte, befeuert von einer gewissen Begeisterung über alles Italienische, hinzu: »Es scheint ja auch eine sehr gute Idee zu sein.«

»Ja«, gab Carmichael etwas zögernd zu, um dann etwas schwungvoller – schließlich war er selbst Opernliebhaber – zu wiederholen: »Ja doch.«

Gleichwohl war er eben auch ein Mitglied der britischen Kolonialverwaltung.

»Natürlich sehen es die Moslems anders«, meinte er.

»Sie sehen es anders?«

»Nicht nur das. Sie sind dagegen. Mehr noch, sie lehnen die Statue vehement ab.«

»Aber warum nur? Eine Dichterstatue …«

»Die Statue eines Heiden. So sehen es nun mal die Gläubigen. Und dann sind natürlich auch die Nationalisten auf den fahrenden Zug aufgesprungen. Schon wieder ein Ausländer. Wessen Land ist das überhaupt? Warum sollte man einen Ausländer ehren? Und so weiter und so weiter. Das ist hier unten eine *cause célèbre,* kann ich Ihnen sagen.«

»Verstehe«, murmelte Owen, der nun in der Tat begriff. »Bin wirklich froh, dass Sie das übernehmen. Lieber Sie als ich, alter Knabe.«

In einer Loge gegenüber der seinen erkannte Owen die junge Frau, die er im Zollamt gesehen hatte, die Dame im grünen Mantel mit dem Affengott. Er erhaschte nur einen kurzen Blick auf sie, ehe sie in einer der abgeschlossenen Haremslogen verschwand. Die Italiener bewachten ihre Frauen genauso eifersüchtig wie die Moslems.

In der Pause sah er sie jedoch wieder. Sie unterhielt sich mit einem älteren grauhaarigen Herrn und einem der Italiener, bei denen Owen am Nachmittag gewesen war. Dieser bemerkte den Briten und winkte ihn zu sich.

»Signor Seppi. Francesca.«

»Wir kennen uns schon«, sagte die junge Frau.

»Captain Owen, der Mamur Zapt.«

»Ah!« rief die junge Frau. »Das wusste ich nicht!«

Erneut spürte er ihre kühle Hand.

»Captain Owen will uns betreffs der Statue unterstützen.«

»Ich habe Verständnis dafür«, schränkte Owen ein. »Das ist allerdings schon alles.«

»Ah!« Der Mann bedachte ihn mit einem wissenden Lächeln. »Sie haben es also herausgefunden.«

»Und immer noch volles Verständnis für Ihr Vorhaben.«

»Wir werden Sie weiter bearbeiten.«

»Ich sehe, dass Sie gerne die Arbeit mit dem Vergnügen verbinden«, meinte Francesca mit einem Blick auf ihre Umgebung.

»Ich gehe immer in die Zizinia, wenn ich in Alexandria bin.«

»Und ich besuche immer das Opernhaus, wenn ich in Kairo bin.«

»Sind Sie oft in Kairo?«

»Geschäftlich. Ich suche regelmäßig das Museum auf.«

»Francesca nimmt mir das ab«, erklärte Signor Seppi und streifte sie mit einem liebevollen Blick. »Ich selbst bin ja in letzter Zeit nicht mehr so gut zu Fuß.«

Erst jetzt erkannte Owen, dass der Mann älter war, als er aussah. Er hatte eines dieser feingeschnittenen mediterranen Gesichter, die ewig jung zu bleiben schienen, doch sein Körper war schon sehr gebrechlich und seine Hände runzelig und mit Altersflecken gesprenkelt.

»Francesca erstaunt mich immer wieder aufs neue«, bemerkte der andere Italiener. »So viel Energie! Und das bei dieser Hitze!«

»Sie ist wie eine Tochter für mich«, verkündete der Ältere. »Und seit Paulos Tod ist sie praktisch mein Kind.«

»Ich kann dir doch nicht zumuten, die ganzen Geschäfte allein zu erledigen«, sagte sie und streichelte seinen Arm.

»Ich bewundere Ihre Entschlossenheit«, erklärte Owen. »In einem Land wie diesem ist vieles nicht einfach.«

»Roberto hat das Geschäft aufgebaut«, meinte die junge Frau achselzuckend. »Und danach Paulo. Ich brauchte es nur weiterzuführen.«

»Trotzdem …«

»Sie ist eine wahre Italienerin«, schwärmte Seppi. »Wie ihre Mutter. In der Gegend aus der wir stammen heißt es: ›Wenn die Männer sterben, müssen die Frauen die Arbeit verrichten.‹«

»Ich verhandle in der Regel mit Europäern«, merkte Francesca an. »Natürlich auch mit Paschas, aber direkte Kontakte mit ihnen sind eher die Ausnahme.«

»Sie haben auch Paschas unter Ihren Kunden?«

»Und es werden immer mehr.«

»Sie macht nur mit den Besten Geschäfte«, erklärte Signor Seppi voller Stolz.

»Kauf oder Verkauf?«

Die junge Frau sah Owen scharf an. »Beides.«

»Interessieren Sie sich für Altertümer, Monsieur?« wollte Signor Seppi wissen.

»Captain Owens Interesse ist wohl eher beruflich bedingt«, korrigierte sie ihn.

»Nicht ausschließlich«, betonte Owen. »Ich liebe alles Italienische.«

Die junge Frau lächelte.

Khedive-Sportclub, auch bekannt unter dem Namen Gezira, war der Haupttreffpunkt der Mitglieder der britischen Verwaltung in Kairo. Er hätte die Briten auch ohne sein sportliches Programm angezogen, denn mit seinen breiten Rasenflächen, mächtigen Bäumen und herrlichen Blumen sah er aus wie ein englischer Park und erinnerte sie an ihre Heimat.

Auf seinen Anlagen wurden die verschiedensten Sportarten betrieben: Kricket und Polo zu den üblichen Stunden und Golf, Tennis und Krocket solange es hell war.

Darüber hinaus bot er ein Clubhaus, das nach dem gleichen Muster betrieben wurde wie seine Vorbilder in Ranelagh, ein Zuhause fern der Heimat für all die britischen Jungoffiziere während ihrer Ausbildung in Großbritannien. Schickte man junge Offiziere dann nach Ägypten – und es wurden sehr viele dorthin abberufen –, hatten sie bald eine neue Anlaufstelle, der sie ihre Treue bewiesen. Dort konnten sie weiterhin ihrem Sport, dem Trinken und den Pferdewetten frönen, wie sie es von England her gewohnt waren.

Das Ganze war, wie Owen vermutete, das britische Gegenstück zum Import der Italiener hinsichtlich ihrer Oper.

Wie auch immer, es war ein hübsches Fleckchen, man konnte im Schatten der Bäume sein Picknick genießen, – sich Rennen und sonstige Ereignisse anschauen und so traf man hier an den Nachmittagen, an denen es größere Veranstaltungen gab, praktisch die gesamte britische Kolonie.

Das Ereignis an diesem Tag sprengte jedoch den Rahmen des Üblichen insofern, als es eine noch größere Menge anzog. Die Renngemeinde hatte sich natürlich ebenso eingefunden wie die jungen Offiziere, doch zudem ließ sich eine Reihe hochstehender Persönlichkeiten blicken. Der Generalkonsul war erschienen und mit ihm die meisten ausländischen Diplomaten, viele große Paschas und – wie ehrfürchtig geraunt wurde – sogar Mitglieder der königlichen Familie.

Daneben gab es am anderen Ende der Anlage, wo sich schon Sand mit dem Grün mischte, etwas noch weit Ungewöhnlicheres zu bestaunen: eine beträchtliche Menge von Arabern, viele davon Beduinen auf Kamelen.

Der Grund dafür: im Mittelpunkt der Veranstaltung standen Kamele. Garvin, der Kommandant der Kairoer Polizei, wollte ein Kamel über den Hindernisparcours rennen lassen.

Normalerweise können Kamele nicht springen. Damit manche es dennoch schaffen, über Hürden wenigstens zu stolpern, die allerdings nicht höher als einen halben

Meter sein sollten, bedurfte es schon geduldiger Dressur. Doch dieses eine Kamel sprang wie ein Pferd.

Garvin hatte es unlängst einem Mitglied der Regierung des Sudan abgekauft. Es stammte aus der Wüste Bayuda im tiefsten Süden des Landes. Dass es jetzt in Ägypten war, wusste noch niemand.

Gehört hatte man aber schon von ihm. Abu Rusas, ›Vater der Gewehrkugeln‹, genoss in Afrika längst einen legendären Ruf. Seinen Namen verdankte der Kamelbulle einer Schusswunde in der Bauchleiste, die ihm räuberische Derwische bei dem Versuch, ihn als Jungtier zu entführen, zugefügt hatten. Geblieben war ihm eine tennisballgroße Geschwulst, die das Zäumen sehr erschwerte.

Abu Rusas war berühmt für seine Schnelligkeit, aber neuerdings schien er sich noch auf einem anderen Gebiet hervorzutun: dem Hürdenspringen. Und jetzt wollte ihn Garvin nach geheimgehaltenem Training der Öffentlichkeit vorführen.

Der Gezira verfügte neben einer Rennbahn über einen Parcours mit natürlich gewachsenen Hecken als Hindernissen, über die Abu Rusas mit Garvin als Reiter jagen sollte.

Als Owen mit Zeinab eintraf, führte Garvin das Kamel gerade an den Hecken vorbei, um es mit dem Geläuf vertraut zu machen. Was den Polizeikommandanten betraf, so war er ein vorzüglicher Reiter. Dass er auch auf dem Rücken von Kamelen eine glänzende Figur abgab, hatte er in seiner Zeit bei der Kamelpatrouille in der Wüste hinlänglich unter Beweis gestellt.

Owen war während seines Dienstes in der Armee ebenfalls auf Kamelen und Pferden geritten, wollte sich aber gewiss nicht mit Garvin vergleichen, der als Sohn eines Landpfarrers auf einem Gut aufgewachsen war. Reiten, Jagen, Schießen und Fischen hatten da schon in frühester Kindheit zum Alltag gehört.

Auch Owen war der Sohn eines Geistlichen, doch sein Vater war ein lebensfremder, mittelloser Vikar der anglikanischen Staatskirche in einer vorwiegend nonkonformistischen Gemeinde gewesen. Dort, im tiefsten Wales, waren Jagen und Schießen geradezu Fremdwörter! Die jungen Offiziere wiederum stammten aus ähnlichen Verhältnissen wie Garvin. Das war einer der Gründe, warum sich Owen während seines Dienstes in der indischen Armee fehl am Platz gefühlt und seine Versetzung in die Zivilverwaltung von Ägypten beantragt hatte.

Wenn er jetzt zu dieser Veranstaltung ging, dann in erster Linie, um dem Polizeichef eine kollegiale Aufmerksamkeit zu erweisen. Und Zeinab begleitete ihn nicht etwa aus Interesse an Pferden und Rennen – wie Owen war sie viel zu sehr Stadtmensch dafür –, sondern weil diese verrückte Darbietung ihre Phantasie beflügelt hatte. In diesem europäischen Umfeld hoffte sie, auf ihren Schleier verzichten zu können. Gleichwohl zogen ihre arabischen Gesichtszüge unentwegt die neugierigen Blicke der englischen Familien auf sich, als sie an Owens Seite durch die Menge schritt.

Zufällig trafen sie gleichzeitig mit Paul und Miss Skinner am Parcours ein.

»Sie werden das hochinteressant finden, Miss Skinner«, hörten sie Paul sagen.

»Bizarr auf alle Fälle«, erwiderte die Amerikanerin. In diesem Moment drehte sie sich um und erkannte Zeinab. Schlagartig hellte sich ihre Miene auf. »Hallo,

Miss Zeinab!« rief sie und streckte ihr freudig die Hand entgegen. »Das nenne ich aber Glück. Seit ich wieder in Kairo bin, nehme ich mir schon die ganze Zeit vor, Sie anzurufen.«

»Tun Sie das!« strahlte Zeinab. In ihren Augen war Miss Skinner genauso wie springende Kamele eine Kuriosität.

Die zwei Damen standen noch nebeneinander, als Garvin Abu Rusas zur Startlinie zurückführte.

Auf der gegenüberliegenden Seite des Parcours, wo sich die Araber versammelt hatten, standen einige Automobile auf dem Rasen. Diese neuartigen Fahrzeuge waren in Kairo noch höchst ungewöhnlich und erregten fast genausoviel Aufsehen wie Abu Rusas. Ihre Eigentümer, allesamt wohlhabende Paschas, hatten direkt davor auf Klappstühlen Platz genommen. Ein paar davon waren mit schwer beladenen Picknickkörben versehen – ein Zeichen dafür, dass es sich um einen festlichen Anlass handelte.

Plötzlich winkte einer der Stuhlbesitzer den Frauen zu.

»Das ist mein Vater«, sagte Zeinab. »Wenn Sie wollen, können wir nachher rübergehen und ihn begrüßen.«

In diesem Moment fing das Spektakel an. Garvin berührte das Kamel mit dem Absatz am Hals und das gewaltige Tier trottete los. Als sie sich dem ersten Hindernis näherten beschleunigte es das Tempo bis zum Galopp, und dann flog Abu Rusas wie ein Vogel über die Hecke.

Die Zuschauer klatschten begeistert Beifall.

»Unglaublich!«

»Bravo!«

»Bismillah!«

»Inshallah! Gott ist groß!«

Abu Rusas stürmte weiter über den Parcours und überwand die Hindernisse mit der Eleganz des Favoriten für das *Grand National.*

Als es vorbei war, drehte Garvin mit ihm ein Ehrenrunde und nahm die Jubelrufe entgegen. Sogar Miss Skinner war beeindruckt.

»Himmel!« ächzte sie.

Den größten Eindruck hinterließ Abu Rusas aber bei den auf ihren Kamelen sitzenden Arabern, die bis dahin gedacht hatten, sie wüssten alles über Kamele. Garvin kannte einige von seiner Zeit bei der Wüstenpatrouille und zu ihnen ritt er nach seiner Ehrenrunde als erstes hinüber, um mit ihnen zu fachsimpeln.

»Sollen wir zu deinem Vater gehen?« schlug Owen Zeinab vor.

»Kommen Sie doch auch mit«, ermunterte diese Miss Skinner. »Mein Vater freut sich bestimmt.«

Das schien noch untertrieben zu sein. Nuri erhob sich sogleich, ließ Miss Skinners Hand nach der Begrüßung gar nicht mehr los und führte sie zu einem Stuhl, den ein Bediensteter eilig für sie aufgestellt hatte. Seine Augen strahlten sie geradezu an. »Wir veranstalten ein Picknick!« rief er und winkte begeistert mit der freien Hand, während die andere weiter Miss Skinners Rechte fest umschlossen hielt.

Seine Diener breiteten einen Teppich für Zeinab, Owen und Paul aus und entkorkten eine Flasche Champagner. Nuri war zwar noch im weitesten Sinne des Wortes ein Moslem – zumal in der Öffentlichkeit – und trank nicht viel, doch er wollte prinzipiell für jeden Anlass gewappnet sein.

Paul prostete mit erhobenem Glas einem Herrn zu, der nebenan in seinem Wagen saß.

»Marbrouk«, schmunzelte er, »der alte Halunke.«

»Etwa Pascha Marbrouk?« fragte Miss Skinner.

»Ich stelle Sie ihm vor«, versprach Nuri.

Wenig später schloss sich ihnen Pascha Marbrouk, der nicht minder gut auf ein Fest vorbereitet war, mit seinem Gefolge an. Nuri und er saßen seit langem gemeinsam in der Regierung, was natürlich bedeutete, dass sie Rivalen waren.

»Chère Madame!« rief Marbrouk und führte Miss Skinners Hand an seine Lippen.

Nuri sah verdrießlich zu. *So* weit ging seine Gastfreundschaft nun doch nicht.

Ein-, zweimal wanderten Marbrouks Augen während des Gesprächs in Zeinabs Richtung. Zeinab rutschte unbehaglich auf dem Teppich herum, weil sie sich ohne Schleier auf einmal ertappt fühlte.

Auch Owen war nicht gerade glücklich. Ihm war klar, dass man bei gewieften Politikern, mochten sie auch Rivalen sein, immer damit rechnen musste, dass sie aus heiterem Himmel Abkommen trafen, die dann bisweilen mit Familienbanden gefestigt wurden.

»Wir sind gerade erst von Ihrem Landgut zurückgekommen, Mr. Marbrouk«, erklärte Miss Skinner.

Der Pascha zog fragend die Augenbrauen hoch. »Meinem Landgut? Welchem denn?«

»Deir el Bahari.«

»Ach, das!« rief Marbrouk mit einer wegwerfenden Handbewegung. »Das ist nichts. Viel zu rückständig! Und in dieser Jahreszeit so schrecklich heiß! Kommen Sie nach El Howeini, Miss Skinner. Dort ist es tausendmal schöner. Ja, kommen Sie einfach. Ich freue mich schon darauf, Ihnen meine Orangenplantagen zu zeigen.«

»Noch mehr würde mich Ihre berühmte Sammlung von Altertümern interessieren«, sagte Miss Skinner.

»Ah ja?« Für einen kurzen Moment verschleierte sich Marbrouks Blick, so dass er plötzlich wie ein lauernder Raubvogel aussah. Gleich darauf lächelte er schon wieder. »Was das betrifft, können wir uns den weiten Wege ersparen. Viele von meinen Schätzen befinden sich in meinem Stadthaus hier in Kairo.«

»Sie würden mich brennend interessieren«, bestätigte Miss Skinner.

»Noch mehr steht allerdings in meinem Haus in Heraq.«

»Heraq? Liegt das am Fluss?«

»In Ägypten ist fast alles am Fluss gelegen«, lächelte Marbrouk.

Miss Skinner nickte. »O ja, ich würde gerne nach Heraq kommen.«

»Vielleicht darf ich Ihnen auch meine Schätze zeigen«, meldete sich Nuri zu Wort und drückte ihre Hand fester.

Miss Skinner schenkte ihm ein ermutigendes Lächeln. »Die würde ich mir liebend gerne ansehen.«

»Dann ist das also abgemacht!« rief Marbrouk. »Vielleicht schon morgen oder übermorgen?«

Nuri war erleichtert, als der Pascha wieder ging.

Kaum war Marbrouk weg, führte Garvin ihnen Abu Rusas vor.

»Mein Glückwunsch«, sagte Miss Skinner. »Eine wirklich bemerkenswerte Veranstaltung.«

»Das Gras war ein bisschen rutschig«, wehrte Garvin ab. »Aber das war das einzige Problem.«

Er veranlasste Abu Rusas ein paar Paradeschritte vorzuführen, was den hinter ihnen stehenden Arabern bewundernde Rufe entlockte.

»Darf ich ihn streicheln?« fragte Miss Skinner und löste ihre Hand aus Nuris Griff.

»Lieber nicht. Kamele sind so etwas nicht gewohnt.« Wie um ihn zu bestätigen, schüttelte sich Abu Rusas.

Garvin sah zu den in einer Reihe auf ihren Kamelen sitzenden Arabern auf und sagte etwas in ihrer Sprache. Unter allgemeinem Gelächter setzten sie sich in Bewegung und dabei scheute eines der Kamele. Es war eine gewaltige Kamelstute, genauso mächtig wie Abu Rusas. Das Tier schien zu schäumen; genauer gesagt hing von seinem Maul eine ekelerregende rosafarbene Blase von der Größe eines Ballons herunter. Sein Reiter führte die Stute eilig weg, als Abu Rusas Anstalten machte, sich auf sie zu stürzen.

»Fehlt dem Tier was?« fragte Miss Skinner.

»Überhaupt nichts, meine Liebe«, beruhigte Nuri sie. »Eher im Gegenteil. Es ist läufig.« Er griff erneut nach ihrer Hand und drückte sie zufrieden. »Das heißt, es ist bereit, sich zu paaren.«

»Aber wo«, fragte Miss Skinner, »ist der Leopard, der süße kleine Leopard?«

Tomas starrte sie entgeistert an. »Leopard?«

Sie standen in dem großen Raum im Keller des Museums. Um sie herum waren die Gegenstände aufgebaut, die Miss Skinner beharrlich »die Beute aus Deir el Bahari« nannte. Darunter befanden sich auch die Kisten, die unter Owens Augen auf den Karren geladen worden waren, die Kapitelle mit den eingemeißelten Lotusblüten und die Fragmente des Reliefs.

Miss Skinner drehte sich zu Owen um. »Erinnern Sie sich daran? Die Expedition in das Land Punt, der süße kleine Leopard, der an Bord des Schiffes gebracht wird. Zumindest hoffe ich doch, dass er süß und klein war und keine ausgewachsene Bestie.«

»Äh ... ja, jetzt fällt es mir wieder ein«, sagte Owen.

»Wo ist er?«

»Er muss hier irgendwo sein«, murmelte Tomas.

Owen war am Morgen gleichzeitig mit der Lieferung eingetroffen. Weil er auch beim Auspacken dabeisein wollte, hatte er darum gebeten, umgehend über die Ankunft der Altertümer im Museum informiert zu werden. Und als ihm vom Unteraufseher der gewünschte Bescheid zugegangen war, hatte er alles stehen und liegen lassen und war ins Museum geeilt. Zu seiner nicht geringen Überraschung war er dort auf Miss Skinner getroffen.

Und sie gab den Ton an! Allem Anschein nach hatte sie den Unteraufseher überrumpelt und führte an seiner Stelle die Überprüfung durch.

»Fehlt denn etwas?« fragte der Beamte schüchtern.

»Nein«, entgegnete Tomas. »Ich habe gestern alles kontrolliert.«

»Könnte etwas in Heraq zurückgeblieben sein?«

»Keinesfalls. Ich habe alles, was aufs Boot kam, gezählt. Und dann noch einmal im Hafen. Und auch hier.«

»Wo ist er dann?« fragte Miss Skinner.

Tomas beugte sich über die einzelnen Fragmente des Wandreliefs. »Ist er das vielleicht?«

»Nein!« rief Miss Skinner. »Das ist ein Affe und kein Leopard.«

»Hier ist ein Leopard!«

»Stimmt«, gab Miss Skinner nach eingehender Inspektion zu. »Aber es ist nicht *der* Leopard. Der, den ich meine, war ein süßes kleines Junges, das an Bord geführt wurde. Captain Owen kann sich auch gut daran erinnern.«

Owen nickte. »Das ist richtig.«

»Haben Sie nicht erklärt, Sie hätten das vollständige Relief geliefert?« fragte der Unteraufseher, an Tomas gewandt. »Dann könnten wir versuchen, die Teile aneinanderzufügen. So läßt sich leicht feststellen, ob etwas fehlt.«

»Ist doch völlig unmöglich, das ganze Wandrelief herzubringen!« empörte sich Tomas. »Das hier ist nur ein kleiner Teil davon, der die Expedition ins Land Punt darstellt.«

»Trotzdem können wir überprüfen, ob alle Stücke zueinander passen.«

»Wenn Sie unbedingt meinen.« Verdrießlich gab sich Tomas geschlagen.

»Ich glaube nicht, dass sonst noch was fehlt«, verkündete Miss Skinner. »Außer natürlich diesem einen Stück. Aber gerade an das Leopardenjunge erinnere ich mich besonders lebhaft.«

»Es wird schon irgendwo sein«, brummte Tomas, den Blick auf den Unteraufseher gerichtet. »Aber finden Sie nicht auch, es wäre vernünftiger, erst mit den anderen Stücken weiterzumachen? Danach können wir es immer noch suchen.«

»Da haben Sie recht«, gab der Beamte zu. »Wenn wir alles gesehen haben, sind wir vielleicht schlauer.«

»Gern!« rief Miss Skinner. »Hauptsache, Sie vergessen

meinen Liebling nicht. Ich will unbedingt wissen, was aus meinem kleinen Leoparden geworden ist.«

»Er hat Sie anscheinend wirklich sehr beeindruckt«, staunte der Unteraufseher. »Jetzt bin ich auch ganz neugierig auf ihn geworden.«

»Er wird schon irgendwo sein«, wiederholte Tomas mürrisch.

Das war jedoch nicht der Fall.

»Ist er am Ende unbemerkt vom Karren gefallen?« schlug Miss Skinner schließlich mit unbewegter Miene vor.

9

Oder vom Boot, überlegte Owen. Wo war überhaupt dieser Hafen, zu dem Tomas die willkürlich zusammengewürfelten Sachen laut seiner Aussage verschiffte, um sie erst dort vor dem Weitertransport ins Museum wieder zu ordnen? War das nicht Heraq? Nun, es war höchste Zeit für einen Besuch in Heraq.

Südlich der Stadt gab es mehrere kleine Anlegestellen, doch wenn er sich richtig erinnerte, war Heraq mehrere Meilen stromaufwärts gelegen. Die Reise würde einen halben Tag in Anspruch nehmen und er würde ein Boot benutzen müssen.

Dieser Gedanke ließ ihm den Tag gleich viel schöner erscheinen. Er beschloss, eine *Felucca* zu nehmen, eins dieser eleganten kleinen Boote, die wie Vögel über dem Fluss zu schweben schienen. Und während der zweistündigen Fahrt würde er es sich im Heck bequem machen und den Wind genießen.

Wirklich eine glänzende Idee. Seine Vorfreude wuchs, zumal er sich an diesem Vormittag in seinem Büro wie in einem Backofen vorkam. Normalerweise war es in Deir el Bahari derart heiß, dass ihm bei seiner Rückkehr die Luft in Kairo angenehm frisch vorkam. Nun, diesmal hatte er offenbar die Hitze mitgebracht. Überraschend waren auch in Kairo die Temperaturen gestiegen und zwar so hoch, dass er beim Verlassen des Bahnhofs Droschkenkutscher hatte stöhnen hören. Dabei war er erst am Abend angekommen, was noch ein Glück war, denn vorher wäre kein einziger Kutscher unterwegs gewesen. Bereits ab zehn Uhr vormittags war die Hitze so drückend, dass das Leben in den Straßen völlig zum Erliegen kam. Buchstäblich jeder ließ seine Arbeit ruhen, setzte sich in den Schatten und jammerte.

Die große Ausnahme bildete natürlich die Bab el Khalk, in der die Briten arbeiteten. Die gaben sich völlig unbeeindruckt, doch während riesige Ventilatoren pausenlos wirbelten, troff von den Armen unablässig Schweiß auf die über die Schreibtische verteilten Dokumente, bis die Papiere ganz durchweicht und verklebt waren. Die Tinte zerrann ebenfalls und verschmierte sich an den Rändern, so dass man binnen einer halben Stunde ein frisches Hemd brauchte.

Kurz und gut, eine Flussfahrt war hochwillkommen.

»Ich fahre nach Heraq«, informierte Owen seinen Sekretär. Vor der Garderobe schwankte er kurz zwischen Tropenhelm und Tarbusch – der Tarbusch gehörte doch wohl eher in die Stadt, oder? – und verließ das Haus.

Eins hatte er in seiner schönen Vision allerdings nicht bedacht: auf den ersten vier Meilen der Fahrt stromaufwärts dümpelte der Nil zwischen steilen Dämmen und angeschwemmtem Schlick dahin, der sich im Laufe der Jahrhunderte in einem Maß aufgetürmt hatte, dass man sich eingeengt wie zwischen Mauern fühlte.

Saß man auf dem obersten Deck in einem von Mr. Cooks neuen Dampfern, konnte man vielleicht den Ausblick auf die Umgebung genießen. Befand man sich aber fast auf Wasserhöhe, wie es in einer *Felucca* nun mal der Fall war, bekam man allenfalls die Wipfel der Palmen zu sehen.

Doch immerhin wehte eine leichte Brise und die ließ sich Owen dankbar ums Gesicht streichen.

Nach einer Weile wurde das Ufer flacher, so dass er ein bisschen weiter sehen konnte. Links türmte sich ein Berg aus rein weißem Felsgestein auf, von dem gelegentlich eine Staubwolke aufstieg. Das war der Steinbruch von Tura, in dem der feine weiße Kalkstein gewonnen wurde. Und gegenüber lag die Chephren-Pyramide. Zu Chephrens Zeit hatte sie noch direkt am Fluss gestanden, jetzt war sie eine halbe Meile vom Ufer entfernt.

Der Nil wälzte sich nun vorbei an Dattelplantagen und unzähligen in säuberlichen Reihen gepflanzten zarten grünen Tamarisken. Ein gewaltiger Taubenschlag mit massiven Steinmauern, Kuppel und Hunderten von kleinen Simsen für die Nester tauchte auf. Esel waren zu sehen, Frauen, die am Ufer Wäsche wuschen und Männer, die aus Lehm Ziegel formten.

Schließlich wichen die Bäume einer Ansammlung von Lehmhütten, offensichtlich war dies eine Ziegelbrennerei direkt vor einem Kai. Die *Felucca* legte an der Mole an.

»Heraq«, verkündete der Schiffer.

Owen staunte nicht schlecht. Mit einem betriebsamen Hafen hatte er gerechnet – das war schließlich der Grund seines Kommens –, doch er hatte sich auch auf eine etwas ländlichere Gegend eingestellt. Hatte Marbrouk nicht gesagt, dass er hier ein Landgut besaß? Aber das vor ihm war ja fast ein Industriegebiet! Berge von aufeinandergestapelten Ziegeln warteten auf ihre Verladung, und drüben, hinter dem Hauptkai, lag fuhrenweise vom Steinbruch herangekarrter Kalkstein auf einem gewaltigen Haufen.

Owen kletterte aus der *Felucca* und erkundigte sich bei einem der Hafenarbeiter nach der Lagerhalle.

»Lagerhalle?« fragte der Mann. Dann deutete er auf die Ziegel und die Steine. »Wozu brauchen wir eine?«

»Und was ist, wenn Altertümer eintreffen?«

Der Mann starrte ihn verständnislos an.

»Wenn Tomas seine Sachen bringt.«

»Tomas?«

Der Mann rief einigen Kollegen, die mit dem Aufeinanderschichten von Ziegeln beschäftigt waren, etwas zu.

»Ist das der Mann vom Pascha?« fragte einer.

»Ein Kopte«, erklärte Owen, als hätte ihnen das nicht bereits der Name verraten.

Hinter dem Ziegelhaufen trat ein anderer Arbeiter hervor.

»Komm mal her, Ali!« riefen sie ihm zu. »Er will was über den Mann vom Pascha erfahren.«

»Warum?« fragte der Arbeiter.

Owen fiel die Antwort darauf unerwartet schwer. Natürlich konnte er sich jederzeit auf seine Amtsmacht berufen, aber hier, außerhalb von Kairo, war der Pascha derjenige, der die Macht hatte.

»Er glaubt, eins von den Stücken zurückgelassen zu haben«, erklärte er.

»Kein Wunder«, brummte der Mann. »Es waren ja so viele.« Er drehte sich auf dem Absatz um und führte Owen hinter den Ziegelhaufen zu einer festgetretenen freien Fläche, auf der Säcke voller Datteln und alle möglichen Kisten lagen. An einer Mauer lehnten einige der Gegenstände aus Deir el Bahari, darunter auch das Relieffragment mit dem Leopardenjungen.

»Das ist es«, sagte Owen.

Der Mann zuckte die Schultern. »Jemand wird sich wohl gedacht haben, dass es mit den anderen Stücken ins Haus soll.«

»Aber das ist ja Captain Owen!« rief eine nur zu vertraute Stimme in seinem Rücken. »Sie haben also unseren süßen kleinen Leoparden gefunden, wie ich sehe.«

In Begleitung von Marbrouk und – zu Owens nicht gelindem Erstaunen – auch von Nuri war Miss Skinner nähergekommen. Sie stellte sich sogleich neben ihn.

»Ist es nicht herrlich gearbeitet?« fragte sie, ohne den Blick von dem Relieffragment zu wenden. Dann wandte sie sich zu Marbrouk um. »Dieses süße kleine Junge ist sowohl Captain Owen als auch mir auf Anhieb aufgefallen. Das war in Deir el Bahari. Später haben wir es in Kairo gesucht. Ich kann doch davon ausgehen, dass es jetzt auf dem Weg dorthin ist?«

Marbrouk trat näher und beugte sich darüber. »Vorzüglich gearbeitet«, erklärte er. »Ja, ja, es wird natürlich verschickt.«

»Steht es auf der Liste?« wollte Owen wissen.

»Das Wandrelief steht mit Sicherheit auf der Liste«, bestätigte Miss Skinner. »Aber zweifellos werden hier die einzelnen Fragmentstücke nicht gesondert erfasst. Da muss man eben sicherstellen, dass wirklich alle im Museum ankommen.« Lächelnd fügte sie hinzu: »Oder stimmt das nicht?«

»Es hätte mit den anderen Teilen befördert werden sollen«, meinte Marbrouk. »Ein Versehen. Ich werde persönlich dafür sorgen, dass es nachgeschickt wird. Diese Kerle! Man kann sich einfach auf keinen davon verlassen.«

»Ich hatte Tomas eigentlich für recht verlässlich gehalten«, meinte Owen.

»Er ist nicht schlecht«, brummte der Pascha. »Wahrscheinlich ist ihm irgendetwas aufgefallen und er hat darum gebeten, dass diese Stücke gesondert geliefert werden sollen.«

»Ich bin wirklich erleichtert!« seufzte Miss Skinner. »Captain Owen ist dieser kleine Leopard auch schon ans Herz gewachsen.«

»Kommen Sie doch mit in mein Haus«, lud ihn Marbrouk ein. »Ich möchte Ihnen gern eine Erfrischung anbieten.«

»Bestimmt würde ich stören«, wehrte Owen ab.

»Oh, ich habe auch Miss Skinner über mein Landgut geführt. Dieser Ort hier ist zwar nicht sehr schön, aber er wirft Geld ab.«

»Die Orangenhaine gefallen mir in der Tat besser«, stimmte Miss Skinner zu.

Sie gingen zu seiner durch Orangenhaine und Dattelplantagen völlig vom Hafen abgeschirmten Villa. Das weißgetünchte einstöckige Lehmziegelhaus war um einen offenen Hof herum gebaut, in dessen Mitte ein Brunnen sprudelte. Wie in so vielen türkischen und griechischen Innenhöfen sorgten auch hier die an Spalieren sich hochrankenden Kletterpflanzen für reichlich Schatten. In der Luft hing der schwere Duft von Oleander.

Kaum hatten sie vor dem Brunnen Platz genommen, brachten ihnen Bedienstete Limonade, Datteln und sehr süße, klebrige Törtchen.

»Wie Sie sehen, habe ich Mr. Marbrouk beim Wort genommen und bin seiner Einladung gefolgt«, sagte Miss Skinner.

»Und finden Sie seine Schätze interessant?«

»O ja, hochinteressant. Hochinteressant.«

Owen räusperte sich. »Ich würde sie gerne auch mal sehen, wenn ich darf.«

»Selbstverständlich«, sagte der Pascha, machte aber keine Anstalten aufzustehen.

»Ich besitze ebenfalls erlesene Schätze«, bemerkte Nuri, an Miss Skinner gewandt. »Sie müssen unbedingt kommen und sie besichtigen.«

Die Amerikanerin ahnte vielleicht, dass Nuris Gegenwart Owen verwirrte, denn sie hielt eine Erklärung für angebracht: »Als ich Mr. Nuri nach dem Weg hier heraus fragte, war er so freundlich und bot mir an, mich in seinem Wagen herzufahren.«

»Es war mir ein Vergnügen«, sagte Nuri mit einem süßlichen Lächeln in Marbrouks Richtung.

Der andere Pascha erwiderte es nicht.

»Es ist ja so interessant, die Häuser der Leute von innen zu sehen«, fuhr Miss Skinner fort. »Das hilft mir ungemein, dieses Land ein wenig besser kennenzulernen.«

»Das ist nur ein Wochenendhäuschen«, erklärte Marbrouk. »Wenn ich Abgeschiedenheit brauche, ziehe ich mich mit ein, zwei Bekannten hierher zurück. *Besonderen* Bekannten selbstverständlich.«

»Selbstverständlich.« Miss Skinner lächelte ihn aufmunternd an.

Bald danach brachen sie auf. Nuri bot Owen keinen Platz in seinem Wagen an. Beim Abschied von Marbrouk bemerkte er: »Bin froh, dass wir auch über die andere Angelegenheit sprechen konnten. Sie hat mir schon eine ganze Weile auf den Nägeln gebrannt.«

»Ja.« Marbrouks Züge hellten sich auf, nachdem er vorher doch etwas bedrückt gewirkt hatte. »Doch, ja.«

»Und ich bin froh, dass wir den Leopard aufgespürt haben«, sagte Owen zu Miss Skinner.

Sie starrte ihn verwirrt an. »Leopard?« Einen Moment lang sah es so aus, als hätte sie ihn ganz vergessen, dann fiel er ihr wieder ein. »Ach ja, unser süßes kleines Junges. Aber es wäre bestimmt auch ohne unser Zutun in Kairo angekommen.«

Der Wagen fuhr los. Eigentlich rechnete Owen damit, dass Marbrouk ihn noch einmal in sein Haus bitten würde, stattdessen schüttelte ihm der Pascha nur die Hand. Mehr als ein »Auf Wiedersehen, mein Lieber« und *»bon voyage«* bekam er nicht zu hören.

So ging Owen allein durch die Plantage zurück und war froh, dass ihm die Bäume Schatten boten. Als er den in der Sonne förmlich glühenden Hafen erreichte, bemerkte er auf dem Kai, dort wo der zu verladende Kalkstein lag, eine Gestalt, die ihm bekannt vorkam. Es war die Italienerin aus Alexandria, Francesca.

Überrascht sah sie ihn an. »So trifft man sich wieder«, sagte sie und reichte ihm die Hand. »Aber ganz so bald hatte ich nicht mit Ihnen gerechnet.«

»Was führt Sie an einen Ort wie diesen?«

»Kalkstein«, antwortete sie mit einer Geste auf den Haufen. »Wir brauchen gelegentlich etwas für unsere Ateliers. Es muss von guter Qualität sein, darum suche ich das Material gern persönlich aus. Hier weiß man schon, was ich benötige, und legt es für mich beiseite. Aber was haben *Sie* hier zu tun?«

»Ein Leopardenjunges.«

Er führte sie zu dem Lagerplatz und zeigte ihr das Relieffragment.

»Es ist herrlich«, gab sie zu. »Aber ist es nicht Teil eines größeren Ganzen? Ich habe es doch schon mal gesehen … War es nicht …? Genau, in dem Tempel in Deir el Bahari! Die Expedition in das Land Punt!«

»Stimmt. Die in Deir el Bahari gefunden wurde.«

»Eine Schande ist das! Wo das Relief doch so gut zu diesem Ort passte. Natürlich werden es im Museum mehr Menschen bewundern können.«

»Wenn es je dort ankommt.«

»Es?«

Owen deutete auf das Leopardenjunge.

»Ach so, ich verstehe. Deswegen sind Sie ja gekommen.«

»Andererseits bleibt es vielleicht gar nicht im Museum.«

»Wie wahr. Aber das Land braucht nun mal Geld.«

»Das Land vielleicht schon. Aber ich bin mir nicht so sicher, ob das bei den jeweiligen Nutznießern der Fall ist.«

Sie lachte. »Auf diese Diskussion lasse ich mich wohl besser nicht ein. Zumal ich eigentlich schon beim Pascha Marbrouk sein sollte.«

»Wirklich? Was …?« Er hielt inne.

»Wegen des Kalksteins«, sagte sie in tadelndem Ton.

»Er erledigt solche Geschäfte persönlich?«

»Das nicht.« Diese Vorstellung schien sie zu belustigen. »Es hat wohl eher damit zu tun, dass er außer Altertümern auch noch anderes im Sinn hat. Aber haben Sie neulich nicht dasselbe von sich gesagt?«

Am späten Vormittag rief Paul bei Owen im Büro an und bat ihn, unverzüglich ins Generalkonsulat zu kommen. Da man nur mit einer Arabeah dort hinkam, war er nicht begeistert; dennoch traf er bald danach ein.

Bei Owens Ankunft führte Paul ein Gespräch mit Abu Bakir, dem hochgewachsenen Ägypter, den er bei der Diskussion mit Peripoulin über den Export von Altertümern kennengelernt hatte. Allem Anschein nach hatten sie die Frage der Lizenzierung weiter verfolgt.

Paul wandte sich gleich an ihn: »Abu Bakir hat doch diesen Vorschlag gemacht …«

»Nur nebenbei«, wehrte der Ägypter hastig ab.

»… und weil Sie damals auch dabei waren, dachte ich mir, es könnte sich vielleicht lohnen, in kleinem Kreis darüber zu reden. Es geht um diese Sache mit Parker. Die zwei Unfälle.«

»Ich war nicht dort, als es geschah, sondern kam erst später. Wie übrigens auch Sie.«

»Aber Sie führten die Ermittlungen und das ist die Hauptsache«, widersprach Abu Bakir.

»Worum geht es?«

»Es hat eine Beschwerde über Mr. el Zakis Vorgehensweise gegeben.«

»Achten Sie nicht auf diesen Parker.«

»Sie kam nicht von Parker, sondern … na ja, von höherer Stelle.«

Er hat ja angedeutet, dass er einflussreiche Freunde hat, sinnierte Owen. Laut fragte er: »Wieviel höher? Und wo? Im Ministerium?«

Abu Bakir zögerte.

»Geht eher in Richtung Ministerium«, murmelte Paul.

»Worauf bezieht die Beschwerde sich genau?«

»Mr. el Zaki hat den Entzug der Lizenz zur Durchführung der Ausgrabungen empfohlen. Diese Empfehlung wurde in Frage gestellt. Die Begründung lautet, Mr. El Zaki sei voreingenommen.«

»Ich war dabei!« rief Owen. »Und ich bin gerne bereit, zu bestätigen, dass Mr. el Zakis Vorgehensweise absolut korrekt war.« Einige der Wortwechsel zwischen Mahmoud und Parker fielen ihm ein.

»Oh, gut!« seufzte Abu Bakir erleichtert.

»Parker hingegen ist ein Scheißkerl.«

Paul pochte mit einem Bleistift auf ein vor ihm liegendes Dokument. »Im Mittelpunkt dieser Angelegenheit steht nicht so sehr Parker selbst - obwohl ich Ihnen in dieser Hinsicht vollkommen zustimme –, sondern es geht leider um eine weitaus prinzipiellere Frage.«

»Was für eine prinzipielle Frage?«

»Voreingenommenheit gegenüber Ausländern.«

»Das ist wirklich lächerlich!« rief Owen. »Hören Sie, Paul, Sie kennen Mahmoud doch auch.«

»Natürlich kenne ich ihn. Und natürlich weiß ich selbst, wie lächerlich das Ganze ist. Aber verstehen Sie, damit verlagert sich die zentrale Fragestellung.«

»Warum?«

»Weil sie sich jetzt auf die Haltung der Verwaltung selbst bezieht. Ihre Politik, wenn Sie so wollen.«

»Wünscht die Regierung Investitionen aus dem Ausland?« schaltete sich Abu Bakir ein. »Oder will sie Hürden errichten?«

»Das sind doch keine Investitionen«, knurrte Owen. »Verdammt noch mal, das ist Raub!«

Abu Bakir brach in dröhnendes Lachen aus. »Sagen Sie das lieber nicht allzu laut!«

»Genau dem möchten wir ja gerade einen Riegel vorschieben«, sagte Paul. »Was wir *nicht* beenden wollen, das sind die Ausgrabungen, die *bona fide* durchgeführt werden. Vor allem dann nicht, wenn das Geld anderer dahintersteckt.«

»Das ist heutzutage vor allem amerikanisches Kapital«, ergänzte Abu Bakir. »Darum geht es hier im Grunde.«

»Können Sie keine Unterscheidung zwischen *bona fide* durchgeführten Ausgrabungen und Plünderei à la Parker treffen?« fragte Owen.

»Die Amerikaner kennen da keinen Unterschied«, erwiderte Paul in dem typisch blasierten Ton der Oxford-Zöglinge.

Abu Bakir lächelte. »So leicht ist es nun auch wieder nicht. Wahrscheinlich leistet Parker durchaus wissenschaftliche Arbeit und plündert nicht nur. Das ist eben der Preis, den wir zahlen müssen.«

»Es ist eine Frage des Augenmaßes«, fügte Paul hinzu. »Parker geht zu weit. Andere sind vernünftiger. Oder nicht ganz so gierig. Das Problem der Regierung dabei ist nur, die Grenzen von vornherein festzulegen. Man hängt stets vom Urteil der Fachleute ab.«

»Wie auch immer, das ist streng genommen nicht der Anlass unserer Besprechung. Unser Thema sind die Unfälle – beziehungsweise deren Untersuchung.«

»Und noch strenger genommen sind auch sie nicht der eigentliche Anlass«, korrigierte Paul. »Mahmouds Klage auf grobe Fahrlässigkeit war aufgrund der dürftigen Beweislage unrechtmäßig. Jetzt steht ihm ein Disziplinarverfahren wegen Kompetenzüberschreitung ins Haus.«

»Das Argument der Gegenseite lautet«, erklärte Abu Bakir, der sich bestens auszukennen schien, »dass es sich nur um einen kleineren Verstoß gegen die Vertragsbedingungen handelte und er in seinem Eifer, den Entzug der Lizenz zu empfehlen, entschieden zu weit ging.«

»Und«, ergänzte Paul, »dass dieser Übereifer die Folge seiner Vorurteile gegen Ausländer ist, was im Falle des Ausbleibens einer Disziplinarstrafe als Hinweis auf den Standpunkt der ganzen Regierung in solchen Angelegenheiten gewertet würde.«

»Mahmoud erhält einen Verweis und Parker kommt ungeschoren davon?«

Paul nickte. »Das trifft es in etwa.«

»Ich glaube allerdings, dass die Regierung im Parlament einen Sturm der Entrüstung auslösen würde, sollte sie diesen Standpunkt ebenfalls vertreten.«

Paul warf Owen einen bedeutsamen Blick zu. »Abu Bakir kennt die tieferen Zusammenhänge.«

»Nicht tiefere Zusammenhänge«, lautete der sanfte Widerspruch. »Sprechen wir lieber von der Kenntnis der wahrscheinlichen Folgen.«

»Gute Kenntnisse der wahrscheinlichen Folgen«, lächelte Paul.

Owen entsann sich wieder Abu Bakirs Sympathien für die Nationalisten.

»Wie wir es auch drehen und wenden …«, begann Paul, ohne den Satz zu beenden.

Wir haben es hier mit einem politischen Problem zu tun, dachte Owen. Wenn die Nationalisten das aufgriffen, wären sie in der Lage, für viel Ärger zu sorgen. Sie fänden einen fruchtbaren Boden vor, auf dem sie nach

Belieben fremdenfeindliche Gefühle erzeugen konnten, was auch Auswirkungen auf andere Bereiche nach sich ziehen würde.

Was noch schlimmer war: andere Länder könnten ein gewisses Verständnis für den Standpunkt der Nationalisten entwickeln und dieses Dilemma dazu ausnutzen, die Briten unter Druck zu setzen, ihre privilegierte Stellung in Ägypten zu räumen. Andere Länder, *die meisten* anderen Länder, lauerten doch nur auf eine Gelegenheit, die Briten aus Ägypten hinauszudrängen.

»Sie verstehen also«, brummte Paul.

Abu Bakir beobachtete die beiden konzentriert.

Welche Motivation hatte *er* eigentlich? überlegte Owen. Warum war er zu Paul gekommen? Warum hatte er als Nationalist diese Angelegenheit nicht einfach bis zum Äußersten getrieben und dann den Skandal im Parlament ausgeschlachtet? Was suchte er bei Paul?

»Sagen Sie«, wandte er sich an den Ägypter, »wer genau setzt denn nun das Ministerium unter Druck?«

»Ausländische Interessenten.«

»Direkt?«

Eine kleine Pause entstand.

»Nicht unbedingt direkt«, räumte Abu Bakir ein.

»Indirekt also. Über dritte?«

»Ja.«

»Wer sind diese dritten?«

Abu Bakir zuckte die Schultern. »Die üblichen.«

»Der Khedive?«

»Nicht direkt«, gestand ihm der Ägypter zu.

»Also wieder indirekt. Durch Mittelsmänner?«

Abu Bakir nickte.

»Ich glaube, wir sollten die Namen der Mittelsmänner erfahren«, sagte Owen.

»Ich kenne ihre Namen nicht. Es werden wohl die üblichen sein. Die großen Paschas ...«

»Sind Sie sicher? Das ist sehr wichtig.«

»Bei Angelegenheiten wie dieser sind es letztlich doch immer die Paschas«, erwiderte Abu Bakir bitter.

Hinter dem Schutzwall eines gesetzgebenden Parlaments, hinter der Fassade eines Regierungskabinetts war Ägypten nach wie vor ein feudalistisches Land. Die großen Fürsten waren hier die Paschas, die den meisten Grund besaßen, die Mehrheit der Landbevölkerung für sich arbeiten ließen, unablässig um die Gunst des Khedive rangelten und ständig Intrigen schmiedeten, um die Hände an die Schalthebel der Macht zu legen.

Selbst die Briten hatten es nicht vermocht, die Paschas zu beseitigen. Nun, vielleicht gaben sie sich auch nicht allzuviel Mühe. Wohl weil sie so etwas gewöhnt waren, in ihnen womöglich das Äquivalent zu den großen englischen Familien sahen, die die britische Politik jahrhundertelang bis in die jüngste Zeit beherrscht hatten; deshalb gab sich die Verwaltung mit einem friedlichen Nebeneinander zufrieden. Solange sie in ihrem eigenen Machtbereich tun konnte, was sie wollte, hatte sie nichts dagegen, wenn die Paschas in ihrer Sphäre nach eigenem Gutdünken handelten.

Es würde schon einer Revolution bedürfen, um sie zu entmachten. Und das war natürlich die Forderung der Nationalistischen Partei.

»Sind es alle Paschas?« wollte Owen wissen. »Oder nur einige?«

»Es werden wohl nur einige sein«, meinte Paul. »Bei einer Sache wie dieser …«

»Also diejenigen, die ein ganz besonderes Interesse haben«, schloss Owen. »Am Export von Altertümern vielleicht?«

Owen war in die Finanzabteilung einbestellt worden. Er wusste auch schon, weswegen: weil er einen geringfügigen Fehlbetrag nicht nachweisen konnte, na ja, dreitausend Piaster, um es genau zu sagen und nun verlangte man Rechenschaft über den Verbleib des Geldes.

Owen wusste, wo es geblieben war: in den Händen verschiedener Herren am Silberschmiedbasar, am Schuhmacherbasar und am sudanesischen Basar; und er hatte es ihnen für ihre Dienste gegeben.

Warum waren die Zahlungen nicht gegen eine ordnungsgemäße Rechnung getätigt worden? Weil diese Herren nicht zu der Sorte von Leuten gehörten, die Rechnungen ausstellte. Und weil ihre Dienste nicht von der Art waren, die man sich quittieren ließ.

Konnte er wenigstens diese Dienste genauer erklären?

Aber ja. Verschiedene Karwanenführer musste er bestechen, damit sie verrieten, was ihre Kamele außer Datteln noch alles transportierten; Bediensteten im Palast des Onkels des Khedive Vergünstigungen anbieten, um mehr über die Verbindungen des Onkels mit dem Sklavenhandel im Sudan zu erfahren; den Wächter einer ausländischen Gesandtschaft für sich gewinnen, um Beweise für den Zusammenhang einiger Aktivitäten dieser Gesandtschaft mit dem Rauschgiftschmuggel zu erlangen. Er konnte auch den Namen dieser Gesandtschaft angeben …

Vielleicht lieber doch nicht. Und vielleicht wäre es klüger, den Verwandten des Khedive aus dem Spiel zu lassen. Was nun die Bestechungsgelder betraf …

Das Ärgerliche daran war einfach, dass der Rechenschaftsbericht nach England geschickt wurde, wo sich tugendhafte Parlamentsabgeordnete darüber hermachen würden, die nicht nur das Misstrauen der neuen liberalen Regierung gegen imperialistische Abenteuer teilten, sondern darüber hinaus zu moralisch entrüsteten Aufschreien neigten.

Das Beste war wohl, nichts oder so wenig wie möglich zu sagen. Darum hatte er die dreitausend Piaster unter dem weit gefassten Posten »Allgemeine Ausgaben« geführt, was für den Geschmack der Herren in der Finanzabteilung leider etwas zu allgemein war.

Owen wusste nur zu gut, wie das Gespräch verlaufen würde und hatte es darum nicht allzu eilig.

Als Owen bei dem Prüfer saß, kam es genauso, wie er befürchtet hatte.

»Hören Sie, alter Knabe, so geht das nicht!« hielt ihm der Rechnungsprüfer vor und pochte mit seinem Stift auf die fragliche Seite. »Das sind immerhin dreitausend Piaster! Ohne Rechnung! Die Revision wird unser Blut sehen wollen. Wir brauchen genaue Angaben.«

»Die Sache ist die …«, begann Owen, als am anderen Ende des Raums eine Tür aufflog und jemand »Clayton!« schrie.

Der Mann Owen gegenüber sprang auf. »Dauert nicht lange«, zischte er.

Es dauerte jedoch zwanzig Minuten, an deren Ende der Mann mit hochrotem Gesicht hereingestürmt kam. Er war beladen mit einem Stapel Ordner, die er kurzerhand auf dem Pult eines Schreibers ablegte. Er wollte schon wieder mit einer hastig gemurmelten Entschuldigung davoneilen, als Owen ihn aufhielt.

»Und wie lange dauert das jetzt?«

»Weiß der Himmel. Es ist wieder wegen dieses elenden Frauenzimmers!«

»Ich kann hier doch nicht den ganzen Vormittag herumsitzen!«

»Tut mir leid, alter Knabe, dann eben ein anderes Mal.« Und schon war Clayton draußen.

Owen blieb einen Moment in mühsam bezähmtem Zorn sitzen. »Können Sie das nicht übernehmen?« fragte er schließlich einen der Sekretäre.

Der Mann warf einen kurzen Blick auf den Bogen. »Tut mir leid, Effendi. Mit politischen Entscheidungen bin ich nicht befasst.«

Owen erhob sich. »Ich treffe jetzt auch eine politische Entscheidung«, knurrte er. »Richten Sie Clayton aus, er soll sich beim nächsten Mal gefälligst zu mir bequemen, wenn er was von mir will.«

Damit stolzierte er hinaus. Auf dem Flur hielt er kurz inne, als er durch eine offene Bürotür Miss Skinner erspähte. Sie saß über einem Berg von Akten und war von schweißtriefenden Rechnungsprüfern umringt.

»Sie haben doch sicher Belege dafür«, sagte sie.

»Die dürften in Alexandria sein«, meinte einer der schwitzenden Männer.

»Dürften?« fuhr sie ihn in schneidendem Ton an. »Wissen Sie das etwa nicht?«

»Wahrscheinlich sind sie noch beim Zoll«, antwortete der Beamte mürrisch. »Es kommt eben zu Verspätungen.«

Miss Skinner drehte das Blatt um. »Das Datum ist drei Jahre alt«, hielt sie ihm vor. »Und da sind die Belege immer noch beim Zoll?«

Geschieht den Besserwissern ganz recht, dachte Owen schadenfroh und setzte seinen Weg fort. Im Treppenhaus fiel ihm auf einmal etwas ein. Er zögerte, überlegte kurz und kehrte zurück.

»Ach, das ist ja Captain Owen!« rief Miss Skinner strahlend. »Verfolgen wir vielleicht dieselbe Absicht? Sagen Sie bloß – überprüfen Sie etwa auch, ob beim Export von Altertümern die Zollbestimmungen eingehalten wurden?«

Auf diesen Gedanken war er nie gekommen.

»Eigentlich …« Im nächsten Moment hatte er sich gefasst. »Sie sind mir mal wieder einen Schritt voraus, wie ich sehe.«

»Na, das liegt doch auf der Hand, oder? Man sieht auf den ersten Blick, welche Altertümer ausgeführt und wieviel Zollgebühren dafür entrichtet wurden. Soll ich Ihnen sagen, was ich herausgefunden habe?«

Sie sah ihn triumphierend an.

»Das Ausfuhrvolumen ist in den letzen zwölf Monaten um zweihundertsechzig Prozent gestiegen! Da! Ich gehe davon aus, dass sie das schon selbst gemerkt haben, mich hingegen hat das doch etwas aus der Fassung gebracht. Mit einer Steigerung hatte ich zwar gerechnet, aber auf keinen Fall in diesem Ausmaß!«

»Was für ein Zufall! Genau darüber wollte ich mit Ihnen sprechen.«

Miss Skinner sah auf ihre Uhr. »Ich denke, ich habe etwas Zeit für eine Tasse Kaffee. So haben die Leute Gelegenheit, mehr Akten für mich aufzutreiben. In mir wächst das Gefühl«, setzte sie hinzu, »dass sie für alles sehr viel Zeit brauchen.«

Owen führte sie zu einem arabischen Café gleich um die Ecke.

»Ich möchte Sie fragen, ob wir auf Ihre Hilfe zählen können, Miss Skinner. Wie Sie wissen, ist die Regierung fest entschlossen, das Problem hinsichtlich der Flucht der nationalen Kunstschätze Ägyptens ins Ausland in den Griff zu bekommen ...«

»Die Beutekunst aus Ägypten«, sinnierte Miss Skinner mit beifälligem Nicken.

»Bei all den Anstrengungen möchte man natürlich nicht die hervorragenden Beziehungen zu anderen Ländern gefährden. Insbesondere Amerika ...«

»Da das Geld schließlich von dort kommt.«

»Wie wahr. Leider ist nun etwas passiert, das bei Ihren Landsleuten einen falschen Eindruck erwecken könnte, Miss Skinner und nun wollte ich Sie fragen, ob vielleicht eine Möglichkeit besteht, dass wir bei unseren Bemühungen, die amerikanische Öffentlichkeit von unseren guten Absichten zu überzeugen, auf Ihre Mithilfe zählen könnten.«

»Nun, vielleicht kann mein Onkel ...«

»Zumal es eine Angelegenheit betrifft, über die Sie Bescheid wissen.«

Er klärte sie über den Stand der Dinge in den Ermittlungen gegen Parker auf.

»Ein Strafverfahren wegen Fahrlässigkeit mag vielleicht der Wunsch der Regierung sein, verstehen Sie, aber sie würde womöglich das Interesse daran verlieren, wenn das bei der Weltgemeinschaft den Eindruck erweckte, sie führe eine gegen Ausländer gerichtete Kampagne.«

»Ich verstehe Ihr Anliegen.«

Sie schien es sich reiflich zu überlegen, und nach einer Weile einen Entschluss zu fassen. »Ich werde tun, was ich kann. Umso mehr, als ich eine persönliche Betroffenheit über das Schicksal dieser zwei armen Männer empfinde. Eine persönliche Verantwortlichkeit sozusagen. Ja, Sie können auf mich zählen.«

Owen setzte schon zu einer Dankesrede an, doch sie unterbrach ihn kurzerhand.

»Und als Gegenleistung«, sagte sie und legte ihm die Hand auf den Arm, »können Sie etwas für mich tun.«

»Selbstverständlich.«

»Morgen nachmittag besuche ich einen Freund. Ein privater Auftrag. Bei meiner Rückkehr werde ich Sie umgehend anrufen und dann können Sie das Ganze vergessen. Wenn ich Sie aber bis vier Uhr nicht angerufen habe, gehen Sie bitte in mein Hotel. In meinem Zimmer wird auf dem Pult ein versiegelter Umschlag liegen, der Ihnen Aufschluss über meinen Verbleib gibt. Genau. Das ist alles.«

»Aber Miss Skinner!« rief Owen perplex. »Was soll ich für Sie tun?«

»Ich bin sicher, dass sie im Falle des Falles genau wissen werden, was Sie zu tun haben, Captain Owen.«

10

Die Expedition ins Land Punt?« schnaubte Monsieur Peripoulin erbost. »Nur über meine Leiche!«

»Dann muss es eben über Ihre Leiche gehen«, erwiderte Parker. »Ich habe einen Vertrag zu erfüllen.«

»Vertrag? Ich weiß nichts von einem Vertrag.«

»Dann ist es höchste Zeit, dass Sie es erfahren. Er bestand schon, ehe wir hier anfingen. Sonst hätten wir uns erst gar nicht darauf eingelassen.«

»Was für ein ›Vertrag‹ soll das sein?« wandte sich Peripoulin an Owen. »Ich verstehe das nicht. Es war nie von Verträgen die Rede.«

Sie standen im Museum inmitten der Beutestücke aus Deir el Bahari. Die meisten waren bereits geschätzt und in große Holzkisten verpackt worden. Lediglich bei dem Wandrelief, das jetzt komplett war – Owen hatte sich gleich bei seiner Ankunft vergewissert, dass das Leopardenjunge ebenfalls eingetroffen war – stand die Verpackung noch aus.

Und die Schätzung.

»Dazu bin ich nicht befugt«, hatte der Unteraufseher erklärt und Peripoulin geholt.

»Was für ein Vertrag ist das?« fragte Owen und wandte sich an Parker.

»Als wir den Antrag auf die Bewilligung der Lizenz für die Ausgrabungen stellten, wurde uns zu verstehen gegeben, dass wir Funde unserer Wahl behalten könnten.«

»Nein.« Owen schüttelte den Kopf. »Das ist unmöglich. Einen Vorbehalt muss es gegeben haben. Das Museum hat in jedem Fall das Recht, Funde von überragender historischer Bedeutung für sich zu beanspruchen.«

»Sicher, das verstehe ich schon. Wenn man die Kuh der Hathor oder so was findet, klar, das geht ins Museum.«

»Die Expedition ins Land Punt!« rief Monsier Peripoulin. »Das *ist* ein Fund von überragender historischer Bedeutung.«

Parker zuckte die Schultern. »Na ja, das Relief ist bestimmt ganz interessant.«

»Es ist beispiellos!«

»Bis zu einem gewissen Grad«, sagte Parker. »Tatsache ist aber, dass Sie uns irgendwas geben müssen. Sonst würde sich die Sache doch nicht lohnen.«

»Aber nicht das Land Punt«, widersprach Monsieur Peripoulin mit Nachdruck.

»Wenn ich Ihnen doch sage, dass wir einen Vertrag haben.«

»Ist das Land Punt darin enthalten?«

»Nicht direkt«, gab Parker zu, »aber ...«

»Dieser Vertrag«, setzte Monsieur Peripoulin nach, »liegt er überhaupt in schriftlicher Form vor?«

»Irgendwo ist bestimmt was festgehalten worden«, antwortete Parker flapsig.

»*Ooh là-là!* Diese Art von Verträgen kenne ich.«

»Der unsere ist aber koscher. Wir haben ihn mit dem Ministerium geschlossen.«

»Dem *Département?* Das ist aber merkwürdig. Denn ich bin das *Département* und ich habe nie von einem solchen ›Vertrag‹ gehört.«

»Wie denn auch? Er war schließlich vertraulich.«

»Ah? Vertraulich? So vertraulich, dass nicht einmal ich, Peripoulin, davon gehört habe! Sehr merkwürdig. Nun, solange er mir nicht vorgelegt wird, werde ich davon ausgehen, dass er nicht existiert. Das Relief bleibt hier!«

Er wandte sich ab und stolzierte zur Tür.

Parker starrte ihm verdattert nach. Dann platzte aus ihm heraus. »Das können Sie nicht! Das können Sie nicht! Ich habe einen Vertrag!« Fast sah es so aus, als wolle er Peripoulin tätlich angreifen. »Das ist das wertvollste Stück in dem ganzen Krempel!« brüllte er.

»Eben«, erwiderte Peripoulin und verschwand in seinem Büro.

Owen legte Parker beschwichtigend die Hand auf den Arm, doch der schüttelte sie ärgerlich ab. »Was bildet er sich ein? Ich habe einen Vertrag!«

»Wirklich?« fragte Owen.

Es dauerte einen Moment, bis Parker begriff. »Ja«, sagte er merklich ruhiger. »Klar habe ich einen. Sie glauben doch nicht, ich würde aufs Geratewohl die Erde durchwühlen? Hinter mir steht jemand, der ein Interesse daran …« Er brach ab. »Na ja, es müssen immer andere dahinterstehen. Aber wir haben das Recht des Finders. Das steht so im Vertrag.«

»Die Vereinbarungen mit der Altertümerverwaltung sehen normalerweise nicht so aus.«

»So war es aber.«

»Sind Sie sicher, dass Sie die Absprache mit dem *Département* getroffen haben? Wer war Ihr Verhandlungspartner?«

Parker zögerte. »Ganz so war es ja nicht.« Er hielt erneut inne. »Außerdem haben wir diese Person nicht persönlich angesprochen, sondern über Mittelsleute … Leute mit Einfluss.«

»Ach ja?« fragte Owen skeptisch.

»Ja, wirklich!« beharrte Parker. »Wir wollten uns absichern. Wir wussten, dass noch jemand hinter den Funden her war, ein anderes Konsortium. Da wollten wir eben sicherstellen, daß wir die Rechte kriegen. Also haben wir uns an die oberste Instanz gewandt.«

»Peripoulin ist die oberste Instanz.«

»Nein, nein. Noch höher.«

»An wen?«

Parker schwieg.

»Man hat Ihnen einen Bären aufgebunden«, erklärte Owen.

Parker schüttelte den Kopf. »Bestimmt nicht. Glauben Sie etwa, ich mache so was zum erstenmal? Ich weiß genau, worauf ich achten muss.«

»Tja«, brummte Owen, »Peripoulin wird seine Meinung garantiert nicht ändern.«

Parker sah ihn nachdenklich an. »Man kann ihn nicht umstimmen?«

»Ich jedenfalls nicht, falls Sie darauf hinaus wollen. Das müssten schon die Leute sein, mit denen Sie Ihren Vertrag geschlossen haben, die an höchster Stelle. Sofern sie wirklich so weit oben angesiedelt sind.«

»Das sind sie«, versicherte ihm Parker.

»Warum nehmen Sie dann nicht erneut die Dienste Ihres Freundes in Anspruch? Des Mannes von Einfluss?«

Zu Owens Überraschung nahm Parker ihn ernst.

»Ja,«, sagte er nachdenklich. »Warum nicht?«

Danach begab er sich auf die Suche nach einem Telefon. Owen überlegte, ob er ihn belauschen sollte, aber als er sich dazu durchrang, war es bereits zu spät. Da kam ihm eine andere Idee. Eilig ging er zum Hauptbüro am anderen Ende des Korridors. Er wollte selbst einen Anruf tätigen.

Abu Bakir nahm ab.

»Die Altertümerverwaltung?« fragte der Ägypter. »Aber ich gehöre doch dem Finanzministerium an. Warum fragen Sie mich?«

»Ich dachte mir, Sie hätten dort vielleicht Freunde.«

Kurzes Schweigen trat ein.

»Ich werde sehen, was ich machen kann«, versprach Abu Bakir schließlich.

Owen kehrte noch einmal zu den verpackten Funden zurück. Der Raum war nicht mehr leer. Zwei weitere Personen betrachteten die Teile des Reliefs. Es waren Francesca, die Italienerin aus Alexandria und Tomas, der Kopte.

»Hallo!« rief der Brite. »Ich wusste nicht, dass Sie sich kennen.«

»Hallo«, antwortete Francesca. »Sie kenne ich ja auch. Tomas kenne ich allerdings schon länger.«

Der Kopte lächelte höflich.

»Ich bin froh, dass Sie das Leopardenjunge aufspüren konnten«, bedankte sich Owen bei ihm.

»Das Leopardenjunge?« fragte Francesca verwirrt.

Owen zeigte ihr das Fragment. »Es war abhanden gekommen.«

Francesca zog die Augenbrauen hoch.

»In Heraq. Erinnern Sie sich nicht?«

»Ach ja!« rief sie und begann zu lachen.

»Das war ein Versehen«, meinte Tomas.

»Gewiss war es das«, erwiderte Francesca. »Sonst wäre das Relief beträchtlich weniger wert.«

»Was *ist* das Relief überhaupt wert?« fragte Owen.

»Das lässt sich bei so etwas nie sagen. Aber ich nehme an, dass das Museum schon eine Schätzung vorgenommen hat.«

»Ich glaube, es gibt da noch Schwierigkeiten.«

»Oh! Ich verstehe! Alphonse.«

»Alphonse?«

»Peripoulin.«

»Richtig.«

»Er will den Abtransport verhindern?«

»Können Sie es ihm verdenken?«

Die junge Frau zuckte die Schultern. »Ich habe schon so oft zugesehen, wenn schöne Dinge Ägypten verlassen haben.«

»Ich hätte gedacht, dass das Land Punt etwas Besonderes ist. Einzigartig. Unschätzbar.«

»Unschätzbar nicht gerade«, verbesserte ihn die junge Frau. »Und wie es zur Zeit aussieht, lässt sich nicht mal viel damit verdienen. Wenn, dann ist es höchstens für Museen von Interesse. Was wirklich Geld einbringt, das sind die kleineren Gegenstände, Sachen, die in eine private Sammlung passen könnten.«

»So etwas wie die Kuh der Hathor?«

»Die ist hier Gott sei Dank in Sicherheit. Aber ja, so etwas wie die Kuh der Hathor.«

»Mir persönlich gefällt das Land Punt sehr gut. Hoffentlich setzt sich Peripoulin durch.«

Tomas, der die ganze Zeit schweigend danebengestanden hatte, begann mit den Füßen zu scharren.

Die junge Frau reagierte prompt. »Ach ja, wir müssen weitermachen. Nur können wir im Moment nicht viel ausrichten, solange das mit dem Relief nicht geregelt ist.«

»Sie könnten doch die anderen Gegenstände mitnehmen«, schlug Tomas vor.

»Das wäre allerdings möglich. Und das Relief später holen. Dann komme ich nächste Woche noch mal.«

»Warum transportieren Sie die Sachen selbst ab?« wollte Owen wissen.

»Was meinen Sie damit?«

»Warum Sie und nicht Tomas?«

»Tomas ist nur ein Lieferant. Was heißt ›nur‹? Er ist mehr. Solche Transporte erfordern enormes Geschick. Aber sobald diese Dinge im Museum ankommen, ist sein Auftrag beendet. Von da an nehme ich alles in die Hand.«

»Das sind zwei verschiedene Bereiche«, bestätigte Tomas. »Der erste umfasst das Verladen und den Transport, der andere die Formalien.«

»Dafür bin ich zuständig«, ergänzte die junge Frau. »Als Italienerin kenne ich mich zur Genüge mit Formblättern aus. Und mit der Bürokratie.«

Wie auf Kommando drückte ihr Tomas ein Bündel Dokumente in die Hand. »Es ist alles da«, sagte er und sah zu den Kisten hinüber. »Jetzt«, fügte er mit einem verstohlenen Blick auf Owen hinzu.

»Sehr gut. Dann lasse ich es wegschaffen.«

Sie schritt energisch hinaus. Tomas verabschiedete sich höflich mit einem Händedruck.

»Was steht jetzt an?« erkundigte sich der Brite. »Noch mal Deir el Bahari?«

»Die nächste Lieferung, ja.«

Begleitet von einem ganzen Schwarm von Trägern kam Francesca zurück. »Die hier und die dort«, bestimmte sie. »Und nebenan habe ich auch noch ein paar Sachen. Von anderen Kunden.«

»Alles ins Depot?«

»Ins Depot. Wir haben eine kleine Lagerhalle in Alexandria«, erklärte sie Owen. »Dort sortieren wir die Sachen, bevor wir sie zum Zoll bringen.«

»Das auch?« fragte der Führer der Träger und deutete auf eine mit Goldfarbe übermalte größere Kiste, die den Eingang fast versperrte.

»Um Himmels willen, ja! Aber seid vorsichtig damit! Das ist besonders hübsch. Dass ihr es nicht mit den anderen verwechselt!«

Der Mann trug die Kiste hinaus, und im Handumdrehen wurden Kisten abtransportiert. Lediglich das wie ein Puzzle auf dem Boden zusammengefügte Relief blieb zurück.

Noch einmal ging Francesca zu Owen hinüber, um sich zu verabschieden. »Passen Sie gut darauf auf«, sagte sie lächelnd.

»Fahren Sie nach Alexandria zurück?«

»Morgen nachmittag. Heute abend gönne ich mir was Schönes: die *Cavalleria.* Sie haben nicht zufällig …?«

»Ich bin dort schon mit jemandem verabredet. Vielleicht treffen wir uns in der Pause.«

Das Telefon in Peripoulins Büro schrillte über den Flur. Bald darauf trat der Franzose langsam durch die Tür. Parker folgte ihm.

»Zufrieden?« fragte er Peripoulin triumphierend.

»Nein!« bellte Peripoulin. »Nicht zufrieden.«

Er stellte sich vor das Relief, um es eingehend zu betrachten.

»Nun?«

Peripoulin ignorierte Parker und wandte sich stattdessen an Owen. »Man hat mich gebeten, das hier zu schätzen. Das tue ich hiermit: Eine Million britische Pfund.«

Zeinab war an diesem Abend in der Oper ohne ersichtlichen Grund völlig geistesabewesend – und das noch, bevor sie Francesca kennenlernte.

Das Opernhaus war von Khedive Ismail als Teil einer groß angelegten Stadterneuerung im Hinblick auf die pompöse Eröffnung des Suezkanals erbaut worden. In seinem Inneren war alles dunkelrot, cremefarben und golden gestaltet. Die Logen, die in der Regel Harems vorbehalten waren und die man zum Schutz der Damen vor zudringlichen Blicken durch Paravents abgeschirmt hatte, waren allesamt mit rotem Brokat verkleidet. Und eine davon stand dem Mamur Zapt als persönliche Vergünstigung zu.

Als Owen bei seinem Dienstantritt erfahren hatte, dass er in den Genuss dieses Privilegs kommen sollte, hatte ihn das überrascht und gerührt. Was für eine phantasiereiche und noble Art, Wertschätzung für dieses Amt zu zeigen, hatte er gedacht.

Und sich dabei natürlich gründlich getäuscht. Khedive Ismail war einfach fest entschlossen gewesen, sein Unternehmen mit Erfolg zu krönen. Um das zu erreichen hatte er mit allen Mitteln dafür gesorgt, dass die Elite auch regelmäßig in die Oper ging. So bekam jeder seiner Minister eine Loge zugewiesen und gnade ihm

Gott, wenn er einmal fehlte! Der Mamur Zapt, der Kommandant der Geheimpolizei des Khedive, hatte persönlich anwesend zu sein, um sicherzustellen, dass sich alle einfanden.

Inzwischen war das kulturelle Niveau allerdings gesunken, zumal seit dem Einzug der Briten, und das in einem solchen Maße, dass diese Aufgabe nicht mehr zu Owens Obliegenheiten gehörte. Am Ende wäre die Loge des Mamur Zapt womöglich völlig verwaist, hätte Owen nicht Zeinab kennengelernt und irgendwann gemerkt, dass dieses Privileg praktisch den einzigen Aspekt seines Amtes darstellte, den sie ernst nahm.

Seitdem gingen sie eifrig in die Oper und mit der Zeit war Owen zu der Überzeugung gelangt, dass die Waliser, Araber und Italiener bedeutsame Dinge gemeinsam hatten – hervorhebenswert darunter insbesondere eine Vorliebe für Seelendramen, die gefühlskältere Völker, die Engländer beispielsweise, seicht nennen würden.

Normalerweise verfiel Zeinab schon beim Betreten des Opernhauses seinem Zauber. An diesem Abend schien sie sich der Musik jedoch nur zögerlich, um nicht zu sagen widerwillig hinzugeben.

»Fehlt dir was?« fragte Owen besorgt.

Sollte sie sich trotz allem wohl gefühlt haben, änderte sich das spätestens, als sie in der Pause hinuntergingen und Owen überschwenglich diese hochgewachsene, schöne und elegante junge Europäerin begrüßte.

»Wir haben uns in Alexandria kennengelernt«, erklärte Owen.

»Oh …«, murmelte Zeinab.

»Es war wirklich schön, Sie gestern wiederzusehen«, sagte Francesca.

Zeinabs Augenbrauen wanderten nach oben. »Gestern?«

»Im Museum.«

»Dann haben Sie sich also auch in Kairo getroffen.«

»Meine Arbeit erfordert das«, klärte Francesca sie auf.

»Arbeit?« fragte Zeinab.

Wenn das nicht merkwürdig, ja, verdächtig war! Frauen arbeiteten doch nicht. Es sei denn, sie waren Bäuerinnen. Und diese junge Dame war eindeutig keine Bäuerin.

»Ich handle mit Altertümern.«

»Auf diese Weise haben wir uns kennengelernt«, schaltete sich Owen ein.

»Ach ja? Seit wann interessierst du dich denn für Altertümer?«

»Seit mir diese Sache mit den Exportlizenzen aufgehalst wurde.«

Diesmal wanderten Francescas Augenbrauen nach oben. »Davon haben Sie mir ja noch gar nichts gesagt!«

»Es gibt vieles, wovon er anderen nichts sagt«, bemerkte Zeinab.

Beide Frauen verhielten sich merklich kühl und nicht nur im Umgang miteinander. In einem Versuch, die Situation zu retten, sprach Owen Francesca auf die Oper an, die sie beide in Alexandria gesehen hatten. Was bewirkte, dass Zeinab noch abweisender reagierte und Owen wiederum veranlasste, sie darüber ins Bild zu setzen, wie es zu ihrer Begegnung dort gekommen war.

»Ach, übrigens«, sagte Francesca, »haben Sie wegen dieser italienischen Statue schon eine Entscheidung getroffen?«

»Noch nicht.«

»Der Mann, den wir damit beauftragen würden, hat hier in Kairo ein Atelier. Wäre es eine Entscheidungshilfe, wenn Sie seine sonstigen Sachen sehen könnten?«

»Das ist eigentlich gar nicht so sehr das Problem …« begann Owen, als Zeinab ihm jäh das Wort abschnitt.

»Ich bin gegen Statuen.«

»Aber das ist doch etwas Großartiges!« rief Francesca.

»In Ägypten nicht, auf gar keinen Fall!« konterte Zeinab.

Francesca zuckte die Schultern. »Aber Ägypten öffnet sich jetzt mehr und mehr. Die Oper selbst …«

»Ägypten gehört den Ägyptern!« verkündete Zeinab und rauschte zur Treppe.

Francesca legte Owen die Hand auf den Arm. »Bitte kommen Sie und sehen Sie es sich an. Sie wissen nicht, wie sehr Vittorio sich freuen würde. Das Studio ist in der Sharia el Nazdafni. Um zehn Uhr vor der Moschee?«

Zeinab schwieg den ganzen Rest des Abends – und unter der Oberfläche brodelte es.

»Dante!« rief Vittorio am nächsten Morgen. »Ah, Dante! Das wäre keine Arbeit, das wäre eine Huldigung.«

Sein Atelier befand sich in der Mansarde eines dem Verfall preisgegebenen alten Hauses und ging wie bei vielen Gebäuden dieser Art auf eine Dachterrasse hinaus. Der Boden war übersät mit Kalksteinblöcken. Hinter einem von blühenden Bohnen überwachsenen Spalier ragten die Spitzen zweier verschieden großer Engelsflügel empor.

»Ein Großteil meiner Arbeiten hat mit Begräbnissen zu tun«, bestätigte Vittorio düster, als er Owens Blick bemerkte. »Ansonsten bekomme ich nicht viele Aufträge. Ohne Francesca …«

»Wirklich eine Schande«, seufzte seine Landsmännin. »Seine Arbeiten sind nämlich wirklich gut. Wollen Sie sie sehen?«

Sie führte Owen in den hinteren Teil des Raumes und zeigte ihm mehrere halbfertige Statuen, die ihn vage an den Affengott im Zollamt von Alexandria erinnerten.

»Herrlich!« schwärmte sie und strich bewundernd mit der Hand über Kopf und Schultern einer Katze, die aus einem weiter unten noch unbearbeiteten Steinblock emporragten.

»Und was halten Sie davon?«

Owen bestaunte eine wunderbare Skulptur der Geiergöttin Mut mit feingefiederten ausgebreiteten Flügeln und mächtigen Klauen, die sich um die Federbusche Ober- und Unterägyptens krallten. Allein schon dieses Detail war bewundernswert.

»Ich halte mir zugute, dass man keinen Unterschied zum Original ausmachen kann«, merkte Vittorio stolz an.

»Der Dante wäre allerdings ein Original«, ergänzte Francesca.

»Richtig«, bestätigte Vittorio. »Ich habe mir schon ein bisschen was dazu überlegt. Nur vorläufig und auf gut Glück, verstehen Sie. Lassen Sie mich Ihnen einige meiner Skizzen zeigen.«

»Sehr schön«, lobte Owen nach ausgiebigem Studium und reichte die Blätter wieder zurück. »Ich bin natürlich kein Experte, aber sogar ich kann sehen …«

»Genehmigen Sie die Aufstellung!« beschwor ihn Francesca voller Leidenschaft. »Noch in vielen Jahren werden die Menschen sagen: Das gehört zu den Schätzen Alexandrias.«

»Die Schätze von Ägypten«, sagte Owen an Vittorio gewandt, »stammen nicht alle aus der Vergangenheit, wie ich sehe.«

Der Italiener verneigte sich. »Ich verstehe nur nicht, was die Leute dagegen haben«, beklagte er sich. »Ein Künstler schafft seine Werke aus Ehrfurcht. Wie kann etwas, das aus persönlicher Ehrfurcht hervorgegangen ist, als Beleidigung oder Blasphemie verstanden werden?«

»Verschiedene Menschen sehen die Dinge mit verschiedenen Augen«, meinte Owen diplomatisch.

Seine Gedanken schweiften ab. Wie sollte er nur Zeinab diesen Besuch erklären?

Als Owen zu Fuß zu seinem Büro zurückging, lief ihm einer seiner alten Freunde über den Weg, den er zuletzt vor dem Hotel Continental Uschebtifiguren hatte feilbieten sehen.

»Du bist noch hier?« fragte Owen überrascht.

Die letzten Touristen waren abgereist. Über der Stadt brütete die Sommerhitze und die Saison war vorbei. Vor den großen Hotels standen jetzt weniger Bedienstete. Viele waren bereits für ihren jährlichen Besuch mit Geschenken für Frau und Kinder nach Oberägypten zuückgekehrt. Die Basare waren fast leer.

»Ich fahre nächste Woche nach Hause«, sagte der Freund.

»Hast du alles verkauft?«

Der Mann schnitt eine Grimasse. »Einen Teil davon. Ich hätte früher kommen sollen, vor den anderen. Aber ich bin zu lange auf den Booten geblieben.«

Das sagten sie jedes Jahr. In Wahrheit blieben sie immer zusammen und wenn sie loszogen, dann alle auf einmal, wie ein Schwarm Sperlinge. Sie kamen zusammen und brachen zusammen auf.

Owen stutzte. Das war nun wirklich merkwürdig. Der Schwarm war doch schon nach Süden weitergezogen, um Kraft zu schöpfen und die Vorräte für die nächste Saison zu ergänzen.

»Bist du nicht ein bisschen spät dran?«

»Ich hatte noch einiges zu tun.«

»Eine Hochzeit vielleicht?«

Manche Händler waren wie Seeleute: in jedem Hafen eine Braut.

Der Mann lachte. »Nein, nein, diesmal nicht. Es gibt da ein paar Dinge, die ich für den Pascha erledigen muss.«

»Oh!« rief Owen. »Du kommst voran, hm?«

»Das würde ich nicht unbedingt sagen.«

»Hat der Pascha denn nicht genug eigene Leute?«

»Für das meiste. Für bestimmte Dinge verwendet er aber lieber Leute aus Deir el Bahari.«

»Und worum handelt es sich dabei?«

»Ach, was für Spezialisten.«

Owen hätte brennend interessiert, was das war, aber er wusste, dass er nicht drängen durfte.

»Ich war letzte Woche in Deir el Bahari«, sagte er. »Hätte ich geahnt, dass ich dich treffen würde, hätte ich mich nach deiner Familie erkundigt.«

Der Mann verneigte sich. »Die Zeit der Trennung ist sehr lang.«

»Warst du nicht versucht, dich auch an den Ausgrabungen zu beteiligen?«

»Nein. Das ist nichts für mich. Ist ja fast das gleiche wie die Arbeit auf den Feldern.«

»Aber recht lukrativ.«

Der Mann zuckte die Schultern. »Man muss sich ganz schön schinden. Außerdem möchte ich nicht für den Amerikaner arbeiten.«

»Wegen der Unfälle?«

»Unfälle? O nein. Die sind ja Fremden zugestoßen.«

»Es liegt also nicht an den Gefahren bei der Arbeit?«

»Nein!« schnaubte der Mann verächtlich. »Damit hat es nicht das Geringste zu tun.«

»Womit dann?«

»Sie haben ihr Schicksal doch herausgefordert, oder etwa nicht?«

»Wirklich?«

Owen versuchte nachzubohren, doch plötzlich war der Mann verschlossen wie eine Muschel. Nach einer Weile brachen sie beide in Lachen aus.

»Ihr aus Deir el Bahari haltet alle zusammen, was?« gab sich Owen geschlagen.

»Das müssen wir ja auch.«

Owen wertete das als Anspielung auf den illegalen Handel, den die Dorfbewohner betrieben. »Na ja«, sagte er, »nach allem, was ich gesehen habe, ist euch noch genügend übriggeblieben.«

Er erzählte dem Mann von den Mumien.

»O ja!« rief sein Freund. »Davon gibt es Hunderte. Aber es sind die kleineren Gegenstände, an die man heutzutage kaum noch herankommt: Lampen, Krüge, Uschebtifiguren und hin und wieder mal eine Halskette. Das alles ist schon seit langem verschwunden.«

»Und wenn es etwas Großes gibt, kommen euch wohl die Archäologen zuvor.«

»Ach, das würde ich nicht sagen. Wir kennen uns gut aus. Diese Archäologen hingegen graben nur blind drauf los. In meinen Augen ergibt das nicht viel Sinn. Sie gehen nicht richtig zu Werke.«

»Falscher Ansatz?« murmelte Owen.

»Das habe ich nicht gesagt. Ich weiß nur, dass ich es nicht so anstellen würde wie sie. Aber das ist gar nicht das Problem. Für uns jedenfalls nicht. Mit dem Finden hätten wir kein Problem, aber mit dem Verkaufen. Wenn du irgendwem verrätst, dass du auf was Großes gestoßen bist, kommt sofort die Regierung daher und nimmt es dir weg. Oder der Pascha, wenn du dich nicht vorsiehst. Wie auch immer, für uns springt nichts dabei heraus.«

»So ein Leben ist schwer«, bemerkte Owen.

»Und ob es das ist. Und ungerecht. All die Jahrhunderte konnten wir zufrieden für uns leben, aber plötzlich kommt so eine neue Regierung und macht uns alles kaputt. Eine Ungerechtigkeit ist das, nichts anderes! Die Regierung sitzt entweder auf deinen Schultern, oder sie greift dir gleich in die Taschen.«

»Ich kann verstehen, dass ihr Probleme habt.«

»Wieviel mühsamer alles geworden ist!« seufzte der Mann aus Deir el Baharai.

»Nein«, sagte Zeinab.

Diesmal war es ernst. Normalerweise verzichtete Owen als der verwegene Teufelskerl, der er war, auf die Siesta und arbeitete durch. Heute herrschte aber eine solche Hitze, dass er das nicht konnte. Selbst im Haus war es heiß wie in einem Backofen. Die Luft, die der Ventilator ihm ins Gesicht blies, fühlte sich an wie aus einem Heißgebläse. So war Owen in der Mittagspause zu Zeinab gegangen, doch sie wies ihn energisch ab.

»Bin ich etwa dein Harem?« fuhr sie ihn an. »Ein Einzelharem von mir aus – ihr Engländer seid ja in allem eigen –, aber immer noch ein Harem. Warum gehst du nicht zu deiner Francesca?«

»Ich habe nichts mit ihr, nur mit dir.«

»Dessen bin ich mir nicht so sicher. Und selbst wenn das stimmt, dann nicht mehr lange.«

»Was soll denn das heißen?«

»Das Wort wird V-O-R-B-E-I buchstabiert.«

»Unsinn!« rief Owen und versuchte den Arm um sie zu legen, den sie prompt abschüttelte. »Du siehst das im falschen Verhältnis.«

»Was für ein Verhältnis schwebt dir denn vor?« fragte Zeinab. »Halbe halbe? Oder siebzig Prozent für Francesca und dreißig für mich?«

»Mein Gott!«

Diesmal gelang es ihm, den Arm um sie zu legen. Plötzlich füllten sich Zeinabs Augen mit Tränen. »Es hat keinen Sinn«, schniefte sie. »Mein Vater war da.«

Owen stutzte. »Was hat er damit zu tun?«

»Er sagt, es sei an der Zeit, dass ich heirate.«

»Heiraten?« Owen prallte zurück. »Um so was hat er sich doch noch nie gekümmert!«

»Darum geht es ihm ja auch gar nicht. Er meint … na ja, es könnte uns vielleicht Nutzen bringen.«

Jetzt fiel der Groschen.

»Marbrouk?«

Zeinab nickte.

»Sie sind auf einmal dicke Freunde. Und er möchte die Allianz festigen.«

»Mit dir als Zement? Unmöglich!«

»So etwas ist bei hochstehenden Familien völlig normal. Und Marbrouk gehört einer bedeutenden Familie an. Er ist ein Cousin des Khedive. Wenn er ungefähr sechzig Verwandte ermordet, was ihm natürlich jederzeit zuzutrauen ist, bin ich unversehens die Frau des Khedive.«

»Kreuzdonnerwetter!«

»Eine der Frauen des Khedive«, fügte Zeinab befriedigt hinzu. »Was zugegebenermaßen ein Nachteil ist.«

Owen hatte das Bild deutlich vor Augen. Dieser hinterlistige Intrigant von Nuri würde gewiß nicht davor zurückschrecken, seine Tochter als Bauer in einem politischen Ränkespiel einzusetzen, das er insgeheim ausgeheckt hatte. Marbrouk und Nuri! O Gott, die zwei planten womöglich die Übernahme der Regierung!

»Das lassen wir nicht zu!« donnerte er.

»Mir ist nicht klar, was das mit dir zu tun haben könnte«, entgegnete Zeinab, vielleicht eine Spur zu selbstgefällig.

»Es hat sehr viel mit mir zu tun«, knurrte Owen. »Immerhin liebe ich dich.«

»Und Francesca?«

»Mit der ist nichts.«

»Oje«, seufzte Zeinab. »Ich dachte, sie könnte dich trösten, wenn ich weg bin.«

»Du bleibst bei mir.«

Zeinab, die diese Situation sichtlich genoss, zog die Beine an. »Er wäre eine schrecklich gute Partie«, sagte sie verträumt. »Schließlich ist er Millionär. Dazu fehlt es bei dir noch weit. Neunhundertneunundneunzigtausend Pfund, um genau zu sein. Natürlich ist er älter als du. Andererseits hat er einen hohen Rang in der Gesellschaft und als seine Frau könnte ich an seiner Seite auftreten …«

»In Ägypten aber auf keinen Fall!«

»Stimmt. Aber zur Zeit ist meine Situation auch nicht gerade ein Grund, stolz zu sein.«

»Im Leben gibt es mehr als Situationen«, entgegnete Owen steif.

»Richtig.« Plötzlich wurde Zeinab wieder ernst. »Darüber habe ich auch nachgedacht. Ist dir je in den Sinn gekommen, dass ich mir vom Leben mehr erwarten könnte als die Geliebte eines rangniedrigen Captain der britischen Armee zu sein? Zum Beispiel heiraten und Kinder kriegen.«

»Ich dachte, du wärst glücklich.«

»Das war ich auch. Aber jetzt bin ich mir dessen nicht mehr so sicher.«

Nach der Vertreibung aus Zeinabs Armen kehrte Owen in sein Büro zurück. Er hatte das Bedürfnis, alles noch einmal zu überdenken und dazu brauchte er unbedingt Ruhe. Nun, das gewaltige Gebäude war fast völlig leer. Die Boten schliefen im schattigen Hof, die Schreiber bei sich zu Hause. Selbst Nikos, Owens Bürodiener und persönlicher Sekretär, hatte sich für den Nachmittag freigenommen.

Nur ein Telefon schrillte hartnäckig. Owen nahm ab. Es war Abu Bakir.

»Captain Owen? Können wir uns treffen? Ich möchte Ihnen zwei Freunde vorstellen.«

»Wie wäre es mit heute abend?«

»Besser jetzt gleich. Wir sitzen in einem Café. Wenn Sie zum Bab-es-Zuweyla kommen, warte ich dort auf Sie.«

Als Owen beim Alten Tor mit seinen hohen Minaretten und den Darstellungen der in Stein gehauenen Waffen des Riesen Afrit eintraf, nahm ihn Abu Bakir in Empfang, um ihn in eine Seitengasse zu führen, an deren Ende sich ein winziges Café befand. Dort saßen an einem sehr niedrigen Tisch zwei Männer.

»Das ist Hafiz«, stellte Abu Bakir vor. »Ich werde Ihnen nicht verraten, wo er arbeitet, aber er wird Ihnen Ihre Frage nach den Personen beantworten, die sich heute morgen an die Altertümerverwaltung gewandt haben.«

»Danke, Hafiz«, sagte Owen. »Aber können Sie mir zuerst den Namen dessen nennen, den Parker im Museum angerufen hat?«

»Ab el Ta'arquat«, antwortete der Mann wie aus der Pistole geschossen.

»Wer ist das?«

»Der Unteraufseher.«

»Und ihn hat vermutlich jemand anderes angerufen?«

»Ja.«

»Wer?«

Hafiz warf Abu Bakir einen flüchtigen Blick zu. Dieser nickte.

»Ein Pascha.«

»Marbrouk?«

Hafiz starrte Owen überrascht an. »Nein, nicht Marbrouk.«

»Wer dann?«

»Sidki Narwas Pascha.« Hafiz zögerte. »Und danach hat noch jemand angerufen.«

»Wer?«

»Raquat Pascha.«

Wo nur hatte er diese Namen vorher schon gehört? »Paschas«, knurrte er.

»Ich habe es Ihnen doch gesagt«, bestätigte Abu Bakir. Er wandte sich dem anderen Mann zu. »Das ist Naguib.«

Der zweite gab Owen mit einer Verbeugung die Hand. Trotz der Hitze trug er wie Hafiz einen dunklen Anzug und einen Tarbusch mit Quaste, der ihn als Effendi auszeichnete. Beide waren vermutlich Beamte und, wie Owen aufgrund ihrer Beziehungen zu Abu Bakir annahm, auch Nationalisten.

»Sie haben noch eine andere Frage gestellt«, sagte Abu Bakir.

»Habe ich das?«

»Zuvor. Sie wollten wissen, wer sich im Justizministerium über Mr. el Zakis Führung der Ermittlungen beschwert hat. Naguib wird es Ihnen sagen.«

»Nur die Namen«, forderte der Angesprochene.

Owen nickte. »Ist mir recht.«

»Sidki Narwas Pascha.«

»Und Raquat Pascha?«

Naguib schüttelte den Kopf.

»Marbrouk«, sagte er.

Owen kehrte in sein Büro zurück, wo er den Rest des Nachmittages verbrachte. Als es vier Uhr schlug und er immer noch nichts von Miss Skinner gehört hatte, ging er in ihr Hotel. Dort fand er auf dem Sekretär einen versiegelten Umschlag. Er öffnete ihn und zog einen Brief heraus.

Lieber Freund,

im Falle eines Unglücks (sie häufen sich ja in letzter Zeit) sollen Sie wissen, dass ich (überrascht sie das etwa? Wirklich?) nach Heraq gefahren bin.

11

Diesmal nahm Owen ein Polizeiboot. Das war zwar nicht so malerisch wie eine *Felucca*, aber schneller. Außerdem hatte er drei Polizeibeamte sowie zwei Fährtenleser und einen dicken Griechen dabei. Der Grieche, dessen Name Georgiades lautete, war diese Art von Einsätzen gewohnt.

Er war es jedoch nicht gewohnt, Kairo zu verlassen. Als nun die steilen Ufer abflachten und den Blick auf die Felder und Plantagen freigaben, schaute er sich um, als sähe er all dies zum erstenmal: die kleinen Jungen auf den Ochsen, die die Wasserräder in Gang hielten, die bis zu den Schienbeinen im Schlamm stehenden Männern, die das Wasser mit viel Geschick über die Felder leiteten, die Frauen, die Töpfe auf dem Kopf balancierten und dabei würdevoll wie Statuen wirkten. Er konnte sich einfach nicht satt sehen, insbesondere nicht an den Frauen.

Gleichzeitig hörte er jedoch aufmerksam zu und als Owen verstummte, sagte er bestimmt: »Wir fangen im Haus an.«

Als sie indes vor Marbrouks Haus standen, mussten sie feststellen, dass es verrammelt und verriegelt war. Das stellte allerdings weder für Georgiades noch für Owen ein Problem dar. Letzterer hatte als Mamur Zapt das Recht, jedes Gebäude in Kairo auch ohne Durchsuchungsbefehl zu betreten, und er nahm an, dass dieses Landgut mit etwas gutem Willen auch noch Kairo zugerechnet werden konnte.

Georgiades stemmte eine Tür auf und sie drangen ein. Drinnen herrschten Kühle und Dunkelheit. Und Prunk. Die Böden waren mit Kacheln gefliest und an den Wänden hingen prächtige Teppiche. Ansonsten gab es kaum Möbel, lediglich einige niedrige Tische und Diwane. Allerdings war jedes Zimmer mit einer Vielzahl von Nischen versehen, die zusammen eine erstaunlich reiche Kunstsammlung beherbergten. Anders als man es von einem Araber erwartet hätte – die Mehrheit der modernen reichen Araber verachtete alles, was aus der nicht-arabischen Vergangenheit stammte –, waren die meisten Kunstwerke pharaonischen Ursprungs. Man kam sich vor wie bei einem Gang durchs Museum.

Georgiades zeigte wenig Interesse an den Meisterwerken, dafür umso mehr an den Kellern und abgeschlossenen Räumen. Er brach gerade mit unbekümmerter Selbstverständlichkeit eine Tür auf, als plötzlich mehrere Männer auf ihn zustürmten.

»Was tust du da?« schrien sie.

»Ich suche eine Frau«, antwortete Georgiades. »Vielleicht könnt ihr mir helfen, sie zu finden?«

Die Männer erstarrten.

»Führt sie ab«, befahl der Grieche den Beamten. »Bringt sie in den Hof.«

Als Owen wenig später hinausging, herrschte dort schon ein ziemlicher Andrang.

»Das hier ist Eigentum des Pascha Marbrouk!« schrie jemand. »Das werden Sie büßen.«

»Und das ist der Mamur Zapt«, konterte einer der Polizisten. »Ich selbst bin Ibrahim. Und wenn du noch mal ungefragt den Mund aufreißt, wirst *du* dafür büßen.«

Die Fährtenleser kamen in den Hof, um sich hier den Boden anzusehen.

»Habt ihr was gefunden?« fragte Owen.

»O ja. Sie war zweimal hier. Der erste Mal vor wenigen Tagen – aber das wissen Sie ja bereits, weil Sie die Frau begleiteten, wie wir gesehen haben –, und dann noch einmal heute. Sie ist ins Haus hineingegangen.«

»Kam sie mit jemand anderem?«

»Nein.«

Die zwei Fährtenleser liefen die Außenwand entlang, jeder in eine andere Richtung. Wenig später rief einer Owen zu sich.

»Das Haus war abgeschlossen«, erklärte er. »Aber, sehen Sie, hier ist sie eingebrochen.«

»War es bei ihrer Ankunft abgeschlossen?«

»Ich nehme an, dass die Diener sich im hinteren Teil aufhielten.«

Die Fährtenleser warfen einen Blick ins Haus, traten aber nicht ein. Im Freien hatten sie unglaubliche Fähigkeiten. Sie konnten einen Mann und ein Kamel über fünfhundert Meilen durch die Wüste verfolgen und mitten auf einem überfüllten Marktplatz identifizieren. In Gebäuden, in denen es ja keinen Sand gab, fanden sie sich jedoch nicht zurecht.

»Und Marbrouk? Könnt ihr seine Fußspuren erkennen?«

»Er ist am selben Tag, an dem Sie hier waren, weggefahren.«

»Und nicht zurückgekommen?«

Sie schüttelten heftig die Köpfe.

Owen kehrte zu Georgiades zurück. Sie berieten sich

in einem Zimmer, als jemand an den Fensterladen klopfte.

»Effendi!« Es war einer der Fährtenleser.

Owen schlug den Laden zurück und lehnte sich hinaus.

»Männer sind gekommen. Sie haben die Frau gepackt und fortgezerrt.«

Sofort ging Owen ins Freie.

Die Fährtenleser standen vor einer kleinen Hintertür für die Dienstboten, die mit einem massiven Schloss gesichert war. Sie deuteten auf den Boden unter ihren Füßen. Owen sah nichts als eine verwirrende Vielzahl von Fußspuren.

»Man kann erkennen, dass sie etwas trugen, als sie herauskamen. Schwer war es nicht, aber ...« Der Mann hielt inne.

»Wie eine Ziege«, half der andere.

»Genau. Es hat gezappelt.«

Dafür war Owen ihnen jedenfalls dankbar. Er bat sie, ihm in den Hof zu folgen.

»Sind unter diesen Männern die Kerle, die sie verschleppt haben?«

Die Fährtenleser gingen bedächtig umher und besahen sich die Füße der Männer.

»Nein«, verkündeten sie schließlich.

»Es war ein anderer Menschenschlag«, ergänzte einer.

»Aus der Stadt?«

»O nein!«

»Banditen?«

»Nein.«

»Was für Menschen dann?«

Die zwei beratschlagten.

»Sie kamen vom Land«, erklärten sie dann, »aber sie sind keine Bauern. Im Augenblick jedenfalls nicht.«

»Sie arbeiten nicht mehr auf dem Land?«

»Das ist richtig.«

Die Fährtenleser kehrten zu den vielen Spuren zurück und schlugen dann mit gesenktem Kopf den Weg zu den Orangenbäumen ein.

Georgiades ging zu den Bediensteten hinüber.

»Diese Männer, von denen meine Freunde gesprochen haben, sind sie durch die kleine Tür reingekommen?«

Die Diener glotzten ihn verständnislos an. »Sie war verschlossen. Aber ihr habt doch sicher einen Schlüssel.«

»Wir wissen nichts davon.«

»Ihr benutzt diese Tür doch. Ihr habt den Schlüssel.«

»Es könnte mehr als einen Schlüssel geben«, wandte einer ein.

»Bei ihrer Rückkehr werden meine Freunde in der Lage sein, mir zu sagen, wo der Schlüssel geholt wurde. Ihr könnt ihnen, mir und dem Mamur Zapt viel Zeit ersparen, wenn ihr mir jetzt sagt, wo ich diese Männer – und die Frau – finde.«

»Und noch mehr Zeit«, fügte er hinzu, als niemand Anstalten machte, eine Antwort zu geben, »könnt ihr euch selbst ersparen: die Zeit nämlich, die ihr im Gefängnis verbringt, wenn ihr dem Mamur Zapt nicht helft.«

Die Bediensteten sahen einander mit betretenen Mienen an, blieben aber weiter stumm. Sie standen nun mal in den Diensten des Pascha. Handelten sie gegen seine Interessen, drohte ihnen womöglich schlimmeres Ungemach als nur eine Gefängnisstrafe.

Owen wollte den Fährtenlesern folgen, als er ein Geräusch hörte, mit dem er hier nicht gerechnet hatte. Es schwoll an und dann brauste ein chromglänzendes Automobil über den Vorhof. Gelenkt wurde es von einem Chauffeur und im Fond saß Zeinabs Vater, Nuri Pascha.

»*Mon cher!*« rief Nuri, etwas aus der Fassung gebracht, erholte sich aber schnell. »Was für eine Überraschung! Was für eine nette Überraschung!«

»Das ist es in der Tat, *cher Pascha!* Aber sagen Sie, mein lieber Freund, was führt Sie an diesen abgelegenen Ort und noch dazu an einem derart heißen Tag?«

»Die Liebe«, antwortete Nuri mit fester Stimme.

»Liebe?«

»Wundert Sie das? Mein Freund, ich hätte gedacht, das hätte jeder bemerkt.«

»Zu Miss Skinner?«

»Wem sonst?«

Owen wäre eine ganze Reihe anderer Frauen eingefallen. Doch … »Zu Miss Skinner, natürlich! Aber sagen Sie, Pascha, könnten Sie mir in diesem Fall vielleicht verraten, woher Sie wussten, dass sie hier ist?«

Nuris Augen weiteten sich. »Sie hat es mir gesagt.«

»Ihnen gesagt? Wann?«

»Als sie sich meinen Wagen lieh«, antwortete Nuri und hängte sich vertraulich bei Owen ein. »Nun, natürlich war ich nicht allzu erbaut davon, mein Bester. Wie denn auch! Ich kannte Marbrouks Gefühle, na ja, Gefühle ist vielleicht zuviel gesagt – Marbrouk ist ein verwegener Draufgänger; das liegt bei ihm in der Familie; meiner Meinung nach haben sie ein bisschen zu viel vom Blut der Mamelucken in sich … Nennen wir es also lieber seine *Begierden* Miss Skinner gegenüber. Hätte ich sie da allein hinfahren lassen sollen? Das habe ich dann auch Enid zu verstehen gegeben ...«

»Enid?«

»Miss Skinners Vorname. Sie glaubte jedoch, mein Beisein könnte falsch verstanden werden und war zuversichtlich, dass sie etwaige Schwierigkeiten selbst bewältigen könne. Aber als der Wagen dann zurückkam ...«

»Der Wagen kam zurück?«

»Ja. Man Hatte Ali – meinem Chauffeur – gesagt, dass er nicht mehr benötigt würde. Nun, mein Bester, was denkt man sich schon in solchen Fällen? Geht mich nichts an, werden Sie sagen, und haben natürlich recht damit. Aber bedenken Sie nur! Eine zarte Dame, die mit unserer ungestümen Art vielleicht nicht vertraut ist – na ja! Da habe ich meinen Chauffeur eben ausführlich befragt und erfahren, dass er doch tatsächlich nicht von Miss Skinner weggeschickt worden war, sondern von ungehobelten, wilden Gesellen. Nun war ich doch ein wenig besorgt, das gebe ich gern zu – tja, und so bin ich jetzt hier.«

»Das würde sie zweifellos freuen ... Wenn sie denn hier wäre.«

»Sie ist nicht hier?« Nuri hielt inne und deutete auf das Haus.

»Verriegelt und verrammelt.«

Nuris Züge strafften sich. »Wenn das so ist, mein Bester ...« Er zog eine kleine Pistole aus der Tasche. »Ali!«

Der Chauffeur kletterte eilig aus dem Wagen. An seinen Hüften baumelten zwei Pistolen und unter dem Gürtel hatte er einen Dolch stecken. Er beugte sich noch einmal in den Wagen und förderte mit einem Griff unter das Armaturenbrett ein Gewehr zutage.

»Sie rühren sich nicht von der Stelle!« befahl Owen und rannte in der Richtung, die die Fährtenleser eingeschlagen hatten, davon.

Zwischen den Orangenbäumen sah er die Fassade eines kleinen Steingebäudes schimmern; Georgiades hatte dort bereits Stellung bezogen. Owen hatte ihn noch nicht ganz erreicht, als der Grieche einen Felsbrocken aufhob und gegen die Tür schleuderte.

»Noch mal!« befahl eine Stimme von drinnen.

»Miss Skinner!« rief Owen. »Alles in Ordnung?«

Hinter der Tür herrschte einen Moment lang Stille.

»Aber das ist ja der stets zuverlässige Captain Owen! Mir geht's wunderbar, danke. Na ja, vielleicht nicht vollkommen wunderbar ...«

»Gehen Sie zur Seite, meine Liebe«, sagte Nuri. »Ich werde das Schloss mit einem Schuss aufsprengen.«

»Nein!« rief Owen. »Ein Querschläger könnte unabsehbaren Schaden anrichten.« Er wandte sich an den Polizisten, der mit ihm gekommen war: »Geh zu den Bediensteten zurück und hol den Schlüssel.«

»Ali!« befahl Nuri. »Begleite ihn. Für den Fall, dass sie sich zuviel Zeit lassen. Sie verstehen unsere Denkart nicht, mein Bester«, beschwichtigte er Owen. »Diese Leute werden wohl weiter treu zu Marbrouk stehen wollen und brauchen vielleicht etwas Zuspruch.« Und in Richtung Tür sagte er: »Geht es Ihnen auch gut, meine Liebe?«

Miss Skinner lachte. »Mir geht es nicht nur gut, sondern ich fühle mich auch außerordentlich geschmeichelt.«

Owen schaute sich um. »Wo sind die Fährtenleser?« fragte er Georgiades.

»Ein Mann stand vor dem Haus. Er ist davongerannt. Sie werden ihn bald haben.«

Selbst mit Alis Unterstützung benötigte der Polizist einige Zeit. Die Fährtenleser kehrten vor ihm zurück. In ihrer Mitte schleiften sie einen Mann mit knielangem weißen Hemd und dem Turban der Nomaden. Er kam Owen irgendwie bekannt vor.

»Wer hat den Schlüssel?« fuhr ihn Owen an.

»Abdul Mohammed«, knurrte der Mann finster.

»Wer ist das?«

Ein kleiner Menschenauflauf näherte sich durch den Orangenhain, vorneweg Ali und der Polizist, die einen hochgewachsenen Mann mit weißer Galabeyah vor sich herstießen.

»Das ist Abdul Mohammed«, murmelte der andere Gefangene, der immer noch von den Spurenlesern festgehalten wurde.

Die Prozession hielt an. Ali stieß Abdul Mohammed auf Owen zu.

»Hast du den Schlüssel?«

Widerstrebend zog ihn der Mann aus der Tasche. Owen steckte ihn ins Schloss und sperrte auf.

Zerzaust und staubbedeckt, aber unverletzt erschien Miss Skinner auf der Schwelle.

»Chérie!« rief Nuri freudig.

»Vielen Dank«, sagte Miss Skinner.

»Fehlt ihnen auch nichts?« fragte Owen. »Keine Verletzung oder sonst etwas …?«

»Keine Verletzung«, bestätigte Miss Skinner. »Und auch sonst nichts.«

»Wir gehen ins Haus zurück«, bestimmte Owen. Er deutete auf den Mann zwischen den Fährtenlesern. »Sie sprechen mit ihm«, sagte er zu Georgiades und den Polizisten befahl er: »Halten Sie die Leute draußen fest.«

»Sollen wir Ihnen auch die anderen bringen?« wollten die Fährtenleser wissen.

Owen zögerte einen Moment. »Wie viele sind es denn noch?«

»Vier.«

Owen fuhr zu dem Festgenommenen herum. »Sind sie bewaffnet?«

»Ja, Effendi.«

Nun musterte ihn Owen eingehender. »Aber dich kenne ich doch. Du bist aus Deir el Bahari.«

Der Mann deutete ein Nicken an, blieb aber stumm.

»Wir schnappen sie uns später«, knurrte Owen.

Das Verhältnis wäre zwei gegen vier. Die Fährtenleser hatten Pistolen und verstanden es auch, damit umzugehen, doch die Polizisten, die sonst nur in der Stadt eingesetzt wurden, waren unbewaffnet. Auch Owen selbst führte nie eine Waffe mit sich.

Auf dem Rückweg durch den Orangenhain hörten sie erneut ein Motorengeräusch. Wenig später fuhr ein zweites Automobil vor, und Marbrouk stieg aus.

»Was ist hier los?« donnerte er.

»Das möchten wir von Ihnen hören«, entgegnet Owen.

Er ging voran ins Haus und führte Miss Skinner zu einem Diwan, auf dem sie sich anstandslos niederließ. obwohl sie gefasst wirkte, kam sie ihm doch etwas durcheinander vor.

»Enid ist überfallen worden«, erklärte Nuri.

»Was haben *Sie* denn hier zu suchen?« fragte ihn Marbrouk.

Nuri ließ sich davon nicht beirren. »Sie braucht Wasser, was wohl jeder auf den ersten Blick sieht, wenn er nicht gerade ein Wilder ist.«

»Mir fehlt nichts«, beschwichtigte ihn Miss Skinner.

»Was wird hier gespielt?« Marbrouk sah sich nach seinen Bediensteten um, doch die wurden nach wie vor von den Polizisten im Hof festgehalten. So ging er selbst los, um gleich wieder mit einem Glas Wasser zurückzukommen. »Möchten Sie sich vielleicht … frischmachen?« fragte er Miss Skinner.

»Ja, das werde ich wohl tun, danke.« Die Amerikanerin setzte ihr Glas ab und folgte ihm hinaus.

»Ein Mamelucke!« knurrte Nuri. »Ein Mamelucke durch und durch!«

Marbrouk trat wieder ein. »Könnte mich vielleicht jemand darüber aufklären, was hier geschehen ist?«

»Miss Skinner wurde überfallen«, sagte Owen. »In Ihrem Haus.«

»Aber was wollte sie in meinem Haus?« fragte Marbrouk verblüfft.

»Ah! Eine gute Frage!« rief Nuri.

»Wollen Sie damit sagen, dass Sie nichts von ihrer Anwesenheit wussten?«

»*Sauvage!*« fauchte Nuri.

»Selbstverständlich wusste ich nichts davon. Zuletzt habe ich sie gesehen, als auch Sie hier waren. Ist das wieder einer von Ihren Tricks, Nuri? Wenn das so ist, dann lassen Sie sich eins gesagt sein …«

»Halten Sie den Mund!« rief Owen, um sich im selben Moment zu besinnen, mit wem er sprach. »Pascha«, fuhr er in ruhigerem Ton fort, »ich kann Miss Skinner fragen, ob das stimmt.«

»Tun Sie das!« rief Marbrouk. »Tun Sie das!«

In Nuris Tasche war ein Klicken zu hören.

»Keine Dummheiten!« warnte ihn Owen.

»Zu Dummheiten besteht kein Anlass«, ließ sich Miss Skinner von der Tür her vernehmen. »Es ist so, wie Mr. Marbrouk gesagt hat. Er hatte keine Ahnung, dass ich noch mal zurückkommen wollte.«

»Aber *warum* sind Sie zurückgekommen?« rief Marbrouk.

»Ja, warum?« wiederholte Nuri.

»Und ohne sich bei mir anzukündigen! Meine liebe Miss Skinner, ich hätte Sie gern empfangen! Es wäre doch nicht nötig gewesen ...«

»Was haben Sie gesucht?« fragte Owen.

Marbrouk hielt inne. »Ich glaube, man schuldet mir eine Erklärung«, sagte er schließlich.

Miss Skinner seufzte.

»Ja«, sagte sie dann. »Ich fürchte, dass man Ihnen tatsächlich so etwas schuldet.«

»Ich suchte ein Kalb«, sagte sie an Owen gewandt.

»Ein Kalb?«

»Oder eine Kuh. Wie die Kuh der Hathor.«

»Was ist das?« fragte Nuri.

»Ich habe Grund zu der Annahme – zumindest gab es Gerüchte in den Vereinigten Staaten –, dass man etwas entdeckt hat, das der Kuh der Hathor an Bedeutung fast gleichkommt. Es soll möglicherweise Teil eines großen Ganzen sein, und es wird gemunkelt, dass es nicht nur eine Kuh, sondern außerdem mindestens ein Kalb dazu gibt.«

»Lächerlich!« rief Owen. »Professor Naville ist über jeden Verdacht erhaben!«

»Ja, schon«, murmelte Miss Skinner, »aber – so heißt es – das soll noch vor Naville gewesen sein.«

»Naville war der Entdecker.«

»Sind es immer die Archäologen, die in Ägypten etwas finden?«

»Sie meinen …?«

»Die Bewohner von Deir el Bahari«, sagte Miss Skinner, »fühlen sich einer langen Tradition verpflichtet.«

»Aber warum suchen Sie Ihr Kalb dann nicht in Deir el Bahari?« stöhnte Marbrouk. »Warum dringen Sie – wie eine Diebin – in meinem Haus ein?«

»Weil Sie der Herr über das Dorf sind«, entgegnete die Amerikanerin.

»Gewiss, das Dorf liegt auf meinem Grund und Boden …«

»Ich sagte mir, dass die Dorfbewohner sich an Sie gewandt haben könnten. Es wäre schwierig, einen Markt für ein so einzigartiges Kunstwerk zu finden.«

»Ich glaube, dass Sie mich getäuscht haben, Miss Skinner«, stellte Marbrouk fest.

»Im Interesse der Menschheit!«

»Muss ich annehmen, dass Sie ohne Genehmigung in das Haus eingedrungen sind?« schaltete sich Owen ein.

»Jawohl«, bestätigte Marbrouk, »genau das möchte ich wissen.«

»Ich bin bereit, die Folgen dafür zu tragen«, erklärte Miss Skinner.

»Das werden Sie auch«, knurrte Marbrouk.

»Nur – wenn man mich vor Gericht stellt, dann werde ich mich auch verpflichtet fühlen, alles offenzulegen, was ich über Mr. Marbrouks Sammlung weiß. Und die Art und Weise ihres Zustandekommens.«

»Das beunruhigt mich nicht.«

»Aber Mr. Owen wird es beunruhigen. Und die Regierung. Sowohl die britische als auch die ägyptische.«

»Außerdem bleibt immer noch die Frage der Gewalt offen«, brummte Owen. »Die Gewalt, die Miss Skinner angetan wurde.«

»Meine Bediensteten haben nur mein Anwesen verteidigt.«

»*Waren* es denn Ihre Bediensteten?«

Marbrouk zögerte. »Ich weiß es nicht. Ich weiß von überhaupt nichts. Außer dass in meinem Haus eingebrochen wurde.«

»Ist es wirklich wahr, meine Liebe«, ließ sich Nuri vernehmen, »dass Sie das Kalb gesucht haben?«

Miss Skinner legte für einen Moment die Hand auf die seine. »Leider ja, Mr. Nuri. Und zu den Dingen, die ich zutiefst bedaure, gehört auch, dass ich Sie ohne Ihr Wissen zum Komplizen bei meinem kriminellen Vergehen gemacht habe.«

»Ohne mein Wissen, meine liebe Miss Skinner!« rief Nuri überschwänglich. »Aber keineswegs ohne meine Billigung!«

Sie saßen draußen auf der Veranda. Um den Lichtschein einer Stehlampe schwirrte ein Insektenschwarm. Wenige Schritte hinter der Veranda war es stockdunkel. Das laute Zirpen der Heuschrecken mischte sich mit dem Quaken der Frösche am Fluss. Gelegentlich war aus noch größerer Entfernung das Heulen eines Schakals zu hören.

Die Bediensteten, die Owen nur widerwillig freigelassen hatte, sorgten dafür, dass die Gläser nie leer wurden. Gleichwohl trank Owen nicht viel. Er hatte sich entschlossen, am nächsten Morgen die Verfolgung der anderen Entführer aufzunehmen. Er selbst würde den durch Nuris wehrhaften Chauffeur verstärkten Trupp befehligen. Sie wollten möglichst früh aufbrechen.

»Ihr Amerikaner seid uns gegenüber etwas ungerecht«, beklagte sich Nuri bei Miss Skinner. »Erst zerschlagt ihr unseren Baumwollhandel und dann verwehrt ihr uns die Möglichkeit, den Schaden durch den Export von Altertümern auszugleichen.«

»Das sind doch nationale Güter!« rief Miss Skinner. »Sie sind Teil Ihrer eigenen Geschichte.«

»Kann ich mit meiner Geschichte nicht tun, was ich will? Sie gehört schließlich mir.«

»Sie ist mehr als Ihr Eigentum! Sie gehört der ganzen Welt.«

»Ah!« seufzte Nuri.

»Alles hat seinen Preis«, setzte Miss Skinner nach. »Zumindest behaupten das manche Leute. Viele von uns glauben andererseits, dass bestimmte Güter von unschätzbarem Wert sind.«

»Und Sie meinen nicht, dass Sie Ihre Argumente vielleicht besser in Ihrem Land zur Anwendung bringen könnten?«

Miss Skinner lachte. Als etwas später Nuri und Marbrouk ein angeregtes Gespräch führten, nutzte sie das aus und raunte Owen zu: »Ließe es sich arrangieren, dass ich dem Mann, den Sie verhaftet haben, ein paar Fragen stelle? Sie wissen schon – dem, der mich bewacht hat.«

»Sie sprechen die Sprache doch nicht.«

»Ich habe mir gedacht, dass ich Mr. Nuris Dienste in Anspruch nehmen könnte.«

Zunächst weigerte sich Owen, nach einigem Nachdenken jedoch überlegte er es sich anders und teilte ihr mit, dass sie am Vormittag mit diesem Mann sprechen könnte.

Die Fährtenleser weckten ihn schon vor der Dämmerung. Als sie die Bäume erreichten, war die Sonne zwar noch nicht aufgegangen, doch genügte das Licht den zwei Männern, um den Boden nach Spuren abzusuchen. Allerdings war es noch so kalt, dass Owen froh um seine Jacke war. Auf den Blättern lag schwer der Tau und immer wieder tropfte Feuchtigkeit auf sein Gesicht herab.

Die zwei Fährtenleser gingen voraus. Ihnen folgten Owen, Georgiades, Ali und einer der Polizisten. Die Nachhut bildeten die anderen zwei Polizisten.

Die Fährtenleser schlugen ein zügiges Tempo an, anscheinend ohne sich die Mühe zu machen, den Boden abzusuchen. Die meiste Zeit war ihr Blick auf das Gelände vor ihnen gerichtet.

Zwischen den Bäumen tauchten die Umrisse eines großen Holzschuppens auf. Owen gab seinen Männern den Befehl, anzuhalten, während die Fährtenleser weiterhuschten. Bald verlor er sie aus den Augen, doch wenig später sah er sie wieder. Sie winkten ihn zu sich, also schlichen er und seine Männer zu ihnen hinüber.

Vor dem Schuppen lag ein Mann. Der Fährtenleser, der ihn niedergeschlagen hatte, drückte ihn mit dem bloßen Fuß fest zu Boden, doch der Mann erweckte nicht den Eindruck, als wolle er Widerstand leisten. Dieser Bursche hatte offenbar Wache gehalten, wenn auch nicht aufmerksam genug.

Im Innern schliefen drei Männer. Es war ein Kinderspiel.

Die Fährtenleser schlüpften hinein, stießen die Gewehre der Kerle außer Reichweite und bauten sich vor ihnen auf. Zwar hatte bei ihrem Eindringen die knarzende Tür die Entführer geweckt, aber da war es für sie schon zu spät.

Die Polizisten stürzten herbei, drehten sie blitzschnell auf den Bauch, nahmen ihnen die Gürtel ab und banden ihnen die Füße zusammen. Die Hände würden die Männer dazu benötigen, ihre Wollunterhosen festzuhalten.

Freilich zeigten sie keinerlei Absicht, wegzurennen. Sie wirkten völlig fassungslos.

Die Sonne zeigte sich gerade erst am Horizont, als sie, angetrieben von den Polizisten, auf Marbrouks Haus zustolperten. In ihrem Licht konnte Owen ihre Gesichter sehen. Er kannte die Männer aus Deir el Bahari nur zu gut.

Hühner pickten auf dem Hof in Scharen nach Körnern, also gab es zum Frühstück Eier. Marbrouk musterte Owens Gefangene kommentarlos und verkündete nach dem Frühstück, dass er seinen Anwalt aufsuchen werde.

Als der Tisch abgeräumt war, ging Miss Skinner in Nuris Begleitung nach unten, um den Mann, der als erster verhaftet worden war, zu verhören. Er saß mit dem Rücken zur Wand im Staub. Dass hinter der Wand Owen und Georgiades standen und lauschten, konnten sie und Nuri nicht ahnen.

»Diese Dame hätte gern, dass du ihr einige Fragen beantwortest«, begann Nuri leise auf arabisch. »Und wenn ich du wäre, würde ich sie sehr schnell beantworten.«

»Ich sage nichts.«

»Wenn du dich weigerst, schneide ich dir die Eier ab.«

»Wenn ich mich nicht weigere, wird Marbrouk das tun«, maulte der Mann.

»Ah!« rief Nuri. »Dann komme ich ihm eben zuvor!« Er drehte sich zu Miss Skinner um. »Er sagt, es wird ihm ein Vergnügen sein, jede Frage zu beantworten, die Sie ihm stellen, meine Liebe.«

»Ja? Das ist wirklich nett von ihm! Richten Sie ihm das bitte aus.«

»Sie sagt, dass in ihrem Land die Eier von Männern als Delikatesse gelten.«

»Ist das möglich?« stöhnte der Mann entsetzt.

»Ja. Und sie isst sie für ihr Leben gern. Sei also vorsichtig! Was möchten Sie ihn denn fragen, meine Liebe?«

»Ich möchte über Abu und Rashid Bescheid wissen.«

»Abu und Rashid?«

»Zwei Männer, die in Deir el Bahari getötet wurden.«

»Merkwürdig, dass Sie ausgerechnet so etwas wissen wollen, aber …«

Er wandte sich an den Gefangenen. »Sie will alles über zwei Männer erfahren. Sie heißen Abu und Rashid – oder vielmehr hießen sie so. Sie wurden in Deir el Bahari getötet.«

»Hab' nie von ihnen gehört.«

»Es wird ihm sicher wieder einfallen.«

»Sie sagt, du bist ein Lügner.«

»Angeblich sind sie bei Unfällen ums Leben gekommen. An der Stelle, an der Mr. Parker die Ausgrabungen durchführt«, erklärte Miss Skinner. »Zwei von Effendi Parkers Männern.«

»Ich weiß nichts darüber.«

»Sie sagt, sie mag sie am liebsten mit Soße.«

»Ich war nicht dabei!«

»Wo warst du dann?«

»In Kairo …«

»Ah! Du weißt also doch Bescheid?«

Der Mann schwieg.

»Was ist ihnen geschehen?« drängte Miss Skinner.

»Was ist ihnen geschehen?«

»Ich hab' keine Ahnung. Wenn ich Ihnen doch sage, dass ich nicht dabei war!«

»Du hast etwas gehört. Was hast du gehört?«

»Es war kein Unfall, nicht wahr?« fragte Miss Skinner.

»Es war kein Unfall, nicht wahr?«

Der Mann schwieg.

»Nicht wahr?« wiederholte Nuri leise.

»Nein«, gab der Mann schließlich zu.

»Wie ist es geschehen?«

»Sie schnüffelten herum«, sagte der Gefangene heiser. »Sie steckten die Nase in Dinge, die sie nichts angingen.«

»Deswegen wurden sie umgebracht?« stöhnte Miss Skinner. Ihre Stimme erstarb.

»Ich würde mich ihretwegen nicht allzu sehr sorgen, meine Liebe«, riet ihr Nuri. »Was für Leute waren das überhaupt?«

»Ich hatte sie gebeten, mir einen Gefallen zu tun.«

»Sie hätten mich bitten sollen«, hielt ihr Nuri in tadelndem Ton vor.

»Nein, nein. Das waren … gewöhnliche Männer. Träger. Grabungsarbeiter.«

»Wenn das so ist, gibt es kaum einen Grund zur Sorge, finden Sie nicht auch?« entgegnete Nuri lebhaft.

»Es war meine Schuld«, stöhnte Miss Skinner.

»Unsinn, meine Liebe. Was hätten Sie denn schon tun können?«

12

Owen hatte Wichtigeres auf dem Herzen: Zeinab. Dabei wusste er genau, dass sie nur mit ihm gespielt hatte. Aber daraus zu folgern, dass die Lage nicht ernst war, wäre ein Trugschluss gewesen. Er traute es Nuri durchaus zu, dass er eine politische Hochzeit für sie anbahnte. Und leider ließ sich auch nicht völlig ausschließen, dass Zeinab sich darauf einließ.

Schließlich war sie die Tochter ihres Vaters. Ihre geistige Unabhängigkeit hatte trotz allem Grenzen. Und dazu gehörte möglicherweise auch das Thema Heiraten. Der Bund der Ehe war so tief in den Menschen und der Kultur Ägyptens verwurzelt, dass immer wieder auch die emanzipiertesten Geister zum gängigen Muster zurückkehrten, wenn sie vor der Entscheidung dafür oder dagegen standen.

Eins der Dinge, die Owen an Zeinab liebte (jawohl, liebte), war ihr weiter geistiger Horizont, der sie dazu gebracht hatte, sich vielen Normen der Gesellschaft, in der sie sich bewegte, zu widersetzen. Dennoch spürte er, welch enormem Druck sie ausgesetzt war. Vielleicht wurde es ihr einfach zuviel.

In dieser Gesellschaft war es insbesondere Frauen verwehrt, ihr eigenes selbständiges Leben zu führen. Es konnte durchaus sein, dass sie nun das Bedürfnis nach einem festen Platz hatte.

Und welchen Platz konnte er, Owen, ihr bieten? Den der Gattin eines untergeordneten Captain der britischen

Armee? Das wäre vielleicht besser, als eine Maitresse zu sein, ließe sich wohl aber kaum mit dem Status der Frau eines Paschas, wenn nicht sogar dem einer Prinzessin vergleichen. Und wo würden sie bei einer Ehe mit ihm dann leben? Oder wie ginge es nach seiner Pensionierung weiter? England? Irgendwie fiel es ihm schwer zu glauben, dass Zeinab sich an seiner Seite in Surrey auf dem Land niederlassen könnte, um dort ein stilles, friedliches Dasein zu fristen. Ägypten? Aber dort wäre er fehl am Platze, zumal als pensionierter Captain. Sie wiederum konnte er beim besten Willen nicht als Mitglied einer Clique von im Ausland hängengebliebenen Briten sehen. Wie er es auch drehte und wendete, nichts erschien ihm sehr vielversprechend.

Andererseits – Marbrouk? Nun, er glaubte, dass er das verhindern konnte. Marbrouk war mit Sicherheit in etwas verwickelt und mit etwas Glück würde es ihm wohl gelingen, diesen Mann ins Gefängnis zu bringen.

Nun ja, vielleicht nicht gerade ins Gefängnis. Immerhin war Marbrouk ein Pascha. Aber vielleicht konnte er ihn zwingen, ins Exil zu gehen.

Ärgerlich daran war nur, dass Nuri womöglich mit ihm unter einer Decke steckte. Wegen Miss Skinner mochten sie sich vielleicht in die Haare geraten, aber ansonsten waren sie bestimmt ein Herz und eine Seele. Owen vermutete sogar, dass Nuri Marbrouk mehr brauchte als umgekehrt. Schließlich war er derjenige, der bereit war, seine Tochter zu opfern.

Aber das war nicht das eigentliche Problem. Die Kernfrage war doch: Sollte er um Zeinabs Hand anhalten?

Plötzlich schoss ihm ein anderer Gedanke durch den Kopf. Angenommen, er heiratete sie und man war nicht damit einverstanden? Die Verwaltungsspitze hatte an und für sich eine recht liberale Einstellung. So zog beispielsweise Paul die ägyptische Gesellschaft den Clubs der Auslandsbriten oder der Armeeangehörigen vor. Doch würde man auch dann noch Verständnis zeigen, wenn es tatsächlich zu einer Hochzeit käme? Am Ende wurde er womöglich nach Indien zurückversetzt.

Derart in seine Grübeleien versunken, war er vor Zeinabs Tür angekommen und hatte sich immer noch nicht entschieden.

»Ich habe übers Heiraten nachgedacht«, platzte er heraus, kaum war er über die Schwelle getreten.

»Ach?« fragte Zeinab, zog die Füße auf den Diwan hoch und schlang die Arme um die Knie. »Welche denn? Diese Postlethwaite? Miss – wie hieß sie doch – Colthorpe Hartley? Oder vielleicht dieses Zigeunermädchen?«

»Dich«, sagte Owen.

»Ist das etwa ein Heiratsantrag? Klingt ja nicht sehr romantisch.«

»Ich habe über alles nachgedacht …«

»Ach, wie britisch du doch bist! Heiraten ist also eine Kopfsache, nicht etwas, das aus dem Herzen kommt?«

»Natürlich kommt es aus dem Herzen. Aber ich wollte es unmissverständlich …«

Zeinab fiel ihm schon wieder ins Wort.

»Das ist aber interessant!« Sie stützte das Kinn auf die Knie und sah ihn mit großen Augen an. »Das Herz spricht eine deutliche Sprache? Mein ganzes Leben lang habe ich Stendhal, Flaubert und La Rochefoucault gelesen, aber für sie ist das Herz alles andere als unmissverständlich!«

»Du weißt genau, was ich meine.«

»Vielleicht ist es wie in der Oper«, soufflierte Zeinab. »Der Held wird von seinen Leidenschaften schlechtweg überwältigt.«

»Ja, das stimmt so ungefähr.«

»Und du«, schnurrte Zeinab, »bist einer von diesen Männern? Du wirst von deiner Leidenschaft überwältigt?«

»Ja. Jetzt hör mal zu, kehren wir doch zum Eigentlichen zurück ...«

Zeinab brach in schallendes Lachen aus, womit sie Owen völlig durcheinander brachte.

»Und – haben Sie es gefunden?«

Miss Skinner starrte ihn mit durchdringendem Blick an. »Was soll ich gefunden haben?«

»Das, wonach Sie suchten. Bei Ihrem Einbruch in Marbrouks Haus.«

Es war der Abend nach ihrer Rückkehr aus Heraq. Owen hatte Miss Skinner eine ausgiebige Siesta zugestanden, damit sie sich von den Erlebnissen der letzten Tage erholen konnte. Danach war er zu ihr ins Hotel gekommen, mit der Absicht, von ihr eine Schilderung und endlich eine wahrheitsgemäße Erklärung zu erhalten.

Sie empfing ihn auf der Terrasse, die jetzt, nach der Abreise der meisten Touristen, weitgehend verlassen dalag und somit frei von den Händlern, Gauklern und Bettlern blieb, die sich bei seinem letzten Besuch noch vor ihr gedrängelt hatten.

»Ich gebe zu, dass Mr. Marbrouk zu Recht eine Entschuldigung von mir erwartet«, sagte Miss Skinner.

»Ich denke«, erwiderte Owen, »dass das *Parquet* mehr als eine Entschuldigung erwarten wird.«

»Das *Parquet?* Es besteht doch gewiss kein Anlass …«

»Ich denke, das wird sich noch erweisen. Dabei hängt wohl vieles von Ihrer Erklärung ab.«

Miss Skinner blieb eine ganze Weile stumm. Schließlich gab sie sich einen Ruck. Den Blick fest auf Owens Augen gerichtet, sagte sie: »Sie haben durchaus recht. Eine Erklärung ist erforderlich. Ich habe es – fälschlicherweise vielleicht – unterlassen, Sie ins Vertrauen zu ziehen. Da ich andererseits solche Zweifel hatte – solch ernste Zweifel – ob die ägyptische Regierung diese Angelegenheit tatsächlich mit Nachdruck verfolgt …«

»Den illegalen Export von Altertümern?«

»Den Export der unersetzbaren Schätze Ägyptens, ob legal oder illegal. Es scheint uns – das heißt uns daheim in Boston – so zu sein, dass überhaupt nichts unternommen wurde und dass man, wenn nicht schnell gehandelt wird, Ägyptens wunderbares Erbe unwiederbringlich vergeudet. Die Ägypter wirken hilflos und die Briten scheinen sich damit zu begnügen, tatenlos zuzusehen, wie die Welt in Scharen herbeiströmt, um das Land zu plündern. Darum hat meine Gesellschaft …«

»Gesellschaft?«

»Die Gesellschaft zur Bewahrung der Kulturschätze der Erde. Sie ist in Boston ansässig, aber wir erhalten aus ganz Amerika Unterstützung: Concord, Worcester … und natürlich auch von meinem Onkel. Nun, da offenbar niemand bereit war, das Problem der Plünderung Ägyptens in Angriff zu nehmen, haben eben wir das übernommen. Wir sammelten Spenden, die es uns erlaubten, eine Abgesandte …«

»Sie?«

Miss Skinner nickte bejahend.

»Und ich muss sagen, bei meiner Ankunft wurden meine schlimmsten Befürchtungen bestätigt. Die Laschheit der Verwaltung, die Inkompetenz der mit den Ermittlungen befassten Behörden – oh, Verzeihung, Captain Owen, aber, wie Sie mir gesagt haben, sind Sie ja kein Mitglied der Polizei –, die schwammigen Zollbestimmungen … Kurz und gut, ich war schockiert. Und darum musste ich mich leider entschließen, den Kampf allein aufzunehmen.«

»Ich verstehe.«

»Ja. Jetzt merke ich, dass das vielleicht ein Fehler war. Ich hätte Sie ins Vertrauen ziehen sollen, zumindest ein wenig.«

Miss Skinner bedachte ihm mit einem gewinnenden Lächeln.

»Danke. Nun, ich vermute, dass Ihre … äh, Untersuchung Sie nach Deir el Bahari geführt hat. Wie kamen Sie darauf?«

»Uns waren Gerüchte zu Ohren gekommen … man hatte einige Mitglieder angesprochen …«

»In Boston?«

»Ja. Es gibt doch überall Kundenfänger, wissen Sie, die irgendwelche Güter an reiche Leute verschachern …«

»Und ein Teil dieser Güter wurde mit Deir el Bahari in Verbindung gebracht?«

»Das ist richtig.«

»Darunter besonders hervorzuheben das Kalb?«

»J-ja. Selbstverständlich nur laut jenen Gerüchten«, wiegelte Miss Skinner bescheiden ab.

»Denen Sie nachgingen?«

»Ja.«

»Mit Erfolg?«

»Nur insofern, als ich noch mehr Gerüchte zu hören bekam.«

»Das Kalb selbst haben Sie nicht gefunden?«

»O nein!« Miss Skinner lachte. »Gerüchte sind, wie ich annehme, das einzig Handfeste, was diesen speziellen Aspekt des Falles betrifft.«

»Sie bezweifeln, dass es überhaupt so etwas wie dieses Kalb gibt?«

»Ich fürchte, ja.«

»Wonach haben Sie dann bei Ihrem Einbruch in Marbrouks Haus gesucht?«

Miss Skinner blieb einen Moment lang stumm.

»Andere Dinge«, sagte sie dann. »Auch wenn das Kalb nur eine Fiktion sein sollte, heißt das noch lange nicht, dass das auch für alles andere gilt. Ich war mir sicher, dass Mr. Marbrouk ein paar Gegenstände für sich selbst auf die Seite geschafft hat. Sie selbst haben schließlich …«

»Was für Dinge?«

»Das Leopardenjunge zum Beispiel …« Miss Skinner hielt inne. »Sie glauben mir nicht, stimmt's?«

»Nein«, antwortete Owen.

Daraufhin blieb die Amerikanerin lange stumm. Schließlich hob sie die Augen. »Na gut«, sagte sie. »Ich habe in der Tat das Kalb gesucht.«

»Die Gerüchte trafen also zu?«

»Ich konnte mir dessen nicht sicher sein. Die Bewohner

von Deir el Bahari waren so verschlossen, so feindselig. Ich spürte, dass sie irgendetwas schützen wollten. Aber so sehr ich mich auch bemühte, ich kam nicht hinter das Geheimnis. Ich bot ihnen Geld, doch das ließ sie kalt. Da war ich nun wirklich verblüfft. Ich dachte, wenn Sie auf Verkaufen aus sind, würden sie doch gewiss …«

Miss Skinner brach mitten im Satz ab.

»Aber dann dämmerte es mir. Sie zeigten kein Interesse, weil sie es schon verkauft hatten. Für sie ging es nur noch darum, es der Person zukommen zu lassen, die es ihnen abgekauft hatte. Und diese Überlegung«, schloss Miss Skinner, »hat mich zu Mr. Marbrouk geführt.«

»Dem Pascha. Dem Mann, den die Leute kannten.«

»Ein Gauner!« rief Miss Skinner. »Aber ein Gauner, mit dem sie den Handel gewohnt waren. Sie hatten ihm natürlich auch schon vorher ähnliche Gegenstände geliefert.«

»Und das weckte Ihr Interesse an Marbrouks Vorkehrungen für den Transport?«

»Ja. Die übrigens von Parker getroffen wurden.«

»Parker war daran beteiligt?«

»Das weiß ich nicht.« Unvermittelt schien Miss Skinner etwas einzufallen, denn sie änderte auf einmal ihre Meinung. »Doch, er war daran beteiligt«, erklärte sie mit Nachdruck. »Wie wichtig seine Rolle dabei war, vermag ich allerdings nicht zu beurteilen.«

»Und die Transporte haben Sie nach Heraq geführt«, sagte Owen.

»Ja. Und zum Haus des Paschas. Leider. Dafür muss ich mich jetzt entschuldigen. Nicht nur beim Pascha, sondern auch bei der ägyptischen Regierung.«

»Und haben Sie es gefunden?« fragte Owen zum zweitenmal. »Das Kalb?«

Miss Skinners Gesicht nahm einen gedankenverlorenen Ausdruck an. »Nein«, sagte sie.

Als die Verhafteten vorgeführt wurden, musterte Owen ihre Gesichter. Einen hatte er schon vorher erkannt: es war der Mann, mit dem er nach dem Verlassen von Vittorios Atelier gesprochen hatte. Und es waren noch andere Gesichter dabei, die ihm irgendwie vertraut vorkamen. Möglicherweise hatte er sie vor dem Hotel Continental gesehen.

»Ihr habt mir viel zu erklären«, sagte er, sobald alle vor seinem Pult aufgereiht waren. Sie traten von einem Bein auf das andere und sahen bis auf einen zu Boden. Nur derjenige, mit dem Owen schon einmal gesprochen hatte, richtete im Vertrauen auf ihre persönliche Beziehung den Blick auf sein Gesicht.

Owen wandte sich an ihn.

»Tja, ihr habt mich da in eine ganz schön verzwickte Lage gebracht. Was soll ich nur mit euch machen? Ihr habt eine Frau überfallen, noch dazu eine *Sitt!* Ja, schlimmer noch, eine ausländische *Sitt.* Wie soll ich ihr das alles nun erklären?«

»Wir wollten ihr doch nichts tun«, verteidigte sich der Mann.

»Ach nein? Ihr hättet sie mit dieser Straßenbahn umbringen können!«

»Wir haben sie ja nicht *vor* die Straßenbahn gestoßen«, protestierte der andere, »sondern dagegen.«

»Hat das etwa nicht genügt? Sie hätte unter die Räder geraten können.«

»Wir mussten ihr eine Lektion erteilen. Schon vorher hatten wir versucht, sie abzuschrecken.«

»Oh?«

»Ja, beim Hotel. Wir wollten sie einschüchtern. Wir dachten uns, dass eine *Sitt* bestimmt Angst vor Mumienteilen hat. Aber dieser da machte das nichts aus.«

»Vielleicht fasste sie das nicht als Warnung auf.«

»Wir haben sie aufgefordert heimzufahren. Wir haben gesagt, wenn sie weiter mit aller Macht die Nase in Sachen steckt, die sie nichts angehen, wird sie ihr bald eingeschlagen.«

»Das habt ihr wirklich so gesagt?«

»Ja. Aber diese Frau hat Mut. Sie erklärte: ›Ihr habt etwas, was ich will. Ich bezahle euch gut dafür, besser als alle anderen. Wollen wir darüber sprechen?‹ Aber wir waren nicht bereit, darüber zu sprechen.«

»Weil ihr es schon verkauft hattet.«

»Äh … ja. Wir hatten schon ein Geschäft gemacht. Und weil es so gut wie unter Dach und Fach war, wollten wir es uns nicht mehr kaputtmachen lassen. Außerdem hatte der Pascha …« Der Mann verstummte.

»Der Pascha?« half Owen nach.

»Der Pascha hatte gesagt, dass diese Frau nicht nur närrisch, sondern gefährlich sei und dass wir alles tun sollten, um sie abzuschrecken.«

»Das war noch in Kairo, nicht wahr? Bevor sie nach Deir el Bahari fuhr? Sogar noch vor der Sache mit der Straßenbahn?«

»Ja, Effendi.«

»Woher wusste er, dass sie gefährlich ist?«

Der Mann schüttelte den Kopf. »Das weiß ich nicht.

Aber als er mit uns sprach, klang das so, als kenne er sie bereits.«

Owen ging zum Fensterbrett, wo wie in jedem Kairoer Haus ein Wasserkrug in der etwas kühleren Zugluft stand und schenkte sich ein Glas ein. Freilich war das Wasser so warm, als käme es aus einem Warmwasserhahn.

»Aber dann wurde sie in Deir el Bahari wieder überfallen«, fuhr Owen fort. »Kannst du mir etwas darüber sagen?«

»Nein. Da war ich noch hier in Kairo.« Der Mann sah die anderen an. »Ich glaube, wir alle waren hier.«

Seine Kumpane nickten.

»Trotzdem habt ihr ja vielleicht etwas gehört.«

Der Mann zuckte die Schultern.

Ein anderer meldete sich zu Wort. Er hatte Mut gefasst, weil die Atmosphäre so entspannt und vertraut war – in der Regel hatten Fellachen nicht so sehr Angst vor der Strafe selbst, sondern davor, aus dem Räderwerk eines für sie unverständlichen formalen bürokratischen Prozesses nicht mehr herauszukommen.

»Dort unten war es genauso wie hier«, sagte er. »Niemand hat versucht, sie umzubringen. Alle dachten, es wäre gefährlich, eine Sitt zu töten. Dann hätten wir gleich die Regierung auf den Fersen.«

»Mit Sicherheit«, brummte Owen.

Die Männer nickten zustimmend. Die im Dorf hatten sich klug verhalten, sollte das heißen.

»Sie haben die Frau doch bloß in eine der Gruften gestoßen. Wenn niemand sie gefunden hätte, wäre es ein Unfall gewesen. Und wenn man sie fand, hätte sie es bestimmt endlich kapiert.«

»Suchte sie immer noch das Kalb?«

Der Mann nickte. »Sie bot wieder viel Geld, aber wir brauchten kein Geld. Das Problem war schließlich, dass sie dafür das Kalb wollte.«

»Ihr hattet das Kalb natürlich immer noch?«

Der Mann scharrte mit den Füßen. »Es gab bestimmte Vereinbarungen«, antwortete er ausweichend.

»Ja und ich glaube, dass ich diese Vereinbarungen oder wenigstens einen Teil davon kenne. Apropos, verratet mir doch, wie ihr auf das Kalb gestoßen seid.«

»Wir schleichen ja ständig durch die Gruften. Dort gibt es viele unterirdische Gänge. Einige davon sind verschüttet, das heißt, sie sind vom Aufseher des Pharaos absichtlich zugeschüttet worden. Von Zeit zu Zeit legen wir einen frei. Nur haben wir selbst nicht die geeigneten Werkzeuge. Da müssen wir immer warten, bis die Archäologen kommen.«

»Habt ihr versucht, es zu verkaufen, ohne Marbrouk einzuschalten?«

»Ja.« Der Mann zuckte die Schultern. »Aber das ist sehr schwer. Die besten Preise erzielt man im Ausland, doch ein gewöhnlicher Dorfbewohner hat selbstverständlich keine Möglichkeit, mit einem reichen Amerikaner ins Gespräch zu kommen …«

»Am Ende musstet ihr euch also doch an Marbrouk wenden?«

»Ja. Er hat natürlich den Preis gedrückt. Das tut er immer. Aber das ist nun mal der Lauf der Dinge. Die Reichen haben die Macht und die Armen müssen für ihren Lebensunterhalt arbeiten.«

Die Hitze im Büro war schier unerträglich. Bei diesen Temperaturen war das kein Wunder, doch mit so vielen

Männern in einem Raum blieb kaum noch Luft zum Atmen. Owen hatte kurz erwogen, die Verhafteten im Hof zu verhören, aber im Moment kam es ihm gut zupass, wenn sie nicht so recht wussten, wo sie waren. Ihm war jedoch klar, dass er es in dieser stickigen Luft selbst nicht mehr lange aushalten würde. Ein, zwei Männer standen bereits kurz vor einem Zusammenbruch, obwohl sie die Hitze doch eigentlich gewohnt waren.

»Nur noch etwas«, sagte er, »dann lasse ich euch in den Hof hinunterbringen, wo ihr etwas zu trinken bekommt. Zuerst aber möchte ich folgendes wissen: Die *Sitt* war nicht die einzige, die wegen des Kalbes kam, oder?«

Betretenes Füßescharren in der kleinen Reihe. Jeder schaute zu Boden.

»Da gab es zwei Männer – Abu und Rashid. Sie suchten es ebenfalls. Nur wurden sie getötet.«

Es war kein Laut mehr zu hören.

»Wir waren nicht dabei«, murmelte einer.

»Ich weiß; und deshalb könnt ihr mir alles sagen, ohne etwas befürchten zu müssen.«

Die Männer hielten die Blicke weiter gesenkt.

»Das waren einfache Bauern«, setzte Owen nach. »Fellachen wie ihr. Warum war es nötig, sie umzubringen?«

Noch immer keine Antwort.

»Sie hatten Frauen und Kinder, wie ihr. Das Leben ist schwer für ihre Hinterbliebenen.«

Der Mann, mit dem er auf der Straße gesprochen hatte, wischte sich mit dem Ärmel das Gesicht ab. Er schwitzte aus allen Poren. »Sie waren Spione«, sagte er mit erstickter Stimme.

»Für wen?«

»Das wissen wir nicht. Der Pascha sagte, es seien noch andere da, die auch nach dem Kalb suchten, und wir müssten verhindern, dass sie es uns wegnehmen.«

»Abu und Rashid – hatten sie das Kalb entdeckt?«

»Nein. Aber wir befürchteten, dass sie vielleicht bald dahinterkommen würden.«

Erneut breitete sich Stille aus.

»Sie waren Verräter!« rief ein anderer heiser. »Sie waren Männer des Paschas wie wir, aber sie arbeiteten noch für jemand anderen.«

»Sie schienen etwas zu wissen – und sie schienen genau zu wissen, was sie suchten. Vielleicht hatten sie schon etwas herausgefunden. Es ... es war wichtig, zu verhindern, dass sie zurückkehrten und es verrieten.«

»Wer war es?« fragte Owen. »Wer hat es getan?«

Die Männer gaben keine Antwort. Owen hatte nichts anderes erwartet.

»Werter Pascha«, sagte Owen, »ich hatte gehofft, dass Sie mir helfen würden.«

»Ist es nicht eher an der Zeit, Monsieur le Mamur Zapt«, entgegnete Marbrouk, »dass sie anfangen, mir zu helfen?«

»Mit dem größten Vergnügen, Pascha, aber erst müssen Sie mir sagen, was Sie wissen.«

»Worüber?«

»Fangen wir mit dem Kalb an.«

Marbrouk zuckte die Schultern. »Gerüchte, bloße Gerüchte.«

»Doch immerhin so begründet, dass Sie mögliche Käufer aus dem Ausland angelockt haben.«

Marbrouk lachte heiser. »Deswegen ist es trotzdem nicht mehr als ein Gerücht.«

»Tatsächlich? Wollen Sie damit sagen, Sie hätten aufgrund einer bloßen Spekulation über die Existenz eines solchen Kalbes die Mühe auf sich genommen, sich mit möglichen Käufern in Verbindung zu setzen?«

»Ich habe nie behauptet, dass ich mögliche Kunden angesprochen habe.«

»Es hat also keinen Vertrag mit den Bewohnern von Deir el Bahari gegeben?«

»Ein Vertrag? Mit Fellachen? Wie grotesk! Sie vergessen, dass Sie mit einem Pascha sprechen, mein Wertester.«

Owen erwiderte nichts darauf. Fürs erste stand nur sein Wort gegen das des Paschas.

»Vertrag?« wiederholte Marbrouk. »Grotesk. Und dasselbe gilt auch für das Gerede über das Kalb. Alles Märchen! Aus den Fingern gesogen! Nein, mein Wertester.« Marbrouk schüttelte den Kopf. »Bevor wir über Kälber reden, müssen Sie mich schon davon überzeugen, dass es jemals so etwas gegeben hat. Schaffen Sie das Kalb herbei, mein lieber Owen, schaffen Sie das Kalb herbei, dann können wir uns darüber unterhalten.«

Als Owen in Alexandria eintraf, war es bereits Mittag und die Stadt klappte die Fensterläden für ihre Siesta zu. Trotzdem bekam Owen eine Droschke, die ihn gerade noch rechtzeitig zur Lagerhalle am Hafen brachte, bevor auch hier geschlossen wurde.

Francesca, die im Begriff war, einem Arbeiter etwas zu erklären, drehte sich um.

»Captain Owen!«

»Verzeihen Sie mir, wenn ich Sie zu dieser Stunde störe, aber es wäre mir sehr wichtig, einen Blick auf einige der Gegenstände zu werfen, die Sie aus Kairo mitgebracht haben. Sie sind doch noch nicht verzollt worden?«

»Nein, das erledigen wir morgen. Aber warum ...?«

»Mir geht es insbesondere um die Funde von Parker.«

Francesca überlegte kurz, dann begann sie zu lächeln. »Ich verstehe. Sie befürchten, ein weiterer Teil des Reliefs könnte abhanden gekommen sein?«

»Etwas in der Art, ja.«

»Das Relief befindet sich natürlich noch immer im Museum. Alphonse weigert sich, es herauszugeben.«

»Gut für ihn.«

»Aber kommen Sie doch rein!« Sie führte Owen in den hinteren Teil der Halle, der angefüllt war mit Kisten, von denen Owen viele wiederzuerkennen glaubte; völlig sicher war er sich jedenfalls bei der mit dem vergoldeten Deckel. Und dahinter stapelten sich die Schätze aus Deir el Bahari.

»Ihnen ist doch bestimmt bewusst, dass die Kisten versiegelt sind?« ließ sich Francesca vernehmen. »Jetzt, da sie das Museum verlassen haben, dürfen wir sie nicht mehr öffnen. Dazu ist nur noch das Zollamt befugt. Aber da Sie der Mamur Zapt sind, ist es Ihnen vielleicht möglich ...«

»Nein«, entgegnete Owen, »nein, ich glaube nicht, dass das nötig sein wird. Sie kommen morgen ohnehin zum Zoll, sagen Sie?«

»Ja. Hier sind die Dokumente, wenn Sie sie sehen wollen. Sie könnten sie Punkt für Punkt mit den Kisten vergleichen und sich vergewissern, dass alles vollzählig ist.«

»Danke.«

Owen drückte die Dokumente Georgiades in die Hand. Der Grieche begann sogleich die entsprechenden Kisten herauszusuchen und sie jeweils sorgfältig zu überprüfen.

»Er wird feststellen, dass niemand sich daran zu schaffen gemacht hat«, erklärte Francesca. »Wir haben einen guten Namen.«

»Das glaube ich Ihnen gern. Und Sie haben ihn gewiss auch verdient.«

Georgiades beugte sich über den nächsten Stapel.

Francesca sah auf die Uhr. »Das wird wohl noch einige Zeit dauern«, sagte sie.

»Bitte lassen Sie sich nicht durch mich von Ihrer Siesta abhalten.«

»Ich dachte eigentlich an Mittagessen und wollte Sie fragen … Um die Ecke gibt es ein nettes italienisches Restaurant.«

»Es wäre mir ein Vergnügen!« rief Owen.

»Und ich?« beschwerte sich Georgiades. »Bekomme ich kein Mittagessen?«

»In der Nähe gibt's auch ein griechisches Restaurant«, sagte Francesca. »Soll ich Ihnen etwas bringen lassen?«

»Kann ich nicht einfach selbst hingehen?« brummte Georgiades.

Owen nickte. »Na gut. Wir holen Sie auf dem Rückweg ab. Aber ließe sich dafür sorgen, dass alle Türen zugesperrt werden?«

»Ich gebe Ihnen die Schlüssel«, bot Francesca an und

reichte sie dem Griechen. »Der große hier ist für die Vordertür, der kleine für den Seiteneingang.«

Das Restaurant war klein, dunkel und überfüllt. Der Wirt war Italiener, was dem Anschein nach auch bei den meisten Gästen der Fall war. Francesca ging von Tisch zu Tisch und schüttelte allen möglichen Leuten die Hand. Schließlich brachte sie den Wirt zu Owen.

»Das ist Luigi«, stellte sie vor.

Owen reichte ihm die Hand.

»Captain Owen wird uns die Statue bewilligen.«

»Moment mal …«

Francesca ließ ein vergnügtes Lachen hören.

»Aber nur unter einer Bedingung«, fuhr sie an Luigi gewandt fort. »Sie müssten die Guiscardia dafür gewinnen, nächste Saison hier zu singen.«

»Die Guiscardia?« Der Wirt machte ein enttäuschtes Gesicht. »Das würde uns ein Vermögen …« Auf einmal begriff er, dass Francesca ihn auf den Arm genommen hatte. Er schüttelte missbilligend den Kopf.

Im Café herrschten der Lärm und die Fröhlichkeit, wie sie in italienischen Gaststätten üblich waren. Owen, der sich schnell an eine neue Atmosphäre anpassen konnte, fühlte sich auf Anhieb aufgenommen.

»Sind Sie sicher, dass sie kein Italiener sind?« fragte Francesca.

»Das ist mein walisisches Blut.«

Francesca musterte ihn nachdenklich. »Die Engländer kenne ich«, erklärte sie. »Die Waliser muss ich erst noch entdecken.«

»Eine Erfahrung, die Sie nicht bereuen werden«, versprach Owen.

Zu Owens Überraschung dauerte das Mittagessen

länger, als er erwartet hatte, und es war schon recht spät am Nachmittag, als sie Georgiades abholten.

Nicht dass das den Griechen, vor dem eine Karaffe auf dem Tisch stand, gestört hätte.

Als sie sich der Lagerhalle näherten, hielt Francesca jäh inne. »Sie haben die Tür offenstehen lassen!« rief sie in vorwurfsvollem Ton.

»Das ist nicht wahr!« verteidigte sich Georgiades. »Ich habe sie sorgfältig zugesperrt, als ich ging.«

Die Tür stand einen Spaltbreit offen.

»Mekhmet kann es nicht gewesen sein«, erklärte Francesca. »Er hat keinen Schlüssel.«

Der Arbeiter kam herbeigeeilt und klopfte sich den Staub von seiner Galabeah. Er hatte unter einem Baum geschlafen.

Francesca deutete auf die Tür.

Der Mann zuckte die Schultern und murmelte irgend etwas.

»Was ist?« fragte Owen. Hatte er etwas von einer *Sitt* gesagt?

Owen hastete zur Tür und trat ein.

Im hinteren Teil stand über eine Kiste gebeugt – Miss Skinner.

»Oje«, seufzte die Amerikanerin. »Auf frischer Tat ertappt.«

»Nicht schon wieder«, stöhnte Owen.

»Unsere Gedanken sind eindeutig in die gleiche Richtung gegangen«, erklärte Miss Skinner. »Sie können sich ja denken, wonach ich suche.«

»Nicht ganz die gleiche Richtung«, korrigierte Owen. Er trat vor und hob eine Werkzeugtasche vom Boden auf.

»Wie hätte ich es denn sonst finden können? Ich brauchte etwas zum Aufstemmen!«

»Wie wollten Sie es denn wegschaffen?«

»Wegschaffen? Ich fürchte, ich kann Ihnen nicht ganz folgen.«

»War das etwa nicht Ihre Absicht?«

»Ganz gewiss nicht! Ich unterstütze die Polizei. Ohne öffentlichen Auftrag und auf eigene Faust, das gebe ich zu, aber mir Diebstahlsabsichten zu unterstellen ...!«

»Sie arbeiten im Auftrag einer anderen Gruppe, nicht wahr? Und diese Leute sind daran interessiert, das Kalb zu erwerben.«

»Ich weiß nicht, worauf Sie hinaus wollen.«

»Parker hat von einer Gruppe gesprochen, die in Konkurrenz zu ihm steht.«

»Ach Gott, Parker ...«

»Da gibt's auf der einen Seite also die Gruppe, für die er arbeitet. Das ist die Amerika/Pascha-Marbrouk-Verbindung. Und dann gibt es die Gruppe, für die Sie tätig sind.«

»Ich arbeite ausschließlich für die Gesellschaft zur Bewahrung der Kulturschätze der Erde«, erklärte Miss Skinner würdevoll. »Und die, lassen Sie mich Ihnen das versichern, Captain Owen, ist eine unbescholtene und hochangesehene Vereinigung.«

»Sie haben versucht, das Kalb zu kaufen. Und als Sie merkten, dass das nicht möglich war, weil Ihnen jemand zuvorgekommen ist, haben Sie versucht, es zu stehlen.«

»Das ist eine schwere Anschuldigung, Captain Owen, eine, die Sie vor Gericht verantworten müssen.«

»Es gibt noch schlimmere Vorwürfe. Sie haben Männer beschäftigt, die Ihnen dabei helfen sollten. Diese Männer sind getötet worden.«

Miss Skinner ließ den Kopf sinken. »Das gebe ich zu. Es ist etwas, das ich zutiefst bedaure.«

Sie hob die Augen wieder. »Selbstverständlich beauftragte ich sie lediglich damit, mir bei meinen Untersuchungen zu helfen. Zu keinem Zeitpunkt wurden strafbare Handlungen erwogen. Der Grund meines Handelns war stets das Allgemeinwohl. Darauf wird jedenfalls« – sie lächelte – »mein Anwalt pochen.«

»Zwei Einbrüche?«

Miss Skinner tat den Einwand mit einer wegwerfenden Handbewegung ab.

»Eine bloße Bagatelle. Man muss sie nur mit dem Erfolg meiner Bemühungen vergleichen. Ich konnte den Diebstahl eines herausragenden nationalen Kulturgutes verhindern. In letzter Minute, als es schon in Begriff war, Ägypten für immer zu verlassen! Ich gebe zu, dass ich die – wohl etwas egoistische – Hoffnung gehegt hatte, dass der Ruhm mir allein vorbehalten bleiben würde. Jetzt werde ich ihn selbstverständlich mit Ihnen, Captain Owen, teilen müssen.«

»Vorausgesetzt«, wandte Francesca mit Nachdruck ein, »das Kalb ist überhaupt hier.«

»Die Kisten öffnen?« fragte der Mudir des Zollamtes.

»Unbedingt. Auf der Stelle!« befahl Owen.

Der Mudir hatte seine Leute schon mitgebracht und die machten sich unverzüglich an die Arbeit. Im Nu waren die Kisten aufgestemmt und ihr Inhalt zur Ansicht freigegeben. Owen ging von Kiste zu Kiste.

Sämtliche Beutestücke aus Deir el Bahari – bis auf das Wandrelief – lagen vor ihm ausgebreitet.

»Aber ein Kalb ist nicht dabei«, murmelte Miss Skinner verwirrt. »Das ... das verstehe ich nicht. Ich war mir ganz sicher ...«

»Die ganzen Sachen von Parker sind da«, meinte Owen.

Miss Skinner runzelte die Stirn. Sie nahm Georgiades die Liste aus der Hand und ging sämtliche Stücke erneut von vorne durch – zweimal.

»J-ja«, gab sie widerstrebend zu, »die Sachen von Parker sind alle da.«

Sie ließ den Blick durch die Halle schweifen und schürzte die Lippen. Plötzlich trat ein Leuchten in ihre Augen. »Sind zusammen mit den Sachen von Parker nicht auch andere Kisten geliefert worden? Diese hier zum Beispiel?«

Sie deutete auf die große vergoldete Kiste.

»Die gehört mir«, erklärte Francesca.

»Ich bestehe auf ihrer Öffnung.«

Der Mudir sah Owen fragend an. Der Brite nickte.

Gleich darauf fielen die Seitenwände der Kiste zu Boden. Dazwischen kam ein gewaltiges, glänzendes, gelbbraunes steinernes Kalb zum Vorschein.

»Aha!« rief Miss Skinner triumphierend.

Francesca kam bedächtig näher und strich mit der Hand über die Flanken des Kalbs. »Die Qualität ist hervorragend, finden Sie nicht auch?« fragte sie Owen. »Nur Vittorio ist zu so etwas in der Lage.«

»Vittorio?«

»Ich handle ausschließlich mit Imitaten«, erklärte Francesca.

13

Die Tore der dem Meer zugewandten Seite der Halle standen offen und an der Decke bildete das von den Wellen widergespiegelte Sonnenlicht feine, sich unablässig bewegende Muster. Die Schreie von Möwen und der strenge Salzgeruch des Meeres drangen in die Halle.

Im Gänsemarsch trugen Arbeiter Kisten zu einem vor den Toren wartenden Fuhrwerk. Owen sah zu, wie ein Mann auf den Kutschbock kletterte und die Zügel in die Hand nahm. Dann zuckelte das Gefährt inmitten einer Staubwolke über den Pier.

»Die Ladung geht von hier ohne weiteren Umweg zum Schiff«, erklärte der Mudir des Zollamts. »In spätestens zwei Stunden ist alles an Bord verstaut.«

Sie kehrten ins Zollhaus zurück. Dort schafften Träger von der anderen Seite bereits neue Kisten heran.

»Hier herrscht reger Betrieb«, kommentierte der Mudir zufrieden.

Effendis mit Tarbusch hasteten durch die Halle, Unteraufseher drehten ihre Runden und bellten Anweisungen, Träger kamen und gingen. Gelegentlich bekam Owen auch Francesca flüchtig zu sehen, die mit geschäftigem Gebaren von einer Kiste zur anderen lief.

Ein Unteraufseher trat zu den beiden Beamten. »Was ist damit geschehen?« fragte er, die Augen auf die Kisten gerichtet. »Die sind ja alle geöffnet worden.«

»Das waren wir«, sagte der Mudir. »Behandeln Sie sie so, als ob sie noch versiegelt wären.«

Der Unteraufseher zuckte die Schultern.

»Die hier«, sagte der Mudir mit einer gebieterischen Geste, »und die dort.«

Noch einmal – und nun zum letztenmal – bekam Owen die Beutekunst aus Deir el Bahari zu sehen.

Der Unteraufseher hakte die einzelnen Teile auf seiner Liste ab. »Gut«, brummte er.

Die Deckel wurden wieder festgenagelt.

»Gibt es noch mehr?«

»Diese da«, antwortete Owen und deutete auf die Kiste mit dem vergoldeten Deckel.

»Die auch?« fragte Francesca im Vorübergehen. »Aber sie ist doch schon ...«

Owen baute sich vor dem Kalb auf und ließ die Finger über seine Flanke gleiten. »Es ist nicht immer leicht zu erkennen«, erklärte er. »Oft kann man den Unterschied nur an der Oberfläche des Steins feststellen. Das Original ist nie ganz glatt.«

»Verstehen Sie«, sagte Owen an Paul gewandt, der mit ihm zusammen vor einer wachsenden Reihe von Gläsern im Sportclub saß. »Ihre Methode war es, sie im letzten Moment zu vertauschen. Das echte Kalb wurde mit den anderen Sachen aus Deir el Bahari nach Heraq geschafft und in Marbrouks Haus abgestellt. Dort hat sie es dann abgeholt – ich war sogar dabei, als sie kam – und zu Vittorio ins Atelier gebracht, damit er es kopieren konnte.«

»Nachfüllen?« fragte der Mann von der Finanzabteilung mit einem Blick über die Schulter.

»Hm, ja, das wäre sehr nett, danke. Dann wurde das echte Kalb in Francescas Lager Alexandria gebracht. Die Fälschung ging ins Museum, wurde geschätzt, beglaubigt und was noch alles dazugehört und kam dann ebenfalls in ihr Lager. Somit brauchte sie sie nur noch zu vertauschen. Aber nicht einmal das war nötig; sie musste ja lediglich das Siegel von der einen Kiste entfernen und an der anderen anbringen. Eine kniffelige Aufgabe, weil keiner etwas merken durfte. Aber dafür hatte sie ja hervorragende Leute zur Hand.«

»Noch mal eine Flasche, damit die Gläser nicht leer bleiben?« fragte der Mann von der Finanzabteilung.

»Ich hätte nichts dagegen, danke.«

»Sie gehörte also von Anfang an der Marbrouk-Pascha/Parker-Clique an?«

»Ja. Und ihr fiel am Ende die schwierigste Aufgabe zu.«

»So, bitteschön«, sagte der Mann von der Finanzabteilung. »Ich habe zwei Flaschen als Reserve bestellt. Man kann ja nie wissen ...«

»Das ist sehr nett von Ihnen.«

»Es ist mir ein Vergnügen«, sagte der andere. »Ein großes Vergnügen, nach allem, was Sie für uns getan haben. Endlich sind wir diese verdammte Frau los ...!«

»Aber was habe ich getan?« fragte Miss Skinner und machte große Augen, die Unschuld in Person. »Zwei Einbrüche? Dafür entschuldige ich mich sofort. Ja, ich bin über mich selbst geradezu entsetzt. Aber Sie wissen doch, welche Sorgen ich mir hinsichtlich des Verlusts der Schätze Ägyptens mache ...«

»Und was wirft man mir vor?« fragte Parker. »Wenn,

dann habe ich höchstens einem Pascha einen Gefallen erwiesen! Hey, Sie wollen mich doch nur wieder mit der Lizenz drankriegen …«

»Auch ich bin völlig schuldlos«, warf Marbrouk ein und breitete die Hände weit aus. »Gewiss, ich habe das Kalb gekauft, aber ich wollte es so, wie es vorgeschrieben ist, ins Museum schicken. Und dann ist es plötzlich auf unerklärliche Weise verschwunden. Jemand ist bei mir eingebrochen – diese Frau, diese Miss Skinner …«

Nur Francesca sagte nichts. Sie ließ jedoch verlauten, dass sie italienische Staatsbürgerin sei und darauf bestehe, gemäß den Statuten der Kapitulationsbestimmungen behandelt zu werden, was nichts anderes bedeutete, als dass sie in Italien und nach italienischem Recht vor ein italienisches Gericht gestellt werden musste. In Italien gab es allerdings zur Zeit kein Gesetz gegen die illegale Einfuhr von Altertümern …

Die Beute bekommt der Sieger. Owen suchte Nuri auf.

Der Pascha wirkte sehr beschäftigt. Noch am selben Nachmittag, erklärte er, wolle er nach Cannes aufbrechen.

»Das Wetter, mein lieber Junge. Hier wird es mir ein bisschen zu heiß.«

Miss Skinner? Nun, es sei nicht auszuschließen, dass er ihr in Cannes über den Weg liefe, ja, eigentlich rechne er sogar damit.

Miss Skinner gehörte ebenfalls zu denen, die Privilegien für sich in Anspruch nahmen.

»Ihr Onkel? Ist er der kommende Präsident?«

»Leider nein«, sagte Miss Skinner. »Er hat die Vorwahlen verloren. Kapitulation also.«

Marbrouk?

»Ein übler Bursche, mein Junge. Lassen Sie sich einen Rat geben und gehen Sie ihm aus dem Weg.«

Was ist mit Zeinab?

Nuri schüttelte skeptisch den Kopf.

»Ein eigenwilliges Mädchen. Geht ganz nach ihrer Mutter. Das war meine Lieblingskurtisane, wissen Sie. Wollte mich einfach nicht heiraten. Obwohl ich um ihre Hand anhielt. Mehrmals sogar.«

Zeinab kauerte sich zufrieden auf ihre angezogenen Beine.

»Ich werde es mir durch den Kopf gehen lassen müssen«, sagte sie. »Das entspricht doch britischer Lebensart, nicht wahr?«

DIANA

Das anspruchsvolle Programm

Michael Pearce

Kairo im Jahre 1908: Ein Tourist verschwindet am hellichten Tag auf geheimnisvolle Weise von der Terrasse eines Luxus-Hotels. Der erste Band der Kriminalserie aus dem Ägypten der Kolonialzeit.

»Der leichtfüßige Stil und die geistreichen Dialoge machen die Lektüre zu einem wahren Vergnügen.«
Sunday Telegraph

62/109

Verschwörung am Nil
62/109

DIANA-TASCHENBÜCHER